大家學標準日本語

每日一句

生氣吐槽篇

出口仁——著

檸檬樹

出版前言

★大家學標準日本語【每日一句】系列第五冊
★小心「不留情面的情緒話」，百萬名師出口仁提醒《不宜輕率使用的不客氣日語》！

中文看來稀鬆平常的『你可不可以給我安靜一點？』
在日語卻是「尖銳且破壞感情」的話
千萬別用中文思維，判斷日語的禁忌
即使搭配正確文型，有些話比你想像更尖銳、更粗魯，
一說就傷感情，去了了~~

幾乎所有教科書都教學「禮貌又得體」的日語。但是，任何人都有負面情緒，看「日劇、動漫、綜藝節目」，表達「抱怨、怒氣、咒罵、批評」都是常態。

認識日本文化另一面：「直接發洩、不加修飾」的負面情緒

「罵人的情緒」也要結合「文法規則」，本書就是教你「不壓抑情緒」、「不在乎禮貌」、「任性發洩」的坦率日語。但要注意，除了「非常熟悉、完全不需要客氣」的朋友，其他人不宜隨便使用。

為了避免大家忽略親疏關係，想生氣就生氣、想吐槽就吐槽，作者出口仁老師特別利用下方的圖，提醒大家：屬於 ● 區域的人（非常親密的家人和朋友），有把握不會傷害彼此感情，才可以對他說直率發洩、生氣吐槽的話。

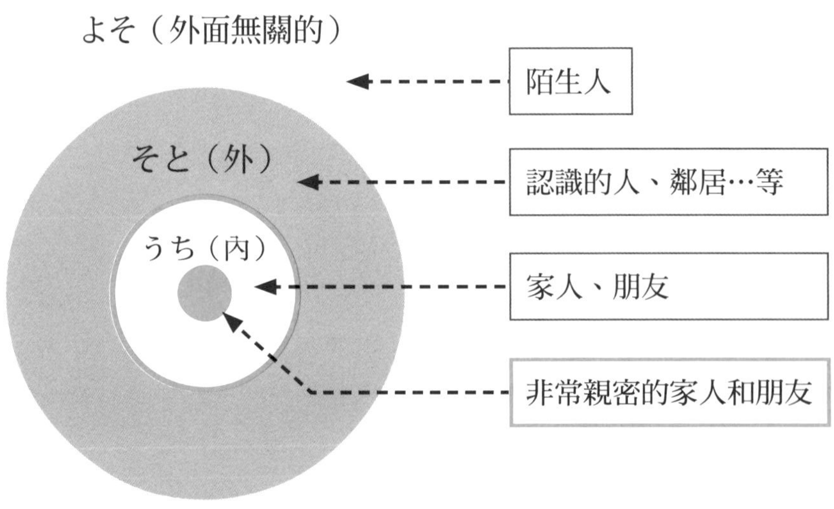

出口仁老師提醒：外國人想像不到的「言語地雷」

『你可不可以給我安靜一點？』句中的動作行為涉及「別人（你）」和「我」，因此使用「授受動詞文型」：『ちょっと〔黙っていて〕〔くれる〕？』

「動詞て形＋くれます」意為「別人為我付出恩惠」，但此句的「恩惠」卻是「要求對方不要講話、安靜一點」，對方會覺得你這樣說「真是尖銳又無禮」，可能因此破壞感情。這是「用中翻日的思維」套用日語文型「表達負面情緒」的危險，如果缺少老師提醒，容易誤觸地雷得罪人。

※ 舉例說明其他言語地雷：【表示輕蔑對方、輕蔑對方的動作】：～やがります
「動詞ます形、去掉ます」＋「やがります」屬於非常粗魯的說法，但從中文句意判斷，察覺不到其中的粗魯。許多人從電視節目或動漫中學到了，就照著說，這是非常危險的。要了解這個文型，但是「絕對不可以想說就說」（請參考單元134）。

出口仁老師提醒：「骷髏頭等級」的尖銳表達

學習時，「不禮貌的單字」我們會避免使用，可是「不禮貌的句子」我們未必能夠明察秋毫。生氣罵人的話也有殺傷力程度區分，某些話雖不至於嚴重到「髒話等級」，但卻極端尖銳，即使非常熟悉的朋友，也可能傷害彼此感情。

針對「極端尖銳」的句子，作者除了說明原因，並加上「骷髏頭」圖案，提醒大家這些說法非常刺耳，如果真的要使用，務必「有把握對方不會生氣」。尤其某些句子以中文思維判斷，無法體會無禮的嚴重程度，更容易造成華語學習者輕忽誤用。

※【慎用！極端尖銳的吵架話】：
◎ 009【你可不可以給我安靜一點？】ちょっと黙っていてくれる？
◎ 011【你以為你是誰啊。】何様のつもり？
◎ 025【我已經不想再看到你的臉了。】もう顔も見たくない！
◎ 028【你真的很丟人現眼！】この恥さらし！
◎ 068【道歉就沒事了，那還需要警察幹嘛。】謝って済むなら警察は要らないよ。
◎ 111【想看一看你的爸媽＝真不知道你爸媽怎麼教的。】親の顔が見てみたい。

抱怨、咒罵、撂狠話…，「罵人的情緒」也要結合「文法規則」，才能精準傳達情緒。雖然我們不見得需要「責罵別人」，但學習一種外語，我們也必須了解「表達負面情緒的方法」，以及該語言「粗魯、不客氣的用語」。

檸檬樹出版社 敬上

作者序

『馬鹿（BAKA）！』（笨蛋！）這句話，即使是沒學過日語的人，或許也都聽過吧！

「語言」是傳達「心情」的工具，如果依循這樣的觀點來看，「吵架」這件事，應該就是「用強烈的方式互相傳達心情的一種強烈的溝通方式」吧。

在學習外語的過程中，大家是否也曾經覺得，為什麼「罵人的話」一下子就記住了；但是那些日期、數量詞、方向…等說法，或是位置相關的表達用語，卻不容易記住。其中的原因是什麼呢？

我想，這是因為「罵人的話」會撼動到我們的「心」，會讓人產生深刻印象。而相對的，日期、數量詞之類的單字或詞彙，不帶感情、所以枯燥乏味，無法產生任何情感的動搖，所以不容易留下深刻印象。

我寫作這本書的目的，並不是希望大家學習用日語和日本人吵架。而是希望「透過這些帶有些許情緒的用語，幫助大家了解日語的基本構造」。而且，就如同某一句諺語所說的——「喧嘩するほど仲がよい」（越吵架感情越好）。朋友之間如果偶爾互相說一些比較嚴厲的話，也許可能反而加深彼此的感情。

如果本書所介紹的各種用語，大家可以「視情況巧妙而恰當的使用」，也許也是一種不錯的學習。

要注意的是，書中有某些句子，是屬於比較尖銳的說法，如果使用時不夠謹慎，可能造成傷害彼此感情的不良後果。在書裡，這些尖銳的句子，都特別加上提醒的圖示（  ），這是我親筆畫的骷髏頭，希望提醒大家，這些是非常刺耳的說法，如果要使用這些句子，絕對要特別小心。

當然，如果你在說這些尖銳的話時，對方完全明白你根本是在開玩笑，也許會讓人覺得你是一個有趣的人，而對你特別印象深刻。不過無論如何，一旦說出口這些尖銳的話，就要有自己負起一切責任的心理準備喔（笑）。

一般認為，日本人給人的印象是認真而正經的，但其實，日語中也有許多情緒激烈的說法。本書詳列許多這樣的表達用語和會話場面，如果透過本書，能夠介紹給大家，平常不容易接觸到的日本文化的特殊一面，那將是我的莫大的喜悅與榮幸。

作者　出口仁　敬上

出口仁

でぐち
まさし

【學習導讀】：4 大途徑完整教學「每日一句」

3 秒鐘可以記住一句話，但這只是「表面、粗略地背一句日語」，未必有益於日語能力的累積、延續、或正確使用。本書希望你「花 30 分鐘完整學習一句話所隱含的規則性文法」，並掌握「適時、適地、適人」的使用時機，達成「深入、完整」的有效學習。

透過精心安排的 4 單元學習途徑，有助於「複製會話中的文法規則，自我揣摩運用；並從實際應答領會日本人如何運用於臨場溝通」，達成真正的「學以致用」。

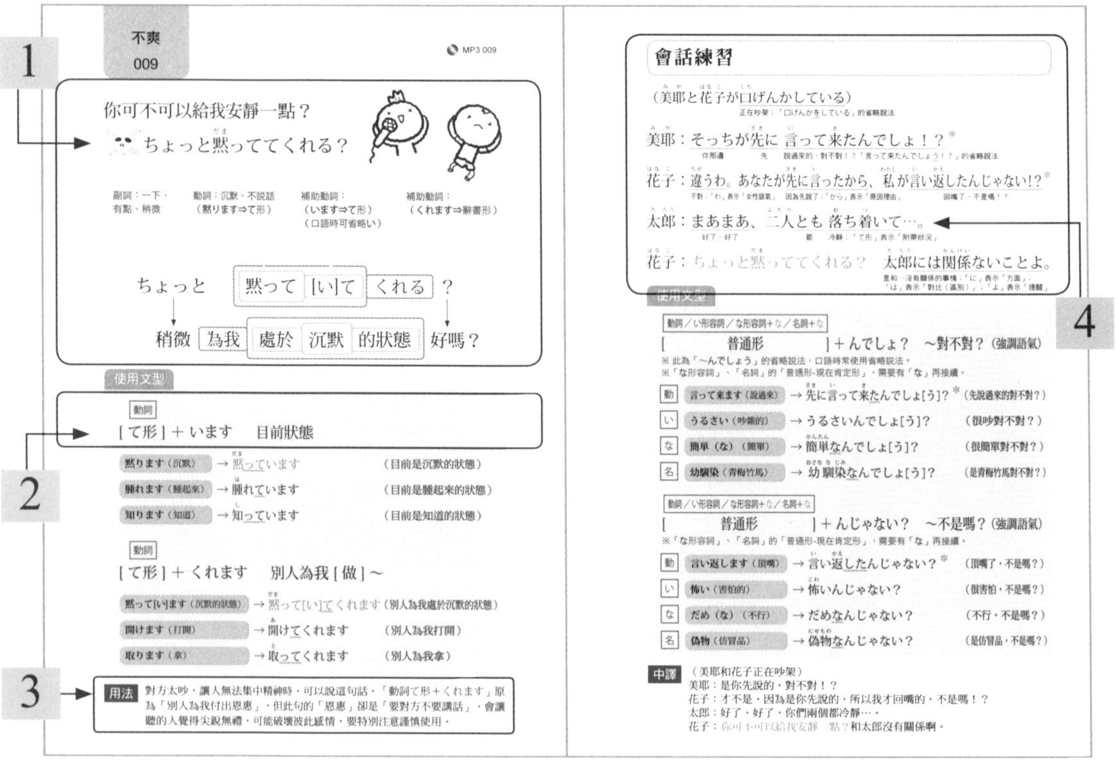

1

不爽
009

MP3 009

你可不可以給我安靜一點？
ちょっと黙っててくれる？

副詞：一下、有點、稍微　動詞：沉默、不說話（黙ります⇒て形）　補助動詞：（います⇒て形）（口語時可省略い）　補助動詞：（くれます⇒辭書形）

ちょっと　黙って　[い]て　くれる　？
稍微　為我　處於　沉默　的狀態　好嗎？

使用文型

2

動詞
[て形]＋います　目前狀態

黙ります（沉默）→ 黙っています（目前是沉默的狀態）
腫れます（腫起來）→ 腫れています（目前是腫起來的狀態）
知ります（知道）→ 知っています（目前是知道的狀態）

動詞
[て形]＋くれます　別人為我[做]～

黙って[い]ます（沉默的狀態）→ 黙って[い]てくれます（別人為我處於沉默的狀態）
開けます（打開）→ 開けてくれます（別人為我打開）
取ります（拿）→ 取ってくれます（別人為我拿）

3

用法　對方太吵，讓人無法集中精神時，可以說這句話。「動詞て形＋くれます」原為「別人為我付出恩惠」，但此句的「恩惠」卻是「要對方不要講話」，會讓聽的人覺得尖銳無禮，可能破壞彼此感情，要特別注意謹慎使用。

會話練習

（美耶と花子が口げんかしている）
正在吵架：「口げんかをしている」的省略說法

美耶：そっちが先に言って来たんでしょ！？*
你那邊　先　說過來的，對不對！？「言って来たんでしょう！？」的省略說法

花子：違うわ。あなたが先に言ったから、私が言い返したんじゃない!?*
不對：「わ」表示「女性語氣」　因為先說了：「から」表示「原因理由」　回嘴了，不是嗎！？

4

太郎：まあまあ、二人とも落ち着いて…。
好了，好了　都　冷靜：「て形」表示「附帶狀況」

花子：ちょっと黙っててくれる？　太郎には関係ないことよ。
是和…沒有關係的事情：「に」表示「方面」；「は」表示「對比（區別）」；「よ」表示「提醒」

使用文型

動詞／い形容詞／な形容詞＋な／名詞＋な
[　普通形　]＋んでしょ？　～對不對？（強調語氣）
※ 此為「～んでしょう」的省略說法，口語時常使用省略說法。
※「な形容詞」、「名詞」的「普通形-現在肯定形」，需要有「な」再接續。

動　言って来ます（說過來）→ 先に言って来たんでしょ[う]?*（先說過來的對不對？）
い　うるさい（吵雜的）→ うるさいんでしょ[う]?（很吵對不對？）
な　簡単（な）（簡單）→ 簡単なんでしょ[う]?（很簡單對不對？）
名　幼馴染（青梅竹馬）→ 幼馴染なんでしょ[う]?（是青梅竹馬對不對？）

動詞／い形容詞／な形容詞＋な／名詞＋な
[　普通形　]＋んじゃない？　～不是嗎？（強調語氣）
※「な形容詞」、「名詞」的「普通形-現在肯定形」，需要有「な」再接續。

動　言い返します（頂嘴）→ 言い返したんじゃない？*（頂嘴了，不是嗎？）
い　怖い（害怕的）→ 怖いんじゃない？（很害怕，不是嗎？）
な　だめ（な）（不行）→ だめなんじゃない？（不行，不是嗎？）
名　偽物（仿冒品）→ 偽物なんじゃない？（是仿冒品，不是嗎？）

中譯（美耶和花子正在吵架）
美耶：是你先說的，對不對！？
花子：才不是，因為是你先說的，所以我才回嘴的，不是嗎！？
太郎：好了、好了，你們兩個都冷靜…。
花子：你可不可以給我安靜一點？和太郎沒有關係啊。

途徑1… 圖像化的【文型圖解】

句子前方如果有「骷髏頭」，表示該句屬於非常尖銳的說法。如果真的要使用，務必「有把握對方不會生氣」，否則一說就可能傷害彼此感情。

解構「字詞意義、字尾變化」：

● 黙って：
動詞：沉默、不說話
（黙ります⇒て形）

● いて：
補助動詞：（います⇒て形）
（口語時可省略い）

● くれる：
補助動詞：
（くれます⇒辭書形）

透過「大小框」，掌握「文型接續」：

黙って　[い]て

（大框）　（小框）
動詞　＋　補助動詞

途徑2⋯ 提示【日本人慣用的使用文型】

動詞
●［て形］＋ います　目前狀態

※「使用文型」的接續概念，和上方的「文型框」互相呼應。

途徑3⋯【情境式用法解說】：釐清「每日一句」的使用時機

解說方向包含：

●這句話【適合什麼時候說？】
●這句話【適合對誰說？】
●中文思維無法掌握的用法線索
●使用時的提醒建議

途徑4⋯【會話練習：提供具體的會話場面】

掌握「說這句話的恰當時點」
模擬「生氣吐槽的真實互動」

【會話練習】常見登場人物介紹：

太郎　（男）⋯⋯花子的男朋友，和花子念同一所大學。
花子　（女）⋯⋯太郎的女朋友，和太郎念同一所大學。
美耶　（女）⋯⋯花子的朋友。
隆夫　（男）⋯⋯美耶的男朋友，太郎的朋友。
父親　（男）⋯⋯太郎的爸爸。
次郎　（男）⋯⋯太郎的弟弟。

說明：「Ⅰ類、Ⅱ類、Ⅲ類」動詞

第Ⅰ類動詞

● 「第Ⅰ類動詞」的結構如下，也有的書稱為「五段動詞」：

〇〇ます

↑ **い段 的平假名**　（ます前面，是「い段」的平假名）

● 例如：

会(あ)います（見面）、買(か)います（買）、洗(あら)います（洗）、手伝(てつだ)います（幫忙）

※【あいうえお】：「い」是「い段」

行(い)きます（去）、書(か)きます（寫）、置(お)きます（放置）

※【かきくけこ】：「き」是「い段」

泳(およ)ぎます（游泳）、急(いそ)ぎます（急忙）、脱(ぬ)ぎます（脫）

※【がぎぐげご】：「ぎ」是「い段」

話(はな)します（說）、貸(か)します（借出）、出(だ)します（顯示出、拿出）

※【さしすせそ】：「し」是「い段」

待(ま)ちます（等）、立(た)ちます（站立）、持(も)ちます（拿）

※【たちつてと】：「ち」是「い段」

死(し)にます（死）

※【なにぬねの】：「に」是「い段」

遊(あそ)びます（玩）、呼(よ)びます（呼叫）、飛(と)びます（飛）

※【ばびぶべぼ】：「び」是「い段」

読(よ)みます（閱讀）、飲(の)みます（喝）、噛(か)みます（咬）

※【まみむめも】：「み」是「い段」

帰(かえ)ります（回去）、売(う)ります（賣）、入(はい)ります（進入）、曲(ま)がります（彎）

※【らりるれろ】：「り」是「い段」

第 II 類動詞：有三種型態

（1）〇〇ます

↑ **え段 的平假名** （ます前面，是「え段」的平假名）

● 例如：

食(た)べます（吃）、教(おし)えます（教）

（2）〇〇ます

↑ **い段 的平假名** （ます前面，是「い段」的平假名）

● 這種型態的動詞，結構「和第 I 類相同」，但卻是屬於「第 II 類動詞」。這樣的動詞數量不多，初期階段要先記住下面這 6 個：

起(お)きます（起床）、できます（完成）、借(か)ります（借入）
降(お)ります（下（車））、足(た)ります（足夠）、浴(あ)びます（淋浴）

（3）〇ます

↑ **只有一個音節** （ます前面，只有一個音節）

● 例如：見(み)ます（看）、寝(ね)ます（睡覺）、います（有（生命物））

● 要注意，「来ます」（來）和「します」（做）除外。不屬於這種型態的動詞。

第 III 類動詞

来(き)ます（來）、します（做）

※ します 還包含：動作性名詞（を）＋します、外來語（を）＋します

● 例如：

来(き)ます（來）、します（做）、勉強(べんきょう)（を）します（學習）、コピー（を）します（影印）

說明：動詞變化速查表

第 I 類動詞

●「第 I 類動詞」是按照「あ段～お段」來變化（這也是有些書本將這一類稱為「五段動詞」的原因）。下方表格列舉部分「第 I 類動詞」來做說明，此類動詞還有很多。

	会（あ） 買（か） 洗（あら）	行（い） 書（か） 置（お）	泳（およ） 急（いそ） 脱（ぬ）	話（はな） 貸（か） 出（だ）	待（ま） 立（た） 持（も）	死（し）	遊（あそ） 呼（よ） 飛（と）	読（よ） 飲（の） 噛（か）	帰（かえ） 売（う） 入（はい）	**動詞變化的各種形**
あ段	わ	か	が	さ	た	な	ば	ま	ら	＋ない[ない形] ＋なかった[なかった形] ＋れます[受身形、尊敬形] ＋せます[使役形]
い段	い	き	ぎ	し	ち	に	び	み	り	＋ます[ます形]
う段	う	く	ぐ	す	つ	ぬ	ぶ	む	る	[辭書形] ＋な[禁止形]
え段	え	け	げ	せ	て	ね	べ	め	れ	＋ます[可能形] ＋ば[條件形] [命令形]
お段	お	こ	ご	そ	と	の	ぼ	も	ろ	＋う[意向形]
音便	っ	い	い゛	し	っ	ん゛	ん゛	ん゛	っ	＋て（で）[て形] ＋た（だ）[た形]

※ 第 I 類動詞：動詞變化的例外字

● 行（い）きます（去）

〔て形〕⇒ 行（い）って　（若按照上表原則應為：行いて）　NG！

〔た形〕⇒ 行（い）った　（若按照上表原則應為：行いた）　NG！

● あります（有）

〔ない　形〕⇒ ない　（若按照上表原則應為：あらない）　NG！

〔なかった形〕⇒ なかった　（若按照上表原則應為：あらなかった）　NG！

第 II 類動詞

●「第 II 類動詞」的變化方式最單純，只要去掉「ます形」的「ます」，再接續不同的變化形式即可。

● 目前，許多日本人已經習慣使用「去掉ら的可能形：れます」，但是「正式的日語可能形」說法，還是「られます」。

		動詞變化的各種形
食(た)べ	ない	[ない形]
	なかった	[なかった形]
教(おし)え	られます	[受身形、尊敬形]
	させます	[使役形]
起(お)き	ます	[ます形]
	る	[辭書形]
見(み)	るな	[禁止形]
	られます（れます）	[可能形]（去掉ら的可能形）
寝(ね)	れば	[條件形]
	ろ	[命令形]
・	よう	[意向形]
・	て	[て形]
等等	た	[た形]

第Ⅲ類動詞

●「第Ⅲ類動詞」只有兩種，但是變化方式非常不規則。尤其是「来ます」，動詞變化之後，漢字部分的發音也改變。努力背下來是唯一的方法！

来（き）ます	します	動詞變化的各種形
来（こ）ない	しない	[ない形]
来（こ）なかった	しなかった	[なかった形]
来（こ）られます	されます	[受身形、尊敬形]
来（こ）させます	させます	[使役形]
来（き）ます	します	[ます形]
来（く）る	する	[辭書形]
来（く）るな	するな	[禁止形]
来（こ）られます（来（こ）れます）	できます	[可能形]（去掉ら的可能形）
来（く）れば	すれば	[條件形]
来（こ）い	しろ	[命令形]
来（こ）よう	しよう	[意向形]
来（き）て	して	[て形]
来（き）た	した	[た形]

說明：各詞類的「丁寧體」與「普通體」

認識「丁寧體」與「普通體」

文體	給對方的印象	適合使用的對象
丁寧體	有禮貌又溫柔	● 陌生人 ● 初次見面的人 ● 還不是那麼熟的人 ● 公司相關事務的往來對象 ● 晚輩對長輩 （如果是對自己家裡的長輩，則用「普通體」）
普通體	坦白又親近	● 家人 ● 朋友 ● 長輩對晚輩

● 用了不恰當的文體，會給人什麼樣的感覺？

該用「普通體」的對象，卻使用「丁寧體」→ 會感覺有一點「見外」

該用「丁寧體」的對象，卻使用「普通體」→ 會感覺有一點「不禮貌」

● 「丁寧體」和「普通體」除了用於表達，也會運用在某些文型之中：

運用在文型當中的「丁寧體」→ 稱為「丁寧形」

運用在文型當中的「普通體」→ 稱為「普通形」

「名詞」的「丁寧體」與「普通體」（以「学生」為例）

名詞	肯定形		否定形	
現在形	学生（がくせい）です （是學生）	丁寧體	学生（がくせい）じゃありません （不是學生）	丁寧體
	学生（がくせい）[だ] ※ （是學生）	普通體	学生（がくせい）じゃない （不是學生）	普通體
過去形	学生（がくせい）でした （（過去）是學生）	丁寧體	学生（がくせい）じゃありませんでした （（過去）不是學生）	丁寧體
	学生（がくせい）だった （（過去）是學生）	普通體	学生（がくせい）じゃなかった （（過去）不是學生）	普通體

「な形容詞」的「丁寧體」與「普通體」（以「にぎやか」為例）

な形容詞	肯定形	否定形
現在形	にぎやかです（熱鬧） 丁寧體	にぎやかじゃありません（不熱鬧） 丁寧體
	にぎやか[だ] ※（熱鬧） 普通體	にぎやかじゃない（不熱鬧） 普通體
過去形	にぎやかでした（（過去）熱鬧） 丁寧體	にぎやかじゃありませんでした（（過去）不熱鬧） 丁寧體
	にぎやかだった（（過去）熱鬧） 普通體	にぎやかじゃなかった（（過去）不熱鬧） 普通體

※「名詞」和「な形容詞」的「普通形-現在肯定形」如果加上「だ」，聽起來或看起來會有「感概或斷定的語感」，所以不講「だ」的情況比較多。

「い形容詞」的「丁寧體」與「普通體」（以「おいしい」為例）

い形容詞	肯定形	否定形
現在形	おいしいです（好吃的） 丁寧體	おいしくないです（不好吃） 丁寧體
	おいしい（好吃的） 普通體	おいしくない（不好吃） 普通體
過去形	おいしかったです（（過去）是好吃的） 丁寧體	おいしくなかったです（（過去）是不好吃的） 丁寧體
	おいしかった（（過去）是好吃的） 普通體	おいしくなかった（（過去）是不好吃的） 普通體

※「い形容詞」一律去掉「です」就是「普通體」。

「動詞」的「丁寧體」與「普通體」（以「飲みます」為例）

動詞	肯定形	否定形
現在形	飲(の)みます（喝） 丁寧體	飲(の)みません（不喝） 丁寧體
	飲(の)む（＝辭書形）（喝） 普通體	飲(の)まない（＝ない形）（不喝） 普通體
過去形	飲(の)みました（（過去）喝了） 丁寧體	飲(の)みませんでした（（過去）沒有喝） 丁寧體
	飲(の)んだ（＝た形）（（過去）喝了） 普通體	飲(の)まなかった（＝ない形的た形）※（（過去）沒有喝） 普通體 ※亦叫做「なかった形」

目錄

【每日一句】

【瞧不起】

028 你真的很丟人現眼！

029 哼，好無聊。

030 膽小鬼！

031 你很菜耶。

【每日一句】

【拒絕】

032 我才不要。

033 我死也不想。

034 我現在沒空理你。（現在很忙或心情不好）

035 不要那麼煩！（死纏爛打）

【每日一句】

【無奈】

036 那種人，不要理他就好了。

037 對對對，都是我的錯。

038 所以我要你聽我說嘛。

039 你聽我講完好嗎？

【每日一句】

【抱怨】

040 ㄟ？之前都沒聽說耶。

041 你怎麼可以這樣說！？

042 你很雞婆耶。

043 我已經受不了了。

044 真不值得。（做得很悶。）

045 你也站在我的立場想一想嘛！

046 為什麼不懂我！？

047 你都不懂人家的感受…。

048 到底是怎麼一回事啊！

049 偶爾我也想要一個人。

050 沒血沒淚！

【每日一句】

【反擊&頂嘴】

051 你不用管我！

052 這是人家的自由吧。

053 有什麼關係。讓我照我自己的想法嘛。

054 那又怎樣？

055 我要把你講的話通通還給你！

056 你根本沒有資格講我。

057 你有什麼資格說我。

058 你憑什麼這樣講？

059 你不是也一樣嗎？

060 那應該是我要跟你講的話吧。

061 你才是啦！

062 我才想問耶。

063 你要講成那樣嗎？

064 還敢說情人節哦！

065 你自己捫心自問吧。

066 不要以自我為中心。

067 既然這樣，我也忍了很多話要說，…

068 道歉就沒事了，那還需要警察幹嘛。

069 拜託你不要這樣隨便破壞我的名聲。

070 你要怎麼負責！？

071 不要把我看扁！

072 我才不稀罕咧！

073 饒了我啦。

【每日一句】

【斥責】

074 趕快睡覺！

075 不要耍賴了！

076 不要那麼白目！

077 不要偷懶，認真一點！

078 廢話少說！

079 搞什麼啊～。

080 ㄟㄟㄟ！（制止）

081 走開走開！

082 吵死了！給我閉嘴！

083 你真的是講不聽！

084 我看錯人了！

085 騙子！

086 你這個傢伙！

087 你這個忘恩負義的人！

088 你這個孽障！

089 呸呸呸！烏鴉嘴。

090 不管怎麼樣，你都說的太超過了。

091 都是你的錯！

092 你要殺我啊！？

【每日一句】

【吐槽】

093 我早就跟你說了啊。

094 那你說要怎麼辦呢！？

095 事到如今你才這麼說，都太遲了。

096 你很敢說耶。

097 不要一直吹牛（說些無中生有、無聊的話、夢話）！

098 痴人說夢話！

099 你在痴人說夢話。

100 不要廢話一堆，做你該做的！

101 又在說些有的沒的了。

102 不要牽拖啦！

103 你不要裝傻！

104 你的表情好像在說謊。

105 我才不會上你的當。

106 你很優柔寡斷耶！

107 你很會差遣人耶。

108 幫倒忙。（倒添麻煩）

109 只顧自己享受，好自私哦。

【每日一句】

【諷刺】

110 有嘴說別人，沒嘴說自己，你很敢講喔。

111 想看一看你的爸媽。（＝真不

知道你爸媽怎麼教的。）

【每日一句】

【咒罵】

112 色狼！
113 叛徒！
114 可惡！
115 滾出去！
116 活該。
117 現世報了，活該。
118 你真的是泯滅人性！
119 你會不得好死。
120 你活著不覺得可恥嗎？

【每日一句】

【挑釁&警告】

121 你給我差不多一點！
122 你給我記住！
123 你剛剛講的話，再給我說一次試試看！
124 有種你試試看啊！
125 你要跟我打架嗎？
126 這世上可沒那麼容易。
127 到時候你可不要哭。
128 你一定會後悔！
129 我要告你！

【每日一句】

【撂狠話】

130 隨你便！
131 絕交好了！
132 好！出去打架啊！
133 會變成怎樣，我可不知道喔。
134 你前天再來。（＝你不要再來了。）
135 你乾脆去死算了。
136 去死算了…。

大家學標準日本語【每日一句】

生氣吐槽篇

不耐煩

不爽

無法認同

厭惡

瞧不起

拒絕

無奈

抱怨

反擊&頂嘴

斥責

吐槽

諷刺

咒罵

挑釁&警告

撂狠話

不耐煩
001

MP3 001

真是的！要說幾次你才懂啊！？

まったくもう！　何度(なんど)言(い)ったらわかるの！？

副詞：真是　　感嘆詞：真是的、真氣人　　名詞（疑問詞）：幾次　　動詞：說（言います⇒た形＋ら）

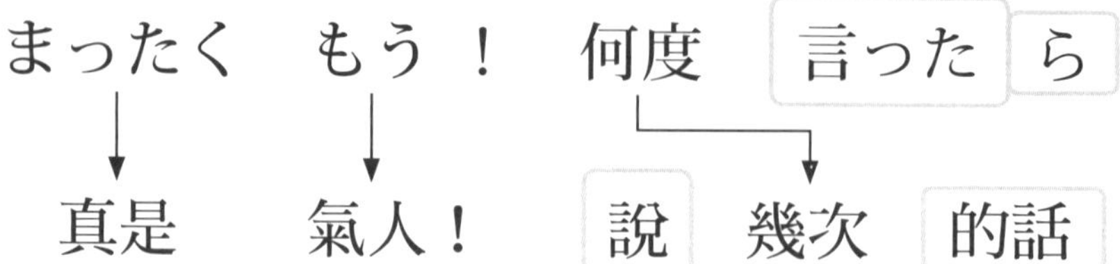

動詞：懂（わかります⇒辭書形）　　形式名詞：（〜んですか的口語說法）

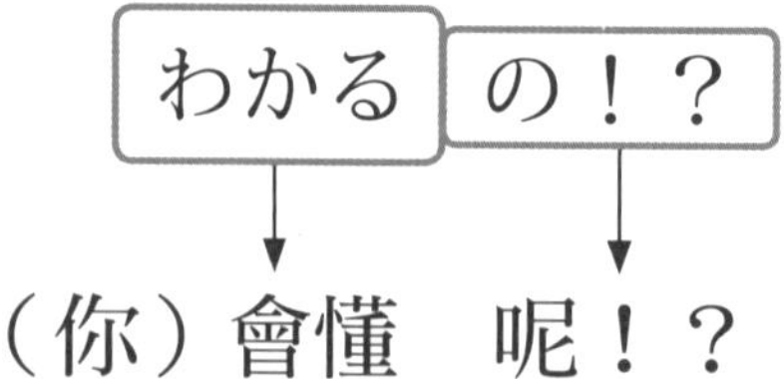

使用文型

動詞／い形容詞／な形容詞／名詞

［　た形／なかった形　］＋ら　　如果〜的話

動	言います（說）	→ 言(い)ったら	（如果說的話）
い	高い（貴的）	→ 高(たか)かったら	（如果貴的話）
な	便利（な）（方便）	→ 便利(べんり)だったら	（如果方便的話）
名	外国人（外國人）	→ 外国人(がいこくじん)だったら	（如果是外國人的話）

動詞／い形容詞／な形容詞+な／名詞+な

[　普通形　]＋んですか　關心好奇、期待回答

※此為「丁寧體文型」用法，「普通體文型」為「～の？」。
※「な形容詞」、「名詞」的「普通形-現在肯定形」，需要有「な」再接續。

動	わかります（懂）	→ わかるんですか	（會懂嗎？）
い	難しい（困難的）	→ 難（むずか）しいんですか	（困難嗎？）
な	まじめ（な）（認真）	→ まじめなんですか	（認真嗎？）
名	冗談（玩笑）	→ 冗談（じょうだん）なんですか	（是玩笑嗎？）

用法 很生氣一件事情明明說了好幾次，可是對方都沒有聽進去時，可以說這句話。

會話練習

花子（はなこ）：また靴下脱（くつしたぬ）ぎっぱなし*。まったくもう！
脫了襪子之後不管；「靴下を脱ぎっぱなし」的省略說法

何度言（なんどい）ったらわかるの！？

太郎（たろう）：疲（つか）れてんだよ。あとで片付（かたづ）けるから。
疲れてんだよ：好累；「疲れているんだよ」的省略說法；「んだ」表示「強調」；「よ」表示「看淡」
あとで：待會兒
片付ける：收拾
から：表示：宣言

花子（はなこ）：いつもそう言（い）って結局（けっきょく）片付（かたづ）けないじゃない。
いつも：總是
そう言って：那麼說；「て形」表示「動作順序」
結局：最後
片付けないじゃない：沒有收拾，不是嗎？

太郎（たろう）：うるさいなあ。
真囉嗦；「なあ」表示「感嘆」

使用文型

動詞

[~~ます~~形] ＋ っぱなし　放置不管、置之不理

脱ぎます（脫）	→ 脱（ぬ）ぎっぱなし*	（脫了之後不管）
置きます（放置）	→ 置（お）きっぱなし	（放著之後不管）

中譯
花子：你又脫了襪子不管。真是的！要說幾次你才懂啊！？
太郎：我很累啊。我待會兒會收拾。
花子：每次都那樣說，最後都沒有收拾，不是嗎？
太郎：你很囉嗦耶。

不耐煩

002

MP3 002

不要再提那件事了。

もうその事（こと）はいいって。

副詞：已經　連體詞：那個　助詞：表示主題　い形容詞：好、良好　助詞：表示不耐煩 ＝と言っているでしょう？（我有說吧）

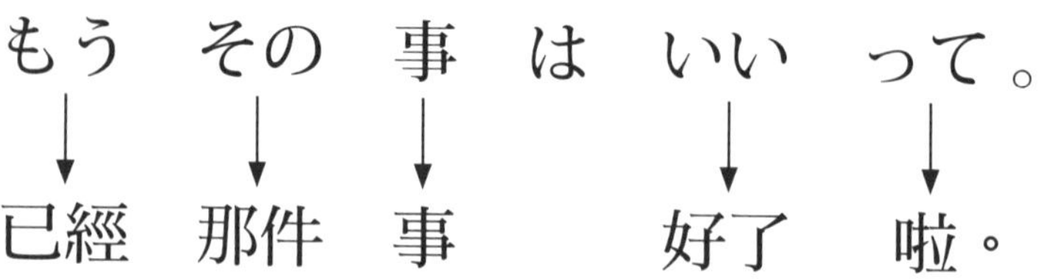

使用文型

動詞／い形容詞／な形容詞＋だ／名詞＋だ

［　普通形　］＋って　表示強烈主張、輕微不耐煩

※「な形容詞」、「名詞」的「普通形-現在肯定形」，需要有「だ」再接續。

動　聞きます（聽）→ その話（はなし）はもう何度（なんど）も聞（き）いたって。
（那件事已經聽好幾十次了。）

い　いい（好的）→ もうその事（こと）はいいって。
（那件事已經好了啦。）

な　ハンサム（な）（帥氣）→ はいはい、あなたの方（ほう）がハンサムだって。
（對、對，你比較帥啦！）

名　本当（真的）→ 本当（ほんとう）だって。信（しん）じてくれよ。
（真的啦，相信我啦。）

用法　不想被當作話題的往事被對方拿出來講時，可以說這句話。

會話練習

花子：ねえ、なんで私がいるのに合コンに参加したの？*

ㄟ　為什麼　卻…　參加了聯誼呢？「の？」表示「關心好奇、期待回答」

太郎：もうその事はいいって。半年前のことでしょう？

…對不對？

花子：ちゃんと答えてよ。

好好地　回答喔；口語時「て形」後面可省略「ください」；「よ」表示「感嘆」

太郎：だから、サークル友達に男の数が足りないから

所以　社團的朋友；「に」表示「動作的對方」　因為不夠

来てくれ*って頼まれただけだよ。

被拜託「你給我過來」；「って」表示「提示內容」　只是　表示：看淡

使用文型

動詞／い形容詞／な形容詞+な／名詞+な

[普通形] + の？　關心好奇、期待回答

※ 此為「普通體文型」用法，「丁寧體文型」為「～んですか」。
※「な形容詞」、「名詞」的「普通形-現在肯定形」，需要有「な」再接續。

動	参加します（參加）	→ 参加したの？*	（參加了嗎？）
い	難しい（困難的）	→ 難しいの？	（困難嗎？）
な	嫌い（な）（討厭）	→ 嫌いなの？	（討厭嗎？）
名	嘘（謊言）	→ 嘘なの？	（是謊言嗎？）

動詞

[て形] + くれ　（命令別人）[做] ～

※ 此文型是「男性對同輩或晚輩」所使用的。

来ます（來）	→ 来てくれ*	（（你）給我過來）
黙ります（沉默）	→ 黙ってくれ	（（你）給我閉嘴）
やめます（停止）	→ やめてくれ	（（你）給我停止）

中譯
花子：ㄟ，為什麼你已經有我了，卻參加了聯誼呢？
太郎：不要再提那件事了。是半年前的事情了，對不對？
花子：你好好地回答我喔。
太郎：所以，就只是因為社團的朋友說男性的人數不夠，我被拜託要過來（參加）而已啊。

不耐煩
003

MP3 003

啊～，你很煩耶！
ああ、うっとうしい！

感嘆詞：
啊～

い形容詞：
厭煩

ああ、うっとうしい！
↓ ↓
啊～， 厭煩（你）！

相關表現

「表示不耐煩」的各種說法

好煩	→ ああ、うっとうしい！	（啊～，好煩。）
很麻煩	→ ああ、面倒（めんどう）くさい！	（啊～，很麻煩。）
受夠了	→ ああ、もうたくさんだ！	（啊～，已經受夠了。）
做不下去了	→ ああ、もうやってらんないよ。	（啊～，已經做不下去了。）

※「やってらんない」是「やっていられない」的「縮約表現」。

用法 想集中精神做事，卻出現干擾的人或事件時，可以用這句話來表示憤怒。

會話練習

花子（はなこ）：太郎（たろう）の髪型（かみがた）ってさ、こっちの髪（かみ）をこっちに持（も）ってきて、
「って」表示「主題」（＝は）；
「さ」的功能為「調整語調」
拿過來

ここで分（わ）けたら…。
在這裡分線的話；「で」表示「動作進行地點」

太郎（たろう）：ああ、うっとうしい！　今（いま）、髪型（かみがた）なんか どうでもいいんだよ。

表示：舉例，帶有「不重視」的意思

無論怎麼樣都可以；「んだ」表示「強調」；「よ」表示「看淡」

花子（はなこ）：何（なに）書いてるの？

正在寫什麼呢？「何を書いているの？」的省略說法；「の？」表示「關心好奇、期待回答」

太郎（たろう）：レポートだよ。レポート。明日（あした）までの。

報告　表示：看淡　明天為止的（報告）；「の」後面省略了「レポート」

見（み）りゃ*わかるだろ*。

看的話就知道了，對不對？「見りゃわかるだろう」的省略說法

使用文型

動詞

[條件形（～れば）] ＋ りゃ　　如果 [做] ～的話

※ 此為「第 I 類ら行動詞（辭書形為「～る」）、第 II 類動詞、第 III 類動詞」的條件形（～れば）的「縮約表現」，口語時常使用「縮約表現」。

I	帰ります（回去）	→ 帰（かえ）りゃ	（如果回去的話）
II	見ます（看）	→ 見（み）りゃ*	（如果看的話）
III	来ます（來）	→ 来（く）りゃ	（如果來的話）

動詞／い形容詞／な形容詞／名詞

[　普通形　] ＋ だろ　　～對不對？

※ 此為「～だろう」的省略說法，口語時常使用省略說法。

動	わかります（知道）	→ わかるだろ[う]*	（知道對不對？）
い	面白い（有趣的）	→ 面白（おもしろ）いだろ[う]	（有趣對不對？）
な	有名（な）（有名）	→ 有名（ゆうめい）だろ[う]	（有名對不對？）
名	冗談（玩笑）	→ 冗談（じょうだん）だろ[う]	（是玩笑對不對？）

中譯

花子：太郎的髮型啊，把這邊的頭髮拉到這邊，在這裡分線的話…。

太郎：啊～，你很煩耶！現在髮型無論怎麼樣都可以啦。

花子：你正在寫什麼呢？

太郎：報告啦。報告。（截止日期）到明天為止的（報告），你自己看的話就知道了，對不對？

不耐煩
004

MP3 004

你又來了。

またその話（はなし）？

副詞：
又、再

連體詞：
那個

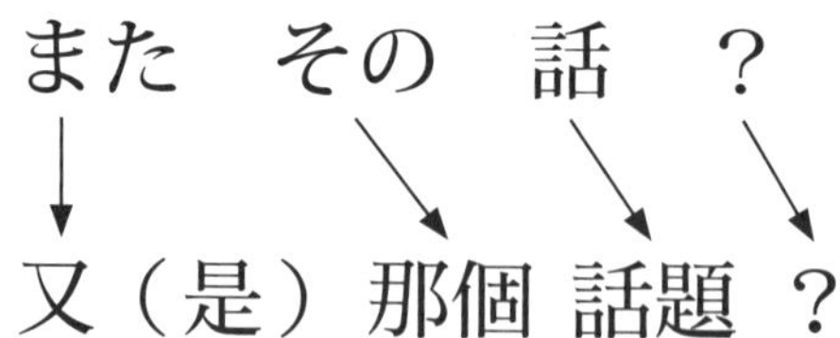

相關表現

「被詢問相同話題」的反應

又來了 → また、その話（はなし）？
（你又來了。）

聽很多次了 → もう、それは何度（なんど）も聞（き）いたって。
（真是的，那個聽好幾十次了。）

聽膩了 → その話（はなし）はもう耳（みみ）にタコだよ。
（那個話題已經聽膩（聽到耳朵長繭）了。）

好啦，知道了 → はいはい、わかったわかった。
（好啦、好啦，我知道、我知道。）

用法 對同樣的話題重複說了好幾次的人，所使用的一句話。

會話練習

太郎（たろう）：花子（はなこ）、また勝手（かって）に携帯（けいたい）の中身（なかみ）を見（み）ただろっ！

勝手に：擅自
携帯の中身：手機的內容
見ただろっ！：看了，對不對！促音的「っ」表示「加強語氣」

やめてくれよ。

やめてくれよ：你給我停止喔；「よ」表示「感嘆」

花子：だって、この前、知らない女と
因為　和陌生的女人；「と」表示「動作夥伴」

メールやり取りしてたでしょ。
互通了郵件，對不對？「メールをやり取りしていたでしょう」的省略說法

太郎：またその話？　もう　2年前のことじゃないか。
已經　是2年前的事情，不是嗎？

いちいち　蒸し返すな*よ。
一一地　不要舊事重提嘛；「よ」表示「看淡」

花子：だって、心配なんだもん*。
因為　因為很擔心；「んだ」表示「強調」；「もん」表示「原因」（＝もの）

使用文型

動詞

[辭書形]＋な（＝禁止形）　別[做]～、不准[做]～（表示禁止）

蒸し返します（舊事重提）	→ 蒸し返すな*	（不要舊事重提）
言います（說）	→ 言うな	（不要說）
見ます（看）	→ 見るな	（不要看）

動詞／い形容詞／な形容詞＋な／名詞＋な

[　普通形　]＋んだもん　強調＋因為

※「んだ」表示「強調」；「もん」表示「原因」（＝もの）。
※ 此文型具有「因為～，所以不得不～」的語感。適用於親密關係。
※「な形容詞」、「名詞」的「普通形-現在肯定形」，需要有「な」再接續。

動	気になります（在意）	→ 気になるんだもん	（因為很在意）
い	寂しい（寂寞的）	→ 寂しかったんだもん	（因為很寂寞）
な	心配（な）（擔心）	→ 心配なんだもん*	（因為很擔心）
名	女の子（女孩子）	→ 女の子なんだもん	（因為是女孩子）

中譯
太郎：花子，你又擅自看了我的手機對不對！你不要這樣喔。
花子：因為，你之前有和陌生的女人互通郵件，對不對？
太郎：你又來了。已經是 2 年前的事情了，不是嗎？不要一一舊事重提嘛。
花子：因為人家很擔心。

不耐煩
005

MP3 005

你到底想怎麼樣呢！？

一体(いったい)どういうつもりだ！？

副詞：
到底

副詞（疑問詞）：
怎麼樣、如何

動詞：
為了接名詞放的
（いいます
⇒辭書形）

形式名詞：
心思、打算

助動詞：表示斷定
（です⇒普通形-現在肯定形）

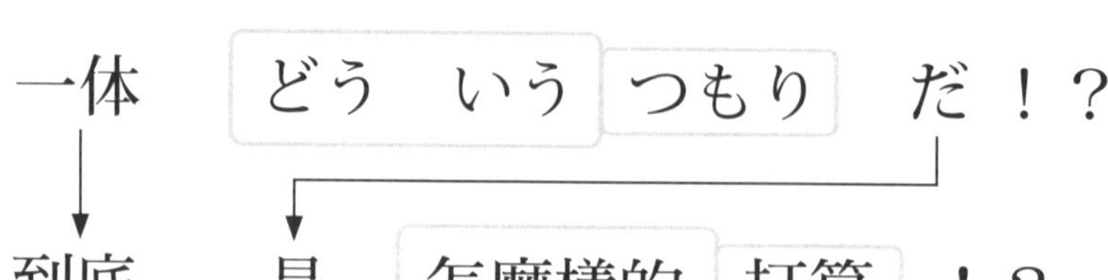

使用文型

動詞　動詞
[辭書形／ない形]＋つもりです　打算[做]～

辭書	いいます（為了接名詞放的）	→ どういうつもりです	（打算怎麼樣）
ない	辞めます（辭職）	→ 辞(や)めないつもりです	（打算不要辭職）

用法 不知道對方想做什麼時，可以用這句話質問。

會話練習

（教授(きょうじゅ)が授業(じゅぎょう)に来(こ)なかった太郎(たろう)を叱(しか)る）
授業に来なかった：沒有來上課　叱る：叱責

太郎(たろう)：先生(せんせい)、昨日(きのう)はすみません…。

教授(きょうじゅ)：一体(いったい)どういうつもりだ！？　昨日(きのう)は君(きみ)が

発表(はっぴょう)する日(ひ)だったじゃないか。

發表的日子，不是嗎？

太郎(たろう)：すみません…、日(ひ)にちを勘違(かんちが)いしていて*…。

日期　因為搞錯了；句尾的「て形」表示「原因」

教授(きょうじゅ)：来週(らいしゅう)もう一度(いちど)だけ チャンスをあげる から、絶対(ぜったい)に

只再一次　給予機會　表示：原因理由　一定

出(で)てきなさい*よ。

要出現喔；「よ」表示「提醒」

使用文型

動詞　い形容詞　な形容詞

[て形／－い＋くて／－な＋で/名詞＋で]、～　因為～，所以～

動	勘違いしています（搞錯的狀態）	→ 勘違(かんちが)いしていて*	（因為搞錯了，所以～）
い	忙しい（忙碌的）	→ 忙(いそが)しくて	（因為忙碌，所以～）
な	便利（な）（方便）	→ 便利(べんり)で	（因為方便，所以～）
名	免税（免稅）	→ 免税(めんぜい)で	（因為是免稅，所以～）

動詞

[ます形]＋なさい　命令表現（命令、輔導晚輩的語氣）

出てきます（出現）	→ 出(で)てきなさい*	（你要出現）
書きます（寫）	→ 書(か)きなさい	（你要去寫）
働きます（工作）	→ 働(はたら)きなさい	（你要去工作）

中譯　（教授叱責沒有來上課的太郎）

太郎：老師，昨天很抱歉…。

教授：你到底想怎麼樣呢！？昨天是你發表的日子，不是嗎？

太郎：抱歉…。因為我把日期搞錯了…。

教授：下星期只會再給你一次機會，所以你一定要給我來上課喔。

不耐煩
006

別慢吞吞的！
ぐずぐずすんな！

動詞：磨磨蹭蹭（ぐずぐずします⇒辭書形）　辭書形＋な⇒禁止形

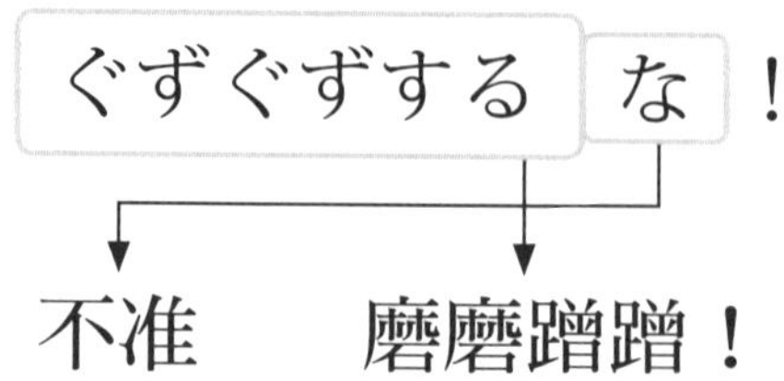

※「ぐずぐずするな」的「縮約表現」是「ぐずぐずすんな」，口語時常使用「縮約表現」。

使用文型

動詞
[辭書形]＋な（＝禁止形）　別[做]～、不准[做]～（表示禁止）

ぐずぐずします（磨磨蹭蹭）	→ ぐずぐずするな	（別磨磨蹭蹭）
入ります（進入）	→ 入（はい）るな	（別進入）
嘘をつきます（說謊）	→ 嘘（うそ）をつくな	（別說謊）

用法 催促花太多時間做某件事的人加快動作時，可以說這句話。

會話練習

太郎（たろう）：花子（はなこ）、何（なに）やってるんだよ。早（はや）く！

正在做什麼啊；「何をやっているんだよ」的省略說法；「んだ」表示「關心好奇、期待回答」；「よ」表示「感嘆」

趕快

花子（はなこ）：ちょっと待（ま）って*よ。髪（かみ）がなかなかカールしなくて*…。

等一下；口語時「て形」後面可省略「ください」

因為一直弄不捲；「なかなかカールしなくて」是「なかなかカールしない」的「て形」，表示「原因」

太郎（たろう）：ぐずぐずすんな！ 飛行機（ひこうき）に乗（の）り遅（おく）れたら どうするんだよ。

如果趕不上搭乘的話

要怎麼辦呢？「んだ」表示「關心好奇、期待回答」；「よ」表示「感嘆」

花子（はなこ）：うるさいわねー。髪（かみ）は女（おんな）の命（いのち）なのよ。

很囉嗦耶；「わ」表示「女性語氣」；「ねー」表示「感嘆」

是女人的生命耶；「の」表示「強調」，前面是「名詞的普通形-現在肯定形」，需要有「な」再接續；「よ」表示「提醒」

使用文型

動詞

[て形] ＋ ください　　請 [做] ～

※ 丁寧體會話時為「動詞て形 ＋ ください」。
※ 普通體、口語會話時，省略「ください」。

待ちます（等待）	→ 待（ま）って[ください]*	（請等待）
使います（使用）	→ 使（つか）って[ください]	（請使用）
試します（嘗試）	→ 試（ため）して[ください]	（請嘗試）

動詞

なかなか ＋ [ない形]　　不容易 [做] ～、一直不 [做] ～

カールします（弄捲）	→ なかなかカールしない*	（一直弄不捲）
会えます（可以見面）	→ なかなか会（あ）えない	（一直無法見面）
来ます（來）	→ なかなか来（こ）ない	（一直不來）

中譯
太郎：花子，你在做什麼啊。趕快！
花子：等一下啦。因為頭髮一直弄不捲…。
太郎：別慢吞吞的！如果趕不上飛機的話要怎麼辦？
花子：你很囉嗦耶。頭髮是女人的生命耶。

不爽
007

關我屁事！

知(し)ったこっちゃないよ。

動詞：知道（知ります⇒た形）	名詞：事情（こと⇒普通形-現在否定形）	助詞：表示看淡

知った ［ことじゃない］ よ。

［不是］ （我）知道的 ［事情］ 。

※「ことじゃない」的「縮約表現」是「こっちゃない」，屬於過度的「縮約表現」，不是經常使用。

相關表現

「與我無關」的相關表現

知(し)るか！ （誰知道啊！）

関係(かんけい)ないね。 （和我沒關係啊。）

どうでもいいよ。 （怎麼樣都無所謂啦。）

だから何(なに)？ （所以呢？）

用法 事情與自己無關卻被牽拖進去時，可以用這句話表達自己的怒氣。

會話練習

花子(はなこ)：ねえ、美耶(みや)の彼氏(かれし)、浮気(うわき)してたんだって*。

彼氏：男朋友

浮気してたんだって：聽說是有外遇的狀態；「浮気していたんだって」的省略說法

太郎（たろう）：ふーん。それで？
表示：不太關心的回應方式　所以呢？

花子（はなこ）：ちょっと ひどくない？ なんで男子（だんし）はいつも すぐ 浮気（うわき）する わけ？
有點　過分，不是嗎？　為什麼　總是　容易　外遇　就是…

太郎（たろう）：知（し）ったこっちゃないよ。突然（とつぜん）言（い）われたって* さ。
被說也…　「さ」的功能為「調整語調」

使用文型

動詞／い形容詞／な形容詞＋な／名詞＋な
[普通形]＋んだって　強調＋聽說

※「んだ」表示「強調」；「って」表示「聽說」。
※「な形容詞」、「名詞」的「普通形-現在肯定形」，需要有「な」再接續。

動	浮気して[い]ます（目前是外遇的狀態）	→ 浮気（うわき）して[い]たんだって*（聽說是有外遇的狀態）
い	面白い（有趣的）	→ 面白（おもしろ）いんだって（聽說很有趣）
な	静か（な）（安靜）	→ 静（しず）かなんだって（聽說很安靜）
名	恋人同士（情侶關係）	→ 恋人同士（こいびとどうし）なんだって（聽說是情侶關係）

動詞　い形容詞　な形容詞
[た形／－い＋く／－な／名詞]＋たって／だって　即使~也

※「動詞濁音的た形」、「な形容詞」、「名詞」要接續「だって」。

動	→ 言われます（被說）	言（い）われたって*（即使被說也～）
動-濁	→ 休みます（休息）	休（やす）んだって（即使休息也～）
い	→ 高い（貴的）	高（たか）くたって（即使貴也～）
な	→ 下手（な）（笨拙）	下手（へた）だって（即使笨拙也～）
名	→ 大人（大人）	大人（おとな）だって（即使是大人也～）

中譯
花子：ㄟ，聽說美耶的男朋友有外遇。
太郎：喔～，所以呢？
花子：你不覺得有點過分嗎？就是男生為什麼總是容易外遇呢？
太郎：關我屁事！我突然被你說，也…。

不爽 008

MP3 008

不要把我當成跟那種人一樣。
あんな奴(やつ)と一緒(いっしょ)にしないでよ。

あんな	奴	と	一緒	に	しない	で	[ください]	よ。
連體詞：那樣的		助詞：表示比較基準		助詞：表示決定結果	動詞：做（します⇒ない形）	助詞：表示樣態	補助動詞：請（くださいます⇒命令形[くださいませ]除去[ませ]）（口語時可省略）	助詞：表示看淡

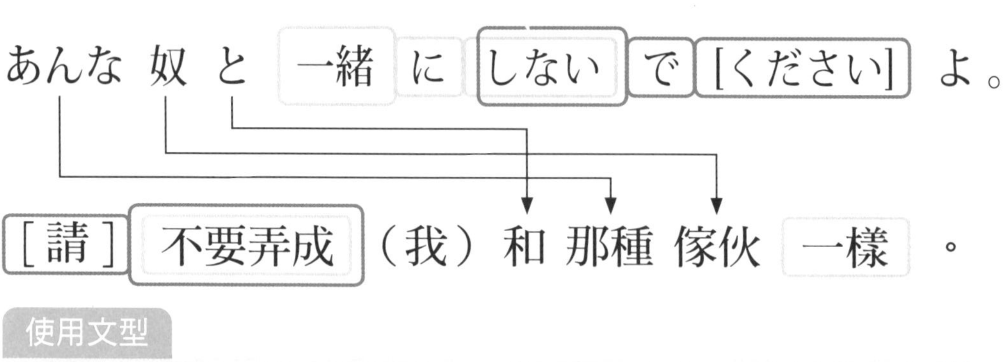

使用文型

動詞 い形容詞 な形容詞

[辭書形＋ように／－い＋く／－な＋に／名詞＋に]＋します　決定要～、做成～、決定成～

動	運動します（運動）	→ 毎日運動(まいにちうんどう)するようにします	（決定要（盡量）每天運動）
い	熱い（熱的）	→ 熱(あつ)くします	（要做成熱的）
な	楽（な）（輕鬆）	→ 楽(らく)にします	（要放輕鬆）
名	一緒（一樣）	→ 一緒(いっしょ)にします	（弄成一樣）

動詞

[ない形]＋で＋ください　請不要[做]～

します（做）	→ 一緒(いっしょ)にしないでください	（請不要弄成一樣）
座ります（坐）	→ 座(すわ)らないでください	（請不要坐下）
立ちます（站立）	→ 立(た)たないでください	（請不要站起來）

用法 生氣地要求對方不要將自己跟別人看作一樣的人時，可以說這句話。

會話練習

太郎(たろう)：え、美耶(みや)ちゃんと喧嘩(けんか)したの？

咦？　和…吵架了嗎？「と」表示「動作夥伴」；「の？」表示「關心好奇、期待回答」

花子(はなこ)：そうだけど。何(なに)？

對啊；「けど」表示「前言」，是一種緩折的語氣

太郎(たろう)：いや、あんなに仲(なか)が良(よ)かったのに*。なんか双子(ふたご)の姉妹(しまい)みたい*にさ。

那麼　感情很好，卻…；「のに」表示「卻…」　總覺得

好像雙胞胎姊妹一樣；「に」是「みたい」的「副詞用法」；「さ」的功能為「調整語調」

花子(はなこ)：あんな奴(やつ)と一緒(いっしょ)にしないでよ。もう美耶(みや)とは絶交(ぜっこう)だわ。

已經　要和…絕交；「と」表示「動作夥伴」；「は」表示「對比（區別）」；「わ」表示「女性語氣」

使用文型

動詞／い形容詞／な形容詞＋な／名詞＋な

［　普通形　］＋のに　～，卻～

※「な形容詞」、「名詞」的「普通形-現在肯定形」，需要有「な」再接續。

動	勝ちます（贏）	→ 勝(か)ったのに	（贏了，卻～）
い	良い（好的）	→ 仲(なか)が良(よ)かったのに*	（感情很好，卻～）
な	上手（な）（擅長）	→ 上手(じょうず)なのに	（擅長，卻～）
名	友達（朋友）	→ 友達(ともだち)なのに	（是朋友，卻～）

動詞／い形容詞／な形容詞／名詞

［　普通形　］＋みたい　（推斷、舉例、比喻）好像～

動	降ります（下（雨））	→ 雨(あめ)が降(ふ)るみたい	（好像要下雨）	〈推斷〉
い	弱い（弱的）	→ 弱(よわ)いみたい	（好像很弱）	〈推斷〉
な	複雑（な）（複雜）	→ 複雑(ふくざつ)みたい	（好像很複雜）	〈推斷〉
名	双子の姉妹（雙胞胎姊妹）	→ 双子(ふたご)の姉妹(しまい)みたい*	（好像是雙胞胎姊妹）	〈比喻〉

中譯
太郎：咦？你跟美耶吵架了嗎？
花子：對啊。怎麼樣？
太郎：沒什麼，你們感情那麼好，卻（吵架了）…。總覺得你們就好像雙胞胎姊妹一樣啊。
花子：不要把我當成跟那種人一樣。我要和美耶絕交了。

不爽

009

你可不可以給我安靜一點？

ちょっと黙(だま)っててくれる？

副詞：一下、有點、稍微

動詞：沉默、不説話（黙ります⇒て形）

補助動詞：（います⇒て形）（口語時可省略い）

補助動詞：（くれます⇒辭書形）

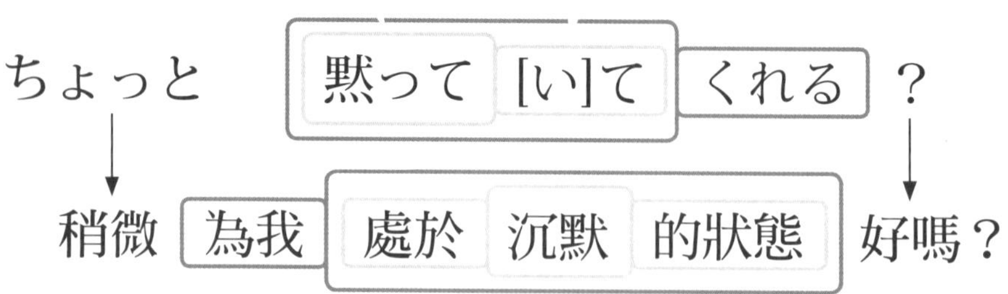

使用文型

動詞

[て形]＋います　目前狀態

黙ります（沉默）	→ 黙(だま)っています	（目前是沉默的狀態）
腫れます（腫起來）	→ 腫(は)れています	（目前是腫起來的狀態）
知ります（知道）	→ 知(し)っています	（目前是知道的狀態）

動詞

[て形]＋くれます　別人為我[做]～

黙って[い]ます（沉默的狀態）	→ 黙(だま)って[い]てくれます	（別人為我處於沉默的狀態）
開けます（打開）	→ 開(あ)けてくれます	（別人為我打開）
取ります（拿）	→ 取(と)ってくれます	（別人為我拿）

用法 對方太吵，讓人無法集中精神時，可以説這句話。「動詞て形＋くれます」原為「別人為我付出恩惠」，但此句的「恩惠」卻是「要對方不要講話」，會讓聽的人覺得尖鋭無禮，可能破壞彼此感情，要特別注意謹慎使用。

會話練習

（美耶(みや)と花子(はなこ)が口(くち)げんかしている）
正在吵架；「口げんかをしている」的省略說法

美耶(みや)：そっちが先(さき)に言(い)って来(き)たんでしょ！？*
你那邊　先　說過來的，對不對！？「言って来たんでしょう！？」的省略說法

花子(はなこ)：違(ちが)うわ。あなたが先(さき)に言(い)ったから、私(わたし)が言(い)い返(かえ)したんじゃない!?*
不對；「わ」表示「女性語氣」　因為先說了；「から」表示「原因理由」　回嘴了，不是嗎！？

太郎(たろう)：まあまあ、二人(ふたり)とも落(お)ち着(つ)いて…。
好了、好了　都　冷靜；「て形」表示「附帶狀況」

花子(はなこ)：ちょっと黙(だま)っててくれる？　太郎(たろう)には関係(かんけい)ないことよ。
是和…沒有關係的事情；「に」表示「方面」；「は」表示「對比（區別）」；「よ」表示「提醒」

使用文型

動詞／い形容詞／な形容詞+な／名詞+な

[　普通形　]＋んでしょ？　～對不對？（強調語氣）

※ 此為「～んでしょう」的省略說法，口語時常使用省略說法。
※「な形容詞」、「名詞」的「普通形-現在肯定形」，需要有「な」再接續。

動	言って来ます（說過來）	→ 先(さき)に言(い)って来(き)たんでしょ[う]？*	（先說過來的對不對？）
い	うるさい（吵雜的）	→ うるさいんでしょ[う]？	（很吵對不對？）
な	簡単（な）（簡單）	→ 簡単(かんたん)なんでしょ[う]？	（很簡單對不對？）
名	幼馴染（青梅竹馬）	→ 幼馴染(おさななじみ)なんでしょ[う]？	（是青梅竹馬對不對？）

動詞／い形容詞／な形容詞+な／名詞+な

[　普通形　]＋んじゃない？　～不是嗎？（強調語氣）

※「な形容詞」、「名詞」的「普通形-現在肯定形」，需要有「な」再接續。

動	言い返します（頂嘴）	→ 言(い)い返(かえ)したんじゃない？*	（頂嘴了，不是嗎？）
い	怖い（害怕的）	→ 怖(こわ)いんじゃない？	（很害怕，不是嗎？）
な	だめ（な）（不行）	→ だめなんじゃない？	（不行，不是嗎？）
名	偽物（仿冒品）	→ 偽物(にせもの)なんじゃない？	（是仿冒品，不是嗎？）

中譯　（美耶和花子正在吵架）
美耶：是你先說的，對不對！？
花子：才不是。因為是你先說的，所以我才回嘴的，不是嗎！？
太郎：好了、好了，你們兩個都冷靜…。
花子：你可不可以給我安靜一點？和太郎沒有關係啊。

不爽
010

拜託，現在幾點了。

何時(なんじ)だと思(おも)ってんだ！

何時	だ	と	思って	んだ
名詞（疑問詞）：幾點	助動詞：表示斷定（です⇒普通形-現在肯定形）	助詞：表示提示內容	動詞：以為（思います⇒て形）	補助動詞：（います⇒辭書形）	連語：ん＋だ（此處=んですか，因為有「何時」，所以不用加「か」即能表示「疑問」）ん…形式名詞（の⇒縮約表現）だ…助動詞：表示斷定（です⇒普通形-現在肯定形）

何時　だ　と　思って　いる　んだ　！

目前　以為　是幾點　！

※ 口語時，「ている」的後面如果是「んだ」，可省略「いる」。

使用文型

動詞／い形容詞／な形容詞＋だ／名詞＋だ

［　　普通形　　］＋と＋思います　覺得～、認為～、猜想～、以為～

※「な形容詞」、「名詞」的「普通形-現在肯定形」，需要有「だ」再接續。

動	似合います（合適）	→ 似合(にあ)うと思(おも)います	（覺得合適）
い	可愛い（可愛的）	→ 可愛(かわい)いと思(おも)います	（覺得可愛）
な	簡単（な）（簡單）	→ 簡単(かんたん)だと思(おも)います	（覺得簡單）
名	何時（幾點）	→ 何時(なんじ)だと思(おも)います	（以為是幾點）

動詞

［て形］＋ います　　目前狀態

思います（以為）	→ 思(おも)っています	（目前是以為～的狀態）
閉じます（關閉）	→ 閉(と)じています	（目前是關閉的狀態）
覚えます（記住）	→ 覚(おぼ)えています	（目前是記住的狀態）

動詞／い形容詞／な形容詞+な／名詞+な

[　　普通形　　] +んですか　關心好奇、期待回答

※ 此為「丁寧體文型」用法，「普通體文型」為「～の？」。
※「な形容詞」、「名詞」的「普通形-現在肯定形」，需要有「な」再接續。

動	思って[い]ます（以為~的狀態）	→ 何時（なんじ）だと思（おも）って[い]るんですか	（以為是幾點？）
い	安い（便宜的）	→ 安（やす）いんですか	（便宜嗎？）
な	複雑（な）（複雜）	→ 複雑（ふくざつ）なんですか	（複雜嗎？）
名	冗談（玩笑）	→ 冗談（じょうだん）なんですか	（是玩笑嗎？）

用法 對三更半夜還在喧鬧，造成他人麻煩的人，所使用的一句話。

會話練習

父親（ちちおや）：おい、太郎（たろう）。もう何時（なんじ）だと思（おも）ってんだ！
（おい：喂；もう：已經）

太郎（たろう）：親父（おやじ）か。明日（あした）は休（やす）みだからさ…。
（親父か：老爸；「か」表示「感嘆」；明日は休みだからさ：因為是假日；「から」表示「原因理由」；「さ」的功能為「調整語調」）

父親（ちちおや）：さっさと寝（ね）ろ。決（き）まった時間（じかん）に寝（ね）る習慣（しゅうかん）をつけなさい。
（さっさと：趕快地；寝ろ：去睡覺；決まった時間に：在固定的時間；寝る習慣をつけなさい：要給我養成睡覺的習慣）

太郎（たろう）：もう、子供（こども）じゃあるまいし*、自分（じぶん）のことは自分（じぶん）で管理（かんり）するよ。
（もう：真是的；子供じゃあるまいし：又不是小孩子；で：表示：行動單位；よ：表示：看淡）

使用文型

[名詞] +じゃあるまいし　又不是～

子供（小孩子）	→ 子供（こども）じゃあるまいし*	（又不是小孩子）
新人（新人）	→ 新人（しんじん）じゃあるまいし	（又不是新人）

中譯
父親：喂，太郎。拜託，現在幾點了。
太郎：（原來）是老爸啊！因為明天是假日啊…。
父親：趕快去睡覺。要養成在固定時間睡覺的習慣。
太郎：真是的，我又不是小孩子，我自己的事我自己管理啦。

不爽
011

MP3 011

你以為你是誰啊。

何様（なにさま）のつもり？

助詞：
表示所屬

形式名詞：
心思、打算

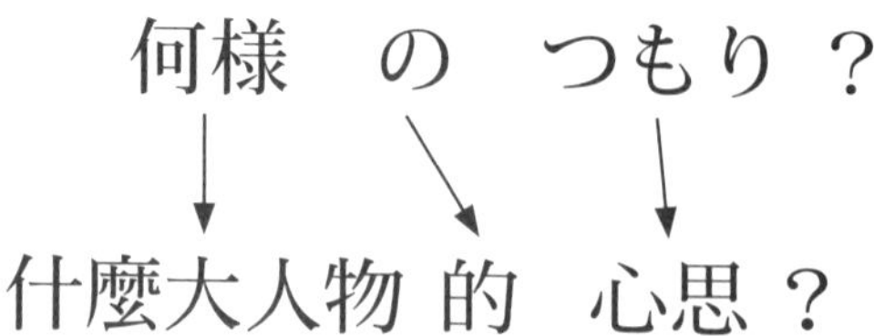

相關表現

批評「自以為是的人」的表現方法

說法 → 何様（なにさま）のつもり？ （你以為你是誰啊。）

→ 何（なに）を偉（えら）そうに （你在了不起什麼？）

單字 → 生意気（なまいき） （臭屁）

→ 自己中心的（じこちゅうしんてき）／自己中（じこちゅう） （以自我為中心的）

→ ナルシスト （自我陶醉者）

用法 對以自我為中心的人，所使用的一句話。整句話的語意非常尖銳，可能破壞彼此感情，要特別注意謹慎使用。

會話練習

太郎（たろう）：花子（はなこ）、ちょっと その雑誌（ざっし）とって*。

ちょっと：一下
その雑誌とって：請拿那本雜誌；「その雑誌をとってください」的省略說法

花子（はなこ）：はい。

太郎（たろう）：あと、お腹空（なかす）いたから*、何（なに）か 作（つく）って*。

あと：還有
お腹空いたから：因為肚子餓了；「お腹が空いたから」的省略說法
何か：表示：不特定
作って：請製作；口語時「て形」後面可省略「ください」

花子（はなこ）：何様（なにさま）のつもり？

使用文型

動詞

[て形] + [ください]　　請 [做] ～

※ 丁寧體會話時為「動詞て形 + ください」。
※ 普通體、口語會話時，省略「ください」。

取ります（拿）	→ 取（と）って[ください]*	（請拿）
作ります（製作）	→ 作（つく）って[ください]*	（請製作）
食べます（吃）	→ 食（た）べて[ください]	（請吃）

動詞 ／ い形容詞 ／ な形容詞＋だ ／ 名詞＋だ

[　　普通形　　] + から　　因為～

※「な形容詞」、「名詞」的「普通形-現在肯定形」，需要有「だ」再接續。

動	空きます（空）	→ お腹（なか）[が]空（す）いたから*	（因為肚子餓了）
い	安い（便宜的）	→ 安（やす）いから	（因為便宜）
な	便利（な）（方便）	→ 便利（べんり）だから	（因為方便）
名	大人（大人）	→ 大人（おとな）だから	（因為是大人）

中譯

太郎：花子，你拿那本雜誌一下。
花子：好。
太郎：還有，我肚子餓了，你煮些東西。
花子：你以為你是誰啊。

不爽
012

超火大的。

超（ちょう）むかつくー。

副詞：超級、非常　　動詞：發怒（むかつきます⇒辭書形）

※ 句尾的長音沒有特別的意思，只是表達厭煩的情緒。

相關表現

各種生氣的說法

呈現出來的生氣	→ 怒（おこ）る	（生氣）
內心的生氣	→ 頭（あたま）に来（く）る	（生氣）
	→ カチンと来（く）る	（生氣）
	→ 腹（はら）が立（た）つ	（生氣）
	→ むかつく	（生氣）
	→ ムッとする	（生氣）
	→ いらいらする	（焦躁）

用法　年輕人感到非常生氣時，所使用的一句話。

會話練習

（雨(あめ)の日(ひ)に横(よこ)を走(はし)る車(くるま)に泥水(どろみず)をかけられる*）
下雨天　行駛過旁邊的車子　泥水　被濺到

花子(はなこ)：あっ、冷(つめ)たい！
好冷

太郎(たろう)：うわあ。マジかよ…。
哇～　真的假的？「か」表示「疑問」；「よ」表示「感嘆」

花子(はなこ)：超(ちょう)むかつくー。

太郎(たろう)：少(すこ)しはスピード落(お)とせよなあ…まったく。
稍微　把速度放慢；「スピードを落とせよなあ」的省略說法；「よ」表示「提醒」；「なあ」表示「感嘆」　真是的

使用文型

動詞

［名詞A］＋に＋［受身形B］　被A［做］B～

- 車（車子）、かけます（濺） → 車(くるま)に泥水(どろみず)をかけられる*（被車子濺到泥水）
- 先生（老師）、叱ります（責罵） → 先生(せんせい)に叱(しか)られる（被老師責罵）
- 犬（狗）、噛みます（咬） → 犬(いぬ)に噛(か)まれる（被狗咬）

動詞

少しは＋［命令形］　多少［做］～、稍微［做］～

- 落とします（放慢（速度）） → 少(すこ)しはスピード[を]落(お)とせ*（稍微把速度放慢一點）
- 反省します（反省） → 少(すこ)しは反省(はんせい)しろ（多少反省一下）
- 考えます（思考） → 少(すこ)しは自分(じぶん)で考(かんが)えろ（多少自己思考一下）

中譯　（下雨天被行駛在旁邊的車子激起的泥水濺到）
花子：啊，好冷！
太郎：哇～，不會吧…。
花子：超火大的。
太郎：稍微把速度放慢一點吧…真是的。

不爽

013

幹嘛啦！

何(なに)すんだよ！

名詞（疑問詞）：什麼、任何

助詞：表示動作作用對象（口語時可省略）

動詞：做（します⇒辭書形）

連語：ん＋だ
（此處=んですか，因為有「何」，所以不用加「か」即能表示「疑問」）
ん…形式名詞（の⇒縮約表現）
だ…助動詞：表示斷定
（です⇒普通形-現在肯定形）

助詞：表示感嘆

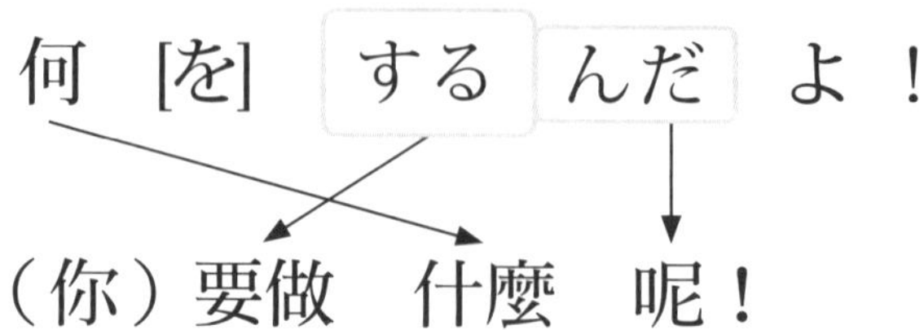

何 [を] する んだ よ！

（你）要做 什麼 呢！

※「するんだよ」的「縮約表現」是「すんだよ」，口語時常使用「縮約表現」。

使用文型

動詞／い形容詞／な形容詞+な／名詞+な

[普通形]＋んですか　關心好奇、期待回答

※ 此為「丁寧體文型」用法，「普通體文型」為「～の？」。
※「な形容詞」、「名詞」的「普通形-現在肯定形」，需要有「な」再接續。

動	します（做）	→ 何(なに)をするんですか	（要做什麼呢？）
い	安い（便宜的）	→ 安(やす)いんですか	（便宜嗎？）
な	好き（な）（喜歡）	→ 好(す)きなんですか	（喜歡嗎？）
名	休講（停課）	→ 休講(きゅうこう)なんですか	（是停課嗎？）

用法 對方突然做出讓人不悅的事情時，可以說這句話。

會話練習

（太郎(たろう)のしゃっくりを止(と)めるために…）

打嗝　為了停止

太郎：ヒック、ヒック、…ああ、しゃっくりが止まらない。
嗝　不停止

花子：（バチンッ！）どう？
啪　怎麼樣？

太郎：痛いっ！　何すんだよ！
好痛！

花子：ビンタすれば、しゃっくりが止まるでしょ*。
打巴掌的話　會停止，對不對？「止まるでしょう」的省略說法

…あれ、ビンタじゃなくて おどかすんだっけ？*
咦？　不是巴掌，而是…　要嚇唬來著對不對？

使用文型

動詞／い形容詞／な形容詞／名詞

[普通形]＋でしょ　～對不對？

※ 此為「～でしょう」的省略說法，口語時常使用省略說法。

動	止まります（停止）	→ 止まるでしょ[う]*	（會停止對不對？）
い	おかしい（奇怪的）	→ おかしいでしょ[う]	（很奇怪對不對？）
な	複雑（な）（複雜）	→ 複雑でしょ[う]	（很複雜對不對？）
名	誤解（誤會）	→ 誤解でしょ[う]	（是誤會對不對？）

動詞／い形容詞／な形容詞＋な／名詞＋な

[普通形]＋んだっけ？　是不是~來著？（強調＋再確認）

※「んだ」表示「強調」；「っけ？」表示「再確認」。
※「な形容詞」、「名詞」的「普通形-現在肯定形」，需要有「な」再接續。

動	おどかします（嚇唬）	→ おどかすんだっけ？*	（是不是要嚇唬來著？）
い	強い（擅長的）	→ お酒に強かったんだっけ？	（是不是很會喝酒來著？）
な	有名（な）（有名）	→ 有名だったんだっけ？	（是不是很有名來著？）
名	噂（傳聞）	→ 噂だったんだっけ？	（是不是傳聞來著？）

中譯　（為了停止太郎的打嗝…）
太郎：嗝、嗝…啊～，打嗝停不下來。
花子：（啪！）怎樣？
太郎：好痛！幹嘛啦！
花子：打巴掌的話，打嗝就會停了，對不對？…咦？不是打巴掌，而是要嚇你來著？

無法認同 014

MP3 014

沒這種事。

んなこたあないよ。

連體詞：那樣的

助詞：表示主題

い形容詞：沒有（ない⇒普通形-現在肯定形）

動詞：有（あります⇒ない形）

助詞：表示看淡

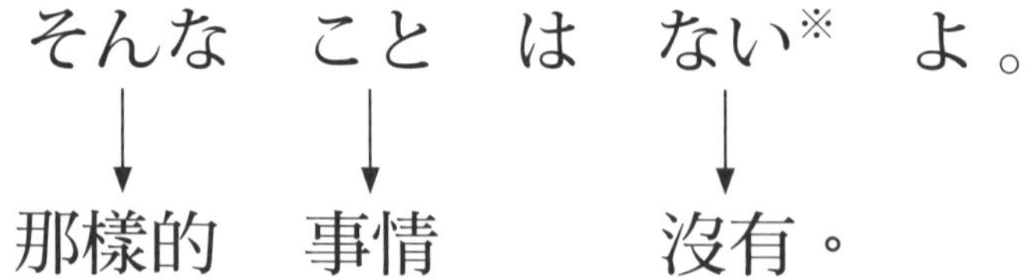

※「そんなことはない」的「縮約表現」是「んなこたあない」，屬於過度的「縮約表現」，不是經常使用。

※「ない」除了是「い形容詞」，也是動詞「あります」的「ない形」。

相關表現

「否認對方意見」的相關表現

有(あ)り得(え)ないよ。　（不可能啦！）

絶対嘘(ぜったいうそ)でしょ。　（一定是騙人的。）

そんな馬鹿(ばか)な。　（怎麼會有那麼愚蠢的（事）。）

用法　強烈否定對方所說的事情時，可以說這句話。

會話練習

花子(はなこ)：この前(まえ)の合(ごう)コンで他(ほか)の女性(じょせい)とメアド交換(こうかん)とかしたんでしょ？*

- この前：之前
- 合コン：聯誼
- 他の女性と：和其他女性；「と」表示「動作夥伴」
- メアド交換とかしたんでしょ？：做了交換電子郵件信箱之類的對不對？「メアド交換とかしたんでしょう？」的省略說法；「とか」表示「舉例」；「メアド」＝「メールアドレス」

太郎（たろう）：んなこたあないよ。

花子（はなこ）：うそ！　信（しん）じられない。
騙人　無法相信

太郎（たろう）：もう、勘弁（かんべん）して*よ。
已經　請饒了我啦；口語時「て形」後面可省略「ください」；「よ」表示「看淡」

使用文型

動詞／い形容詞／な形容詞+な／名詞+な

[　普通形　] + んでしょ？　～對不對？（強調語氣）

※「な形容詞」、「名詞」的「普通形-現在肯定形」，需要有「な」再接續。
※ 此為「～んでしょう」的「省略説法」，口語時常使用「省略説法」。
※「～んでしょう」為「～でしょう」的強調説法。

動	します（做）	→ したんでしょ[う]？*	（做了對不對？）
い	すごい（厲害的）	→ すごいんでしょ[う]？	（很厲害對不對？）
な	心配（な）（擔心）	→ 心配（しんぱい）なんでしょ[う]？	（很擔心對不對？）
名	彼氏（男朋友）	→ 彼氏（かれし）なんでしょ[う]？	（是男朋友對不對？）

動詞

[て形] + ください　請[做]～

※ 丁寧體會話時為「動詞て形 + ください」。
※ 普通體、口語會話時，省略「ください」。

勘弁します（饒恕）	→ 勘弁（かんべん）して[ください]*	（請饒恕）
許します（原諒）	→ 許（ゆる）して[ください]	（請原諒）
決めます（決定）	→ 決（き）めて[ください]	（請決定）

中譯
花子：你在之前的聯誼活動和其他女性交換了電子郵件信箱之類的，對不對？
太郎：沒這種事。
花子：騙人！我無法相信你。
太郎：就饒了我啦。

無法認同
015

MP3 015

無所謂啦，又沒什麼。

どうでもいいよ、そんなこと。

副詞（疑問詞）：怎麼樣、如何	助動詞：表示斷定（だ⇒て形）	助詞：表示逆接	い形容詞：好、良好	助詞：表示看淡	連體詞：那樣的

どう　で　も　いい　よ、そんな　こと。

即使　怎麼樣　也　沒關係，　那樣的　事情。

使用文型

[て形／−い＋くて／−な＋で／名詞＋で／副詞＋で]＋も
（動詞／い形容詞／な形容詞）

即使～，也～

動	泣きます（哭泣）	→ 泣(な)いても	（即使哭泣，也～）
い	安い（便宜的）	→ 安(やす)くても	（即使便宜，也～）
な	安全（な）（安全）	→ 安全(あんぜん)でも	（即使安全，也～）
名	冗談（玩笑）	→ 冗談(じょうだん)でも	（即使是玩笑，也～）
副	どう（怎麼樣）	→ どうでも	（即使怎麼樣，也～）

用法　表明對某件事完全沒有興趣、或是覺得不重要時，可以說這句話。此為倒裝句，原本的語順是「そんなことはどうでもいいよ」。

會話練習

（恋愛談議（れんあいだんぎ））
討論

太郎（たろう）：えっ、美耶（みや）ちゃん、昔（むかし）ホストの男性（だんせい）とつきあってたの？*
咦？ 男公關 和…交往過嗎？「とつきあっていたの？」的省略說法；「と」表示「動作夥伴」

うわあ、それはちょっと…。
哇～ 有點…

花子（はなこ）：なんでよ。大事（だいじ）なのは今（いま）でしょう？ もうきっぱり
為什麼啊？「よ」表示「看淡」 重要的是現在，對不對？「の」表示「形式名詞」；「は」表示「主題」 乾脆

別（わか）れたんだから*。
因為分手了

太郎（たろう）：だって、元彼（もとかれ）がホストってさあ。
可是因為 前男友 「って」等同「というのは」，表示「提示內容＋主題」；「さあ」的功能為「調整語調」

花子（はなこ）：どうでもいいよ、そんなこと。なんで男性（だんせい）は過去（かこ）にこだわるの？*
為什麼 拘泥於…呢？「に」表示「方面」

使用文型

動詞／い形容詞／な形容詞＋な／名詞＋な

[　　普通形　　]＋の？　關心好奇、期待回答

※此為「普通體文型」用法，「丁寧體文型」為「～んですか」。
※「な形容詞」、「名詞」的「普通形-現在肯定形」，需要有「な」再接續。

動	つきあって[い]ます（交往的狀態）	→ つきあって[い]たの？*	（交往過嗎？）
動	こだわります（拘泥）	→ 過去（かこ）にこだわるの？*	（拘泥於過去嗎？）
い	おいしい（好吃的）	→ おいしいの？	（好吃嗎？）
な	大丈夫（な）（沒問題）	→ 大丈夫（だいじょうぶ）なの？	（沒問題嗎？）
名	バカ（笨蛋）	→ バカなの？	（是笨蛋嗎？）

（續下頁）

動詞／い形容詞／な形容詞＋な／名詞＋な

[　普通形　]＋んだから　強調＋因為

※「んだ」表示「強調」；「から」表示「原因理由」。
※ 此為「普通體文型」用法，「丁寧體文型」為「んですから」。
※「な形容詞」、「名詞」的「普通形-現在肯定形」，需要有「な」再接續。

動	別れます（分手）	→ 別(わか)れたんだから *	（因為分手了）
い	寒い（寒冷的）	→ 寒(さむ)いんだから	（因為很冷）
な	まじめ（な）（認真）	→ まじめなんだから	（因為很認真）
名	初心者（初學者）	→ 初心者(しょしんしゃ)なんだから	（因為是初學者）

中譯　（討論戀愛話題）
太郎：咦？美耶以前跟男公關交往過嗎？哇，那個有點…。
花子：為什麼要這樣問？重要的是現在，對不對？因為已經乾脆地分手了。
太郎：可是因為，前男友是公關是…。
花子：無所謂啦，又沒什麼。男人為什麼會拘泥過去呢？

筆記頁

空白一頁，讓你記錄學習心得，也讓下一個單元，能以跨頁呈現，方便於對照閱讀。

がんばってください。

（請加油！）

無法認同 016

MP3 016

真不像話。

話(はなし)にならないよ。

助詞：表示變化結果	動詞：變成（なります⇒ない形）	助詞：表示看淡

話 に ならない よ 。

沒有變成 （像樣的）話 。

使用文型

動詞 い形容詞 な形容詞

[辭書形＋ように／－い＋く／－な＋に／名詞＋に]＋なります　變成

動	残業します（加班）	→ 残業(ざんぎょう)するようになります	（變成有加班的習慣）
い	涼しい（涼的）	→ 涼(すず)しくなります	（變涼）
な	有名（な）（有名）	→ 有名(ゆうめい)になります	（變有名）
名	話（（像樣的）話）	→ 話(はなし)になります	（變成（像樣的）話）

用法 完全無法贊同或接受對方所說的事情時，可以說這句話。

會話練習

花子（はなこ）：太郎（たろう）、英語（えいご）から日本語（にほんご）に翻訳（ほんやく）する仕事（しごと）があるけど、

從英語翻譯成日語的工作；「から」表示「起點」；「に」表示「變化結果」

けど　表示：前言，是一種緩折的語氣

やってみる*？

做看看

太郎（たろう）：えっ、報酬（ほうしゅう）はいくら？

咦？　多少錢？

花子（はなこ）：一文字（いちもじ）0．7円（れいてんななえん）だって*。

表示：提示內容

太郎（たろう）：話（はなし）にならないよ。他（ほか）の人（ひと）にあたって。

別人　請打聽；口語時「て形」後面可省略「ください」

使用文型

動詞

［て形］＋みる　［做］～看看

やります（做）	→ やってみる*	（做看看）
考えます（考慮）	→ 考（かんが）えてみる	（考慮看看）
比べます（比較）	→ 比（くら）べてみる	（比較看看）

動詞／い形容詞／な形容詞＋だ／名詞＋だ

［　普通形　］＋って　提示傳聞內容（聽說、根據自己所知）

※「な形容詞」、「名詞」的「普通形-現在肯定形」，需要有「だ」再接續。

動	行きます（去）	→ 行（い）くって	（聽說會去）
い	安い（便宜的）	→ 安（やす）いって	（聽說很便宜）
な	有名（な）（有名）	→ 有名（ゆうめい）だって	（聽說很有名）
名	0.7円（0.7日圓）	→ 0．7円（れいてんななえん）だって*	（聽說是0.7日圓）

中譯

花子：太郎，有一個將英語翻譯成日語的工作，你要做看看嗎？

太郎：咦？酬勞是多少錢？

花子：聽說是一個字0.7日圓。

太郎：真不像話。你找別人打聽。

無法認同
017

真是太誇張（離譜）了吧！
どうかしてるよ！

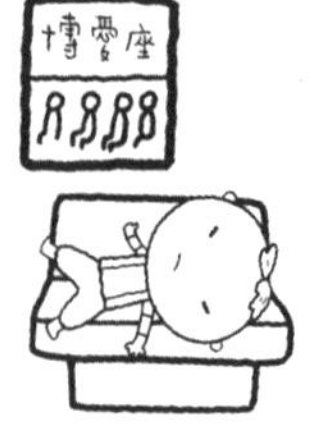

動詞（連語）：不正常（どうかします⇒て形）	補助動詞：（います⇒辭書形）（口語時可省略い）	助詞：表示感嘆

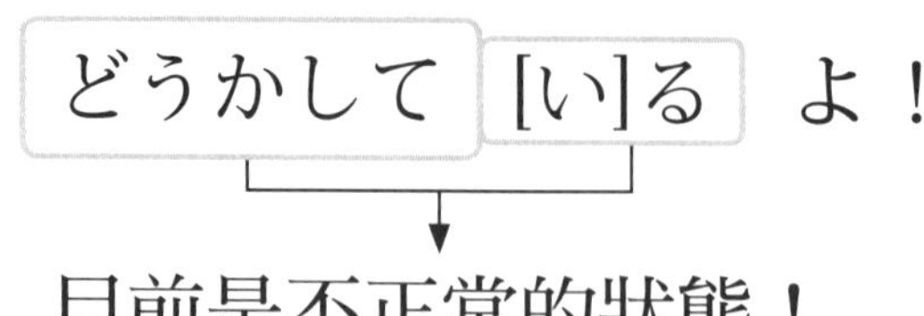

目前是不正常的狀態！

使用文型

動詞

[て形] ＋ います　　目前狀態

どうかします（不正常）	→ どうかしています	（目前是不正常的狀態）
腐ります（腐爛）	→ 腐（くさ）っています	（目前是腐爛的狀態）
故障します（故障）	→ 故障（こしょう）しています	（目前是故障的狀態）

用法 碰到超出容許、或是理解範圍的行為時，可以說這句話。

會話練習

太郎：え？　蝸牛の粘液を使った 美容クリーム？
（え？：咦？；蝸牛の粘液を使った：使用了蝸牛的黏液；美容クリーム：美容液）

花子：そうよ。新しい化粧品なの*。
（そうよ：對啊；「よ」表示「看淡」；の：表示：強調）

太郎：ううえ、気持ち悪い。どうかしてるよ！
（ううえ：哇～；気持ち悪い：好噁心；「気持ちが悪い」的省略說法）

使用文型

動詞／い形容詞／な形容詞＋な／名詞＋な

［　普通形　］＋の　強調

※ 此為「口語説法」，「普通體文型」為「～んだ」，「丁寧體文型」為「～んです」。
※「な形容詞」、「名詞」的「普通形-現在肯定形」，需要有「な」再接續。

動　困ります（困擾）→ 困ったの　（很困擾）
い　高い（貴的）→ 高いの　（很貴）
な　きれい（な）（漂亮）→ きれいなの　（很漂亮）
名　化粧品（化妝品）→ 新しい化粧品なの*　（是新的化妝品）

比較「気持ち vs. 気分 vs. 機嫌 vs. 気味」的差異

		いい	悪い
気持ち	が	感覺舒服	噁心、想吐、不舒服
気分	が	心情很好	心情不好、 不舒服（指生理方面，例如：頭暈）
機嫌	が	某人心情很好	某人心情不好
気味	が	看到不喜歡的人失敗或 遭遇不幸，心裡暗爽	覺得陰森

中譯
太郎：咦？使用蝸牛的粘液製造的美容液？
花子：對啊。是新的化妝品。
太郎：哇～，好噁心。真是太誇張（離譜）了吧！

無法認同 018

MP3 018

太扯了吧！

冗談（じょうだん）じゃない！

慣用語：
即使開玩笑也不應該講那樣

冗談じゃない ！

↓

太扯了吧 ！

相關表現

「聽到太離譜的話」的反應

肯定不可能 → そんなの[は]無理（むり）に決（き）まってるよ。
（那樣肯定是不可能的啊。）

肯定不行 → そんなの[は]だめに決（き）まってるよ。
（那樣肯定是不行的啊。）

覺得愚蠢 → そんなバカな話（はなし）があるか。
（哪有那麼愚蠢的話。）

反問對方 → 何（なに）を言（い）って[い]るんだ。
（你在說什麼啊？）

用法 聽到、或是看到莫名其妙的事情時，可以說這句話。

會話練習

花子（はなこ）：あれ？ まさか 勉強（べんきょう）してるの？

あれ？：咦？
まさか：難不成
勉強してるの？：正在唸書嗎？「勉強している の？」的省略說法；「の？」表示「關心好奇、期待回答」

太郎（たろう）：はい。心機一転（しんきいってん）、まじめに頑張（がんば）ることにしました*。
完全改變想法／認真地／決定要加油了；「…ことにしました」表示「（自己一個人）決定…了」

花子（はなこ）：ええー。遊（あそ）びに行（い）こうよ。
什麼～；表示「不滿」的語氣／去玩吧；「よ」表示「勸誘」

太郎（たろう）：冗談（じょうだん）じゃない！　来週（らいしゅう）テストがあるのに花子（はなこ）さんは
下星期／有考試，卻…；「のに」表示「卻…」

いったい何（なに）を考（かんが）えてるんですか*。
到底／在想著什麼呢？「何を考えているんですか」的省略說法

使用文型

動詞

[辭書形] ＋ ことにしました　決定[做]～了（自己一個人決定的）

頑張ります（加油）→ 頑張（がんば）ることにしました*　（決定要加油了）

行きます（去）→ 行（い）くことにしました　（決定要去了）

付き合います（交往）→ 付（つ）き合（あ）うことにしました　（決定要交往了）

動詞／い形容詞／な形容詞＋な／名詞＋な

[　普通形　] ＋ んですか　關心好奇、期待回答

※ 此為「丁寧體文型」用法，「普通體文型」為「～の？」。
※「な形容詞」、「名詞」的「普通形-現在肯定形」，需要有「な」再接續。

動　考えて[い]ます（想著的狀態）→ 何（なに）を考（かんが）えて[い]るんですか*（在想著什麼呢？）

い　眠い（想睡覺的）→ 眠（ねむ）いんですか　（很想睡嗎？）

な　嫌い（な）（討厭）→ 嫌（きら）いなんですか　（討厭嗎？）

名　受験生（考生）→ 受験生（じゅけんせい）なんですか　（是考生嗎？）

中譯
花子：咦？難不成你正在唸書嗎？
太郎：是的。我完全改變想法，決定要認真唸書了。
花子：什麼～。我們去玩吧。
太郎：太扯了吧！下星期有考試，你卻…，花子你到底在想什麼呢？

無法認同 019

MP3 019

這個太離譜了…。
これはひどい…。

助詞：表示主題　　い形容詞：太過份、離譜

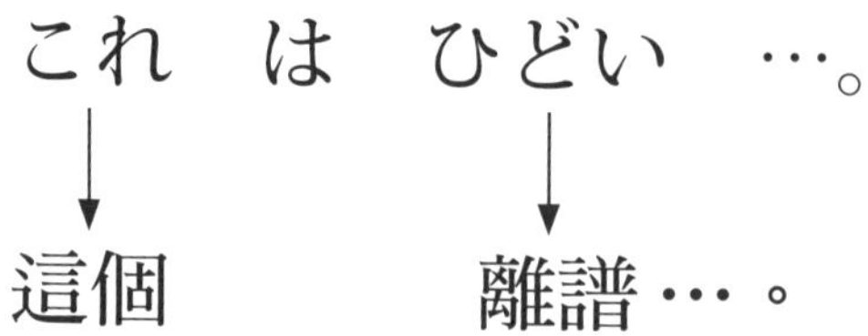

相關表現

「表示驚訝」的相關表現

太離譜	→ これはひどい…。	（這個太離譜了…。）
怎麼回事	→ なんということだ…。	（怎麼回事啊…。）
竟然變這樣	→ こんなことになるなんて…。	（竟然變成這樣…。）
怎麼會這樣	→ どうしてこんなことに…。	（為什麼會變成這樣…。）

用法 看到很離譜的狀況時，可以說這句話。

會話練習

花子（はなこ）：太郎（たろう）、ハンバーグ作（つく）ってみた*の*。食（た）べてみて。

ハンバーグ作ってみたの：試做了漢堡排；「ハンバーグを作ってみたの」的省略說法；「の」表示「強調」

食べてみて：請吃看看；「食べてみてください」的省略說法

太郎（たろう）：お、すごいね。じゃ、いただきまーす。……うっ…、

哦　好厲害啊；「ね」表示「感嘆」　我開動～了　嗯

これはひどい…。

花子（はなこ）：え？　おいしくない？

咦？　不好吃嗎？

太郎（たろう）：いや、中（なか）が生焼（なまや）けだよ…、ほら、見（み）てこれ。

裡面　沒煎熟耶；「よ」表示「提醒」　你看　看這個；原本的語順是：これ見て

使用文型

動詞

［て形］＋みた　［做］～看看了

作ります（製作）	→ 作（つく）ってみた＊	（製作看看了）
食べます（吃）	→ 食（た）べてみた	（吃看看了）
聞きます（詢問）	→ 聞（き）いてみた	（問看看了）

動詞／い形容詞／な形容詞＋な／名詞＋な

［　普通形　］＋の　強調

※ 此為「口語說法」，「普通體文型」為「～んだ」，「丁寧體文型」為「～んです」。
※「な形容詞」、「名詞」的「普通形-現在肯定形」，需要有「な」再接續。

動	作ってみます（製作看看）	→ 作（つく）ってみたの＊	（製作看看了）
い	まずい（難吃的）	→ まずいの	（很難吃）
な	下手（な）（笨拙）	→ 下手（へた）なの	（很笨拙）
名	本当（真的）	→ 本当（ほんとう）なの	（是真的）

中譯　花子：太郎，我試做了漢堡排。你吃看看。
太郎：哦，好厲害啊。那麼，我要開動～了。……嗯…，這個太離譜了…。
花子：咦？不好吃嗎？
太郎：不是，裡面是沒煎熟的耶…你看，看這個。

無法認同 020

MP3 020

你剛剛講的話，我沒辦法聽聽就算了。

今(いま)の言葉(ことば)は聞(き)き捨(ず)てならないな。

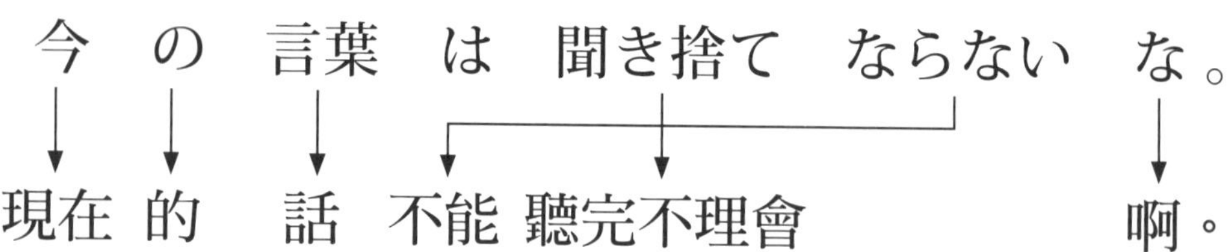

相關表現

「無法忽略不理會」的相關表現

無法聽過就算了	→ 聞(き)き捨(ず)てならない。	（不能聽完不理會。）
無法忽視	→ 見過(みす)ごせない。	（不能忽視。）
無法放著不管	→ ほうっておけない。	（不能放著不管。）
無法忍耐	→ 我慢(がまん)ならない。	（不能忍耐。）

用法 聽到對方說出自己無法接受的言論時，可以說這句話。

會話練習

太郎（たろう）：ああ、このグラビアアイドル、超可愛（ちょうかわい）いー。
グラビアアイドル：寫真偶像　超可愛いー：超可愛的～

花子（はなこ）：どこがいいの*よ。胸（むね）が大（おお）きいだけ*じゃない。
どこがいいのよ：哪裡是好的呢？「の」表示關心好奇、期待回答」；「よ」表示「看淡」
大きいだけじゃない：只是大而已，不是嗎？

太郎（たろう）：いやいや、足（あし）もほら、大根足（だいこんあし）の花子（はなこ）とは全然違（ぜんぜんちが）うでしょ。
いやいや：不、不　ほら：你看　大根足：蘿蔔腿
とは全然違うでしょ：和…完全不一樣，對不對？「と」表示「比較基準」；「は」表示「對比（區別）」

花子（はなこ）：今（いま）の言葉（ことば）は聞（き）き捨（す）てならないな。なんつった！？
なんつった！？：你說什麼？「何（なん）と言（い）った！？」的「縮約表現」

使用文型

動詞／い形容詞／な形容詞+な／名詞+な

[　普通形　]＋の？　關心好奇、期待回答

※此為「普通體文型」，「丁寧體文型」為「～んですか」。
※「な形容詞」、「名詞」的「普通形-現在肯定形」，需要有「な」再接續。

動	買います（買）	→ 買（か）ったの？	（買了嗎？）
い	いい（好的）	→ どこがいいの？*	（哪裡是好的呢？）
な	安全（な）（安全）	→ 安全（あんぜん）なの？	（安全嗎？）
名	先輩（前輩）	→ 先輩（せんぱい）なの？	（是前輩嗎？）

動詞／い形容詞／な形容詞+な／名詞

[　普通形　]＋だけ　只是～而已、只有

※「な形容詞」的「普通形-現在肯定形」，需要有「な」再接續。

動	聞きます（詢問）	→ 聞（き）いただけ	（只是問了而已）
い	大きい（大的）	→ 大（おお）きいだけ*	（只是大而已）
な	きれい（な）（漂亮）	→ きれいなだけ	（只是漂亮而已）
名	一日（一天）	→ 一日（いちにち）だけ	（只有一天）

中譯
太郎：啊～，這個寫真偶像超可愛的～。
花子：哪裡好呢？只是胸部大而已，不是嗎？
太郎：不、不，你看，腳也和蘿蔔腿的花子完全不一樣，對不對？
花子：你剛剛講的話，我沒辦法聽聽就算了。你說什麼？

跟你無關吧。

関係（かんけい）ないでしょ。

助詞：表示焦點（口語時可省略）

い形容詞：沒有（ない⇒普通形-現在肯定形）

動詞：有（あります⇒ない形）

助動詞：表示斷定（です⇒意向形）（口語時可省略う）

※「ない」除了是「い形容詞」，也是動詞「あります」的「ない形」。

使用文型

動詞／い形容詞／な形容詞／名詞

[普通形] ＋ でしょう　～對不對？

※ 此為「丁寧體文型」用法，「普通體文型」為「～だろう」。
※「～でしょう」表示「應該～吧」的「推斷語氣」時，語調要「下降」。
「～でしょう」表示「～對不對？」的「再確認語氣」時，語調要「提高」。

動	来ます（來）	→ 来（く）るでしょう	（會來對不對？）
い	ない（沒有）	→ ないでしょう	（沒有對不對？）
な	便利（な）（方便）	→ 便利（べんり）でしょう	（很方便對不對？）
名	風邪（感冒）	→ 風邪（かぜ）でしょう	（是感冒對不對？）

用法 對方對自己做的事情有很多意見，或者打聽個人隱私時，可以說這句話。

會話練習

太郎：ねえ、昨日(きのう)なんで電話(でんわ)に出(で)てくれなかった*の？

ㄟ　為什麼　沒有接電話呢？「の？」表示「關心好奇、期待回答」

花子：関係(かんけい)ないでしょ。たまには一人(ひとり)になりたかっただけよ。

偶爾；「は」表示「對比（區別）」　只是想要變成…而已；「よ」表示「看淡」

太郎：俺(おれ)が花子(はなこ)の電話(でんわ)に出(で)ないと怒(おこ)るくせに*、不公平(ふこうへい)だよ。

明明不接電話的話，你就會生氣，卻…「と」表示「條件表現」　「よ」表示「感嘆」

花子：あなたには浮気(うわき)の前科(ぜんか)があるから、当然(とうぜん)でしょ。

「に」表示「存在位置」；「は」表示「對比（區別）」　因為有花心的前科　是當然的，對不對？；「当然でしょう」的的省略說法

使用文型

動詞

[て形] ＋ くれなかった　別人沒有為我 [做] ～

出ます（接（電話））	→ 電話(でんわ)に出(で)てくれなかった*	（別人沒有接我的電話）
取ります（拿）	→ 取(と)ってくれなかった	（別人沒有為我拿）
買います（買）	→ 買(か)ってくれなかった	（別人沒有為我買）

動詞／い形容詞／な形容詞＋な／名詞＋の

[　普通形　] ＋ くせに　明明～，卻～

※「な形容詞」的「普通形-現在肯定形」需要有「な」；「名詞」需要有「の」再接續。

動	怒ります（生氣）	→ 怒(おこ)るくせに*	（明明會生氣，卻～）
い	寂しい（寂寞的）	→ 寂(さび)しいくせに	（明明寂寞，卻～）
な	上手（な）（擅長）	→ 上手(じょうず)なくせに	（明明擅長，卻～）
名	子供（小孩子）	→ 子供(こども)のくせに	（明明是小孩子，卻～）

中譯

太郎：ㄟ，昨天你為什麼沒有接我的電話呢？

花子：跟你無關吧。只是偶爾想要一個人而已。

太郎：明明我不接花子你的電話，你就會生氣，你卻…，太不公平了。

花子：因為你有花心的前科，我會這樣是當然的，對不對？

無法認同
022

怎麼可以這樣？
そんなのあり？

連體詞： 那樣的	形式名詞： 代替名詞 （＝出来事）	名詞： 有（動詞［あります］的名詞化）

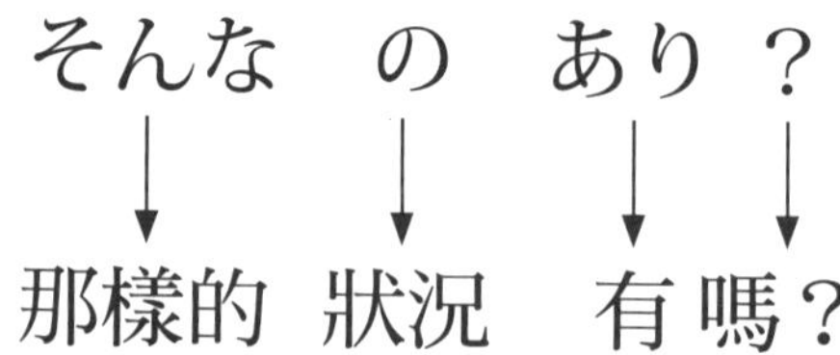

相關表現

「遭逢意料之外」的反應

真的假的 → え～、まじで？　（什麼～，真的假的？）

怎麼可能 → あり得（え）ない！　（怎麼可能！）

無法相信 → 信（しん）じらんない。　（真不敢相信。）
※「信じらんない」是「信じられない」的「縮約表現」。

不會吧 → まさか！？　（不會吧！？）

用法 發生意想不到的事情、或是有人對自己做出狡猾的事情時，可以說這句話。

會話練習

（野球(やきゅう)を観戦(かんせん)している）
棒球　正在觀看比賽

太郎(たろう)：よし、あと一人(ひとり)*だ。ツーストライク。次(つぎ)で終(お)わりだ！
好　還有一個人　兩好球　下一次就結束；「で」表示「言及範圍」

花子(はなこ)：あっ！　……さよならホームラン。
再見全壘打

太郎(たろう)：あー！　そんなのあり？

花子(はなこ)：太郎(たろう)が応援(おうえん)すると*いつも負(ま)けるよね。
支持的話，就…　總是　會輸；「よ」表示「提醒」；「ね」表示「期待同意」

使用文型

あと＋［數量詞］　再～［數量］、還有～［數量］

一人（一個人）	→ あと一人(ひとり)*	（還有一個人）
三日（三天）	→ あと三日(みっか)	（再三天）
1メートル（1公尺）	→ あと1(いち)メートル	（再1公尺）

動詞／い形容詞／な形容詞+だ／名詞+だ

［　普通形（限：現在形）　］＋と、～　順接恆常條件表現

動	応援します（支持）	→ 応援(おうえん)すると*	（如果支持的話，就～）
い	寒い（寒冷的）	→ 寒(さむ)いと	（如果寒冷的話，就～）
な	暇（な）（空閒）	→ 暇(ひま)だと	（如果有空的話，就～）
名	観光客（觀光客）	→ 観光客(かんこうきゃく)だと	（如果是觀光客的話，就～）

中譯　（正在觀賞棒球比賽）
太郎：好，還有一個人。兩好球。下一球就結束了！
花子：啊！……再見全壘打。
太郎：啊～！怎麼可以這樣？
花子：太郎如果支持球隊的話，總是會打輸。

無法認同 023

MP3 023

有什麼屁用。
そんなの糞(くそ)の役(やく)にも立(た)たないよ。

連體詞：那樣的	形式名詞：代替名詞	助詞：表示主題（口語時可省略）	助詞：表示所屬	連語：有幫助（役に立ちます⇒ない形）も…助詞：表示全否定	助詞：表示看淡

そんな　の　[は]　糞　の　役にも立たない　よ。
↓　↓
那樣的　事情　也沒什麼屁用　。

使用文型

動詞／い形容詞／な形容詞＋な／名詞＋な
[　普通形　]＋の＋[は／が／を／に 等等]
代替名詞的「の」

※「な形容詞」、「名詞」的「普通形-現在肯定形」，需要有「な」再接續。
※ 連體詞直接接續「の」。

- 動　言います（說）→ さっき言(い)ったのは嘘(うそ)だ。（の＝こと）
（剛剛說的事情是謊話。）
- い　欲しい（想要的）→ 私(わたし)は欲(ほ)しいのはあなたよ。（の＝もの）
（我想要的東西是你喔。）
- な　不満（な）（不滿）→ 僕(ぼく)が不満(ふまん)なのは彼女(かのじょ)が料理(りょうり)を作(つく)ってくれないことだ。（の＝こと）
（我覺得不滿的事情是女朋友不做菜給我吃。）
- 名　独身（單身）→ この中(なか)で独身(どくしん)なのは誰(だれ)ですか。（の＝人）
（這裡面單身的人是誰？）
- 連體　そんな（那樣的）→ そんなの[は]糞(くそ)の役(やく)にも立(た)たないよ。（の＝こと）
（那樣的事情，也沒什麼屁用。）

用法 斷言那樣做對事情沒有幫助時，可以說這句話。句中的「糞(くそ)の役(やく)にも立(た)たない」是屬於粗魯的說法，要小心使用。較一般的說法是「何(なん)の役(やく)にも立(た)たない」（沒什麼用）。

會話練習

（花子が星占いを見ている）
占星

花子：今日のラッキーカラーはオレンジ色で、
幸運色　橘色；「で」表示「連接」

ラッキーアイテムはウエストポーチだって*。
幸運物　說是「腰包」；「って」表示「提示內容」

太郎：ふーん。
表示：不太關心的回應方式

花子：太郎は信じないの？*
不相信嗎？

太郎：そんなの糞の役にも立たないよ。運命は自分で切り開くのさ。
自己開創；「で」表示「行動單位」；「の」表示「強調」；「さ」表示「輕微斷定」

使用文型

動詞／い形容詞／な形容詞+だ／名詞+だ

［　普通形　］＋って　提示內容（聽說、根據自己所知）

※「な形容詞」、「名詞」的「普通形-現在肯定形」，需要有「だ」再接續。

動	合格します（合格）	→ 合格したって	（說合格了）
い	寒い（寒冷的）	→ 寒いって	（說很冷）
な	大丈夫（な）（沒問題）	→ 大丈夫だって	（說沒問題）
名	ウエストポーチ（腰包）	→ ウエストポーチだって*	（說是腰包）

動詞／い形容詞／な形容詞+な／名詞+な

［　普通形　］＋の？　關心好奇、期待回答

※ 此為「普通體文型」用法，「丁寧體文型」為「～んですか」。
※「な形容詞」、「名詞」的「普通形-現在肯定形」，需要有「な」再接續。

動	信じます（相信）	→ 信じないの？*	（不相信嗎？）
い	怖い（害怕的）	→ 怖いの？	（害怕嗎？）
な	きれい（な）（漂亮）	→ きれいなの？	（漂亮嗎？）
名	嘘（謊言）	→ 嘘なの？	（是謊言嗎？）

中譯　（花子正在看占星）
花子：今天的幸運色說是橘色，幸運物是腰包。
太郎：喔～。
花子：太郎你不相信嗎？
太郎：有什麼屁用。命運是要自己開創的。

無法認同
024

MP3 024

無法信任。

信用(しんよう)できないね。

動詞：信任
（信用します
⇒可能形[信用できます]
的ない形）

助詞：
表示主張

信用できない　ね。

↓

不能信任。

相關表現

「不信任對方」的相關表現

無法信任 → 信用(しんよう)できないね。
（無法信任。）

說過卻沒做到 → この前(まえ)もそんな事(こと)[を]言(い)って、結局(けっきょく)～。
（之前也說過那種事情，結果～。）

說謊的表情 → 顔(かお)に嘘(うそ)って書(か)いてあるよ。
（你的表情好像在說謊。）

覺得懷疑 → 怪(あや)しい…。
（令人懷疑…。）

用法　無法相信對方所說的話時，可以說這句話。

會話練習

太郎(たろう)：なあ、花子(はなこ)。ちょっと お金(かね)貸(か)してくれない？*

なあ：へ　ちょっと：一點　お金貸してくれない？：願意借我錢嗎？「お金を貸してくれない？」的省略說法

月末（げつまつ）には返（かえ）すから。

「に」表示「動作進行時點」；「は」表示「對比（區別）」　會歸還；「から」表示「宣言」

花子（はなこ）：信用（しんよう）できないね。やだ。

不要

太郎（たろう）：頼（たの）むよ。2000円（にせんえん）でいいから。

拜託啦；「よ」表示「勸誘」　2000日圓就好；「で」表示「言及範圍」　表示：宣言

花子（はなこ）：バイト代（だい）を前払（まえばら）いしてもらえばいい*でしょ。

打工薪水　請公司預支就好了，對不對？「前払いしてもらえばいいでしょう」的省略說法

私（わたし）は嫌（いや）だからね。

不願意；「から」表示「宣言」；「ね」表示「主張」

使用文型

動詞

[て形]＋くれない？　願意為我[做]～嗎？

貸します（借出）	→ 貸（か）してくれない？*	（願意借我嗎？）
教えます（告訴）	→ 教（おし）えてくれない？	（願意告訴我嗎？）
持ちます（拿）	→ 持（も）ってくれない？	（願意為我拿嗎？）

動詞

[て形]＋もらえばいい　請別人（為我）[做]～，就好了

※ 上方會話句是說話者（花子）站在對方（太郎）的立場，把自己當成太郎，所以使用「請別人為我[做]～，就好了」的文型。

前払いします（預支）	→ 前払（まえばら）いしてもらえばいい*	（請別人預支給我就好了）
直します（修改）	→ 直（なお）してもらえばいい	（請別人修改就好了）
手伝います（幫忙）	→ 手伝（てつだ）ってもらえばいい	（請別人幫忙我就好了）

中譯　太郎：ㄟ，花子。你願意借我一點錢嗎？我月底就會還你。
花子：無法信任。我不要。
太郎：拜託啦。2000日圓就好了。
花子：你請公司預支打工薪水就好了，對不對？我不願意借你錢。

我已經不想再看到你（他）的臉了。

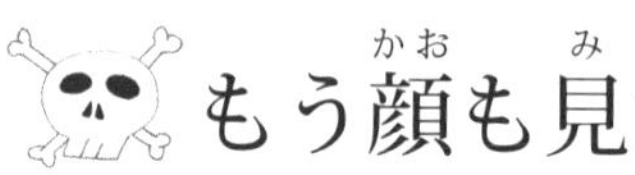

もう顔（かお）も見（み）たくない！

副詞：已經	助詞：表示全否定	動詞：看（見ます⇒ます形除去［ます］）	助動詞：表示希望（たい⇒現在否定形-くない）

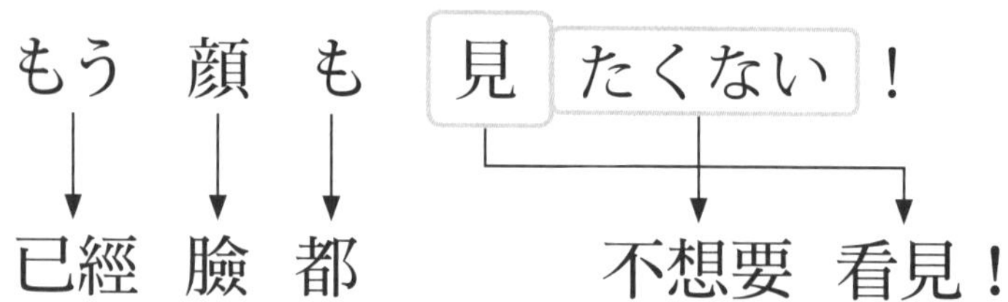

使用文型

動詞［~~ます~~形］＋たい　想要［做］～

見ます（看）	→ 見（み）たい	（想要看）
泣きます（哭泣）	→ 泣（な）きたい	（想要哭泣）
謝ります（道歉）	→ 謝（あやま）りたい	（想要道歉）

用法　討厭對方到連見面都不願意的程度時，可以用這種強烈的說法。這句話有完全拒絕對方的語感，可能破壞彼此感情，要特別注意謹慎使用。

會話練習

花子：太郎！　私が以前あなたに書いた手紙を友達に見せたって*ホント！？

（あなたに書いた手紙：寫給你的信）
（友達に見せたって：聽說給朋友看了；「って」等同「というのは」，表示「提示內容＋主題」）
（ホント！？：真的嗎！？）

太郎：ああ、面白いからさ。

（面白いからさ：因為很有趣；「から」表示「原因理由」；「さ」表示「輕微斷定」）

花子：ひどい！　なんでそんな事するの？　もう顔も見たくない！

（ひどい：過分）
（なんで：為什麼）
（そんな事するの？：做那種事呢？「そんな事をするの？」的省略說法「の？」表示「關心好奇、期待回答」）

太郎：そんな怒るな*って。

（そんな怒るな：不要那麼生氣）
（って：表示：輕微不耐煩）

使用文型

動詞／い形容詞／な形容詞+[だ]／名詞+[だ]

[　普通形　]＋って（＝というのは）　提示內容＋主題

※「な形容詞」、「名詞」的「普通形-現在肯定形」，有沒有「だ」都可以。

動	見せます（給～看）	→ 友達に見せたって*	（聽說給朋友看了…）
い	嬉しい（高興的）	→ 嬉しいって	（聽說很高興…）
な	暇（な）（空閒）	→ 暇[だ]って	（聽說很閒…）
名	冗談（玩笑）	→ 冗談[だ]って	（聽說是玩笑…）

動詞

[辭書形]＋な（＝禁止形）　別[做]～、不准[做]～（表示禁止）

怒ります（生氣）	→ 怒るな*	（不要生氣）
泣きます（哭泣）	→ 泣くな	（不要哭）
笑います（笑）	→ 笑うな	（不要笑）

中譯

花子：太郎！聽說你把我以前寫給你的信給朋友看了，是真的嗎！？
太郎：啊～，因為我覺得很有趣啊。
花子：真過分！你為什麼要做那種事呢？我已經不想再看到你的臉了！
太郎：不要那麼生氣嘛。

厭惡
026

MP3 026

我再也不去了。

二度と行くもんか。

副詞：再也不～（後面接否定或「ものか」）　動詞：去（行きます⇒辭書形）　連語：表示強烈否定（反問表現：怎麼會）

二度と　行く　ものか。
↓
再也不　去！

※「ものか」的「縮約表現」是「もんか」，口語時常使用「縮約表現」。

使用文型

二度と＋[辭書形]（動詞）＋ものか　再也不[做]～

行きます（去）→二度と行くものか　（再也不去）
見ます（看）→二度と見るものか　（再也不看）
買います（買）→二度と買うものか　（再也不買）

用法 下定強烈的決心不再前往某個場所時，可以說這句話。

會話練習

太郎：何か店員、感じ悪かったね。

何か：總覺得
感じ悪かったね：感覺好差；「感じが悪かった」的省略說法；「ね」表示「期待同意」

花子：そうね。味もいまいちだったし＊。

對啊；「ね」表示「表示同意」　比預期的水準差一點；「し」表示「列舉評價」

太郎：こんな店、二度と行くもんか。

這種店

花子：そうよ。来なきゃよかった＊わ。

對啊；「よ」表示「感嘆」　沒來就好了；「わ」表示「女性語氣」

使用文型

動詞／い形容詞／な形容詞＋だ／名詞＋だ

［　普通形　］＋し、～　列舉評價

※「な形容詞」、「名詞」的「普通形-現在肯定形」，需要有「だ」再接續。
※「副詞」的「普通形-現在肯定形」，需要有「だ」再接續。

動	疲れています（疲倦的狀態）	→ 疲れているし	（又疲倦，又～）
い	狭い（狹窄的）	→ 狭いし	（又狹窄，又～）
な	ハンサム（な）（帥氣）	→ ハンサムだし	（又帥氣，又～）
名	初心者（初學者）	→ 初心者だし	（又是初學者，又～）
副	いまいち（還差一點）	→ いまいちだったし＊	（又還差一點，又～）

動詞

［ない形］＋なきゃよかった　表示後悔（要是不～就好了）

※ 此為「動詞ない形 ＋ なければよかった」的「縮約表現」，口語時常使用「縮約表現」。

来ます（來）	→ 来なきゃよかった＊	（要是沒來就好了）
行きます（去）	→ 行かなきゃよかった	（要是沒去就好了）
話します（說）	→ 話さなきゃよかった	（要是沒說就好了）

中譯　太郎：總覺得店員給人的感覺好差。
花子：對啊。味道也還差一點。
太郎：這種店我再也不去了。
花子：對啊。要是沒來就好了。

MP3 027

我真的受夠了。

もう、うんざりだよ。

副詞： 已經	副詞： 厭煩	助動詞：表示斷定 （です ⇒普通形-現在肯定形）	助詞： 表示看淡

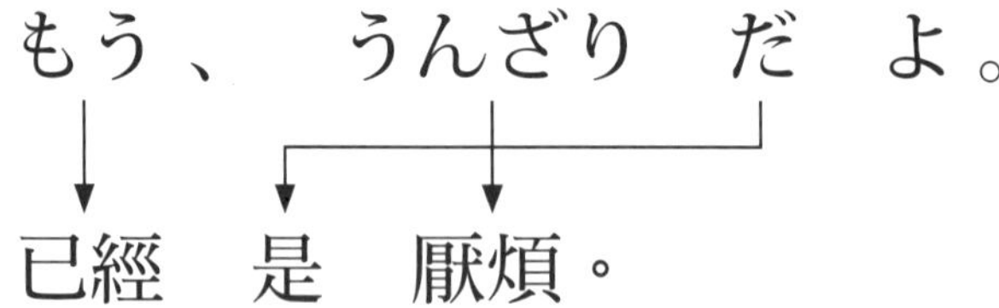

相關表現

「受夠了」的類似說法

不敢了 → もう、こりごりだよ。（已經再也不敢了。）

求饒 → 勘弁(かんべん)してくれよ。（饒了我吧。）

覺得厭煩 → もう、やんなっちゃう。（已經覺得厭煩了。）

※「やんなっちゃう」是「嫌(いや)になってしまう」的「縮約表現」。

不能配合 → 付(つ)き合(あ)ってらんない。（無法配合。）

※「付き合ってらんない」是「付き合っていられない」的「縮約表現」。

用法 對某個活動、環境、狀況、或是對方的言行舉止等已經產生厭煩的感覺時，可以說這句話。

會話練習

太郎(たろう)：ああ、毎日毎日(まいにちまいにち)、授業受(じゅぎょうう)けて、レポート書(か)いて、

授業受けて：上課；「授業を受けて」的省略說法；「て形」表示「動作順序」

レポート書いて：寫報告；「レポートを書いて」的省略說法；「て形」表示「動作順序」

テスト受(う)けて…。
考試；「テストを受けて」的省略說法；「て形」表示「動作順序」

花子(はなこ)：あら、大学生(だいがくせい)なら＊当(あ)たり前(まえ)でしょ。
哎呀　是大學生的話　是理所當然的，對不對？「当たり前でしょう」的省略說法

太郎(たろう)：もううんざりだよ。どこか旅(たび)に出(で)たい…。
表示：不特定　想要外出旅行

花子(はなこ)：嫌(いや)なら＊大学(だいがく)やめればいいじゃない？＊
要是討厭的話　輟學的話就好了，不是嗎？「大学をやめればいいじゃない？」的省略說法

使用文型

動詞／い形容詞／な形容詞／名詞
［　普通形　］＋なら、～　要是～的話，～
如果～的話，～

動	知っています（知道）	→ 知(し)っているなら	（要是知道的話，～）
い	重い（重的）	→ 重(おも)いなら	（要是很重的話，～）
な	嫌（な）（討厭）	→ 嫌(いや)なら＊	（要是討厭的話，～）
名	大学生（大學生）	→ 大学生(だいがくせい)なら＊	（如果是大學生的話，～）

動詞　い形容詞　な形容詞
［條件形／－い＋ければ／－な＋なら／名詞＋なら］＋いいじゃない？
～的話就好了，不是嗎？

動	やめます（輟學）	→ 大学(だいがく)［を］やめればいいじゃない？＊	（輟學的話就好了，不是嗎？）
い	楽しい（快樂的）	→ 楽(たの)しければいいじゃない？	（快樂的話就好了，不是嗎？）
な	便利（な）（方便）	→ 便利(べんり)ならいいじゃない？	（方便的話就好了，不是嗎？）
名	人（人）	→ いい人(ひと)ならいいじゃない？	（是好人的話就好了，不是嗎？）

中譯
太郎：啊～，每天每天上課、寫報告、考試…。
花子：哎呀，如果是大學生的話，這樣是理所當然的，對不對？
太郎：我真的受夠了。我想要外出到某地旅行…。
花子：要是討厭的話，輟學就好了，不是嗎？

你真的很丟人現眼！

連體詞：	名詞、な形容詞：
這個	丟臉的人、活活丟死人

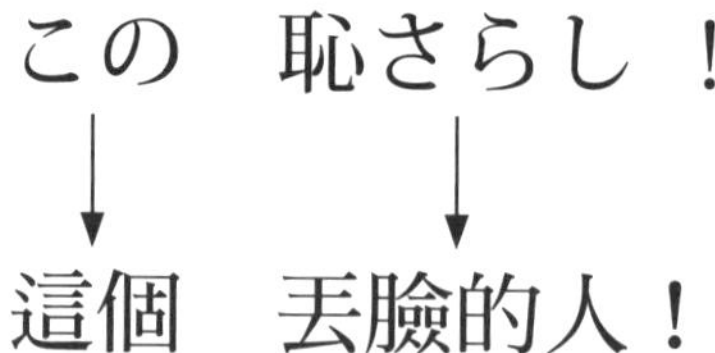

相關表現

この＋[激烈的罵人用語]　　痛罵（強調表現）

恥さらし（丟臉的人）	→ この恥（はじ）さらし！	（你這個丟臉的人！）
怠け者（懶惰鬼）	→ この怠（なま）け者（もの）！	（你這個懶惰鬼！）
嘘つき（騙子）	→ この嘘（うそ）つき！	（你這個騙子！）
変態（變態）	→ この変態（へんたい）！	（你這個變態！）

用法　家人、同校的人、或是同國籍的人，犯下罪行或者造成重大事故時，可以說這句話表達憤怒。句中的「恥さらし」（丟臉的人）是很強烈的罵人詞彙，可能破壞彼此感情，要特別注意謹慎使用。

會話練習

父親（ちちおや）：何（なに）！？ 酒（さけ）に酔（よ）って 全裸（ぜんら）になって 警察（けいさつ）に捕（つか）まっただと！？

因為喝醉酒；「て形」表示「原因」／因為變成全裸；「て形」表示「原因」／你說被警察逮捕了！？「と」表示「提示內容」

太郎（たろう）：お父（とう）さん、ごめんなさい。

抱歉

父親（ちちおや）：この恥（はじ）さらし！ あれだけ 飲（の）み過（す）ぎるな* と言（い）っただろう？*

那種程度／不要喝太多／說過了，對不對？

太郎（たろう）：ほんとうに すみませんでした…。

真的／對不起

使用文型

動詞

[辭書形]＋な（＝禁止形）　別[做]～、不准[做]～（表示禁止）

飲み過ぎます（喝太多）	→ 飲（の）み過（す）ぎるな*	（不要喝太多）
走ります（跑步）	→ 走（はし）るな	（不要跑）
聞きます（聽）	→ 聞（き）くな	（不要聽）

動詞／い形容詞／な形容詞／名詞

[　普通形　]＋だろう？　～對不對？

※「丁寧體」是「～でしょう」，「普通體」是「～だろう」。
※「～だろう」在句尾使用時，是偏向男性語氣的說法。

動	言います（說）	→ 言（い）っただろう？*	（說過了對不對？）
い	面白い（有趣的）	→ 面白（おもしろ）いだろう？	（很有趣對不對？）
な	安全（な）（安全）	→ 安全（あんぜん）だろう？	（很安全對不對？）
名	小学生（小學生）	→ 小学生（しょうがくせい）だろう？	（是小學生對不對？）

中譯

父親：什麼！？你說因為喝醉酒，全身赤裸，被警察逮捕了！？
太郎：爸爸，抱歉。
父親：你真的很丟人現眼！我跟你說過，不要喝那麼多，對不對？
太郎：真的很對不起…。

瞧不起
029

哼，好無聊。

ふん、馬鹿馬鹿(ばかばか)しい。

感嘆詞：
哼！

い形容詞：
無聊、愚蠢

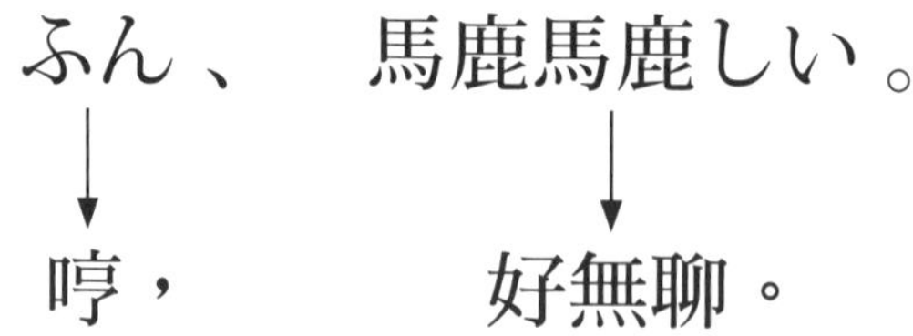

相關表現

「ふん」的用法

輕蔑	→ ふん、馬鹿馬鹿(ばかばか)しい。	（哼，好無聊。）
口是心非	→ ふん！あなたなんて大嫌(だいきら)い！	（哼，我最討厭你這種人！）
苦笑	→ ふん、そんなわけがないよ。	（唉，沒有那種事啦。）
輕微驚訝	→ ふ～ん、なるほど。	（喔～，原來如此。）
沒興趣	→ ふ～ん、だから何(なに)？	（喔～，所以怎樣呢？）

用法 對對方所做的事情、或是所說的話表達輕蔑之意時，可以說這句話。

會話練習

花子(はなこ)：ポイント集(あつ)めると*、ドラえもんのミニ扇風機(せんぷうき)がもらえるんだ*よ。

- ポイント集めると：集點的話，就…；「ポイントを集めると」的省略說法
- ドラえもん：哆啦A夢
- ミニ扇風機：迷你風扇
- もらえるんだ：能夠得到；「んだ」表示「強調」；「よ」表示「提醒」

太郎：だから？

所以呢？

花子：だから、この店でなんか買って ポイント 私にちょうだい。

買個什麼東西；「なん（什麼）＋か（表示不特定）」；「て形」表示「動作順序」

點數

給我；「に」表示「動作的對方」

太郎：ふん、馬鹿馬鹿しい。まんまと店の戦略に乗っかって。

完全

被…說動；「に」表示「到達點」；「て形」表示「附帶狀況」

使用文型

動詞／い形容詞／な形容詞＋だ／名詞＋だ

[　普通形（限：現在形）　]＋と、～　條件表現

※「な形容詞」、「名詞」的「普通形-現在肯定形」，需要有「だ」再接續。

動	集めます（收集）	→ ポイント[を]集めると*	（收集點數的話，就～）
い	安い（便宜的）	→ 安いと	（便宜的話，就～）
な	頑固（な）（固執）	→ 頑固だと	（固執的話，就～）
名	学生（學生）	→ 学生だと	（是學生的話，就～）

動詞／い形容詞／な形容詞＋な／名詞＋な

[　普通形　]＋んだ　強調

※ 此為「普通體文型」用法，「丁寧體文型」為「～んです」，口語說法為「～の」。
※「な形容詞」、「名詞」的「普通形-現在肯定形」，需要有「な」再接續。

動	もらえます（能夠得到）	→ もらえるんだ*	（能夠得到）
い	高い（貴的）	→ 高いんだ	（很貴）
な	贅沢（な）（奢侈）	→ 贅沢なんだ	（很奢侈）
名	人気商品（人氣商品）	→ 人気商品なんだ	（是人氣商品）

中譯

花子：集點的話就可以得到哆啦A夢的迷你風扇喔。
太郎：所以呢？
花子：所以，你在這家店買個什麼東西，把點數給我。
太郎：哼，好無聊。你完全被商店的戰略說動了。

瞧不起

030

MP3 030

膽小鬼！

意気地無し！（いくじな）

意気地無し！

↓

膽小鬼！

相關表現

「膽小」的相關表現

名詞用法 → 小心者（しょうしんもの）　（膽子小的人）

動詞用法 → ビビる　（恐懼；年輕人會用的語彙）

動詞用法 → びくびくする　（畏縮恐懼的樣子）

「膽大」的相關表現

膽子大 → 肝（きも）も据（す）わっている　（膽子很大）

膽子大 → 神経（しんけい）が図太（ずぶと）い　（膽子很大、對事情不敏感）

有勇氣 → 心臓（しんぞう）に毛（け）が生（は）えている　（很有勇氣、很敢嘗試、厚臉皮）

用法　批評沒有勇氣的人時，可以說這句話。

會話練習

花子（はなこ）：あ、お化け屋敷（ばやしき）があるよ。入（はい）ってみよう*よ。

鬼屋　表示：提醒　進去看看吧；「よ」表示「勸誘」

太郎（たろう）：いや、やめておこう*よ。他（ほか）のにしよう。

採取放棄的措施吧；「よ」表示「勸誘」　玩其他的（設施）吧；「他のアトラクションにしよう」的省略說法；「に」表示「決定結果」

花子（はなこ）：もしかして怖（こわ）いの？意気地無（いくじな）し！

難道　會害怕嗎？「の？」表示「關心好奇、期待回答」

太郎（たろう）：びっくりさせられるの苦手（にがて）なんだ。勘弁（かんべん）して。

被人家嚇一跳；「の」表示「形式名詞」，後面省略了表示焦點的「が」　很害怕；「んだ」表示「強調」　請饒了我；口語時「て形」後面可省略「ください」

使用文型

動詞

[て形] ＋ みよう　[做]～看看吧

入ります（進去）→ 入（はい）ってみよう*　（進去看看吧）

飲みます（喝）→ 飲（の）んでみよう　（喝看看吧）

書きます（寫）→ 書（か）いてみよう　（寫看看吧）

動詞

[て形] ＋ おこう　善後措施（為了以後方便）

※ 此為「普通體文型」用法，「丁寧體文型」為「動詞て形 ＋ おきましょう」。

やめます（放棄）→ やめておこう*　（為了以後方便就放棄吧）

直します（修改）→ 直（なお）しておこう　（為了以後方便就修改吧）

洗います（清洗）→ 洗（あら）っておこう　（為了以後方便就清洗吧）

中譯

花子：啊，有鬼屋耶。進去看看吧。
太郎：不，我們不要進去吧。去玩別的吧。
花子：難道你會害怕嗎？膽小鬼！
太郎：我很害怕被人家驚嚇。請饒了我。

瞧不起

031

你很菜耶。

下手(へた)くそ。

な形容詞：
非常拙劣

下手くそ。

↓

非常拙劣。

相關表現

「拙劣」的相關表現

下手(へた)っぴ（非常拙劣；意思等於「下手くそ」）

ショボい（技術很差、（事物）與原本預期的差距很大；年輕人會用的語彙）

へぼい　（技術很爛）

ど素人(しろうと)　（百分之百的外行人）

「高明」的相關表現

うまい　（很棒）

プロい　（職業級；年輕人會用的語彙）

ナイス！（很棒）

お見事(みごと)！（好棒、很厲害、很精彩）

用法　對做事技能低下、笨拙的人，可以說這句話。

會話練習

（祭り（まつ）の金魚（きんぎょ）すくいの夜店（よみせ）で）
祭典　撈金魚　夜間的攤販

花子（はなこ）：よし、こうやって…。ああ、また破れ（やぶ）ちゃった*。
好　這樣做；「て形」表示「動作順序」　又　破掉了

太郎（たろう）：下手（へた）くそ。こうやるんだよ。まずは水（みず）に斜め（なな）に入れ（い）て…。
要這樣做；「んだ」表示「強調」；「よ」表示「提醒」　首先　斜斜地　放入；「て形」表示「動作順序」

花子（はなこ）：おお。なるほどなるほど。
哦～　原來如此

太郎（たろう）：すくい上げる（あ）時（とき）はこうやってほぼ水平（すいへい）にしながら*…。
撈起來　這樣做；「て形」表示「附帶狀況」　幾乎　一邊保持水平，一邊…

あ、破れ（やぶ）た…。
破了

使用文型

動詞

[て形（～て／～で）]＋ちゃった／じゃった　（無法挽回的）遺憾

※ 此為「動詞て形 ＋ しまった」的「縮約表現」，口語時常使用「縮約表現」。
※ 屬於「普通體文型」，「丁寧體文型」為「動詞て形除去［て／で］＋ ちゃいました ／ じゃいました」。

破れます（破掉）→ 破れ（やぶ）ちゃった*　（很遺憾破掉了）
別れます（分手）→ 別れ（わか）ちゃった　（很遺憾分手了）
忘れます（忘記）→ 忘れ（わす）ちゃった　（不小心忘記了）

動詞

[ま~~す~~形]＋ながら　一邊［做］～，一邊～

します（做）→ 水平（すいへい）にしながら*　（一邊保持水平，一邊～）
歌います（唱歌）→ 歌（うた）いながら　（一邊唱歌，一邊～）

中譯　（在祭典的夜間撈金魚攤）
花子：好，這樣做…。啊～，又破掉了。
太郎：你很菜耶。要這樣做啦。先斜斜地伸進水裡…。
花子：哦～，原來如此原來如此。
太郎：撈起來的時候要這樣一邊幾乎保持水平，一邊…。啊，破掉了…。

我才不要。

やなこった。

な形容詞：討厭（嫌⇒名詞接續用法）　形式名詞：表示感嘆　助動詞：表示斷定（です⇒普通形-現在肯定形）

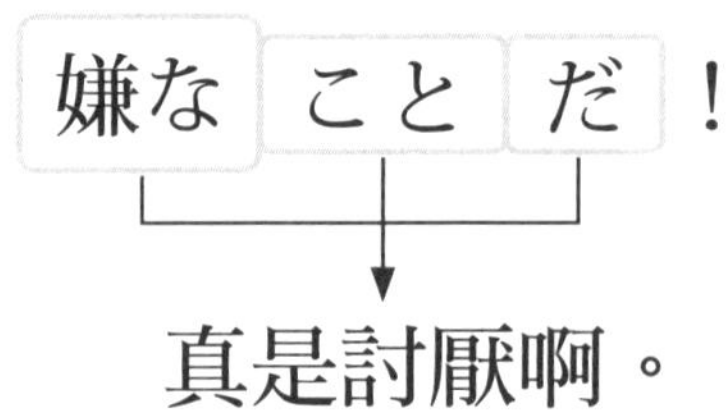

※「嫌（いや）なことだ」的「縮約表現」是「やなこった」，屬於過度的「縮約表現」，不是經常使用。

使用文型

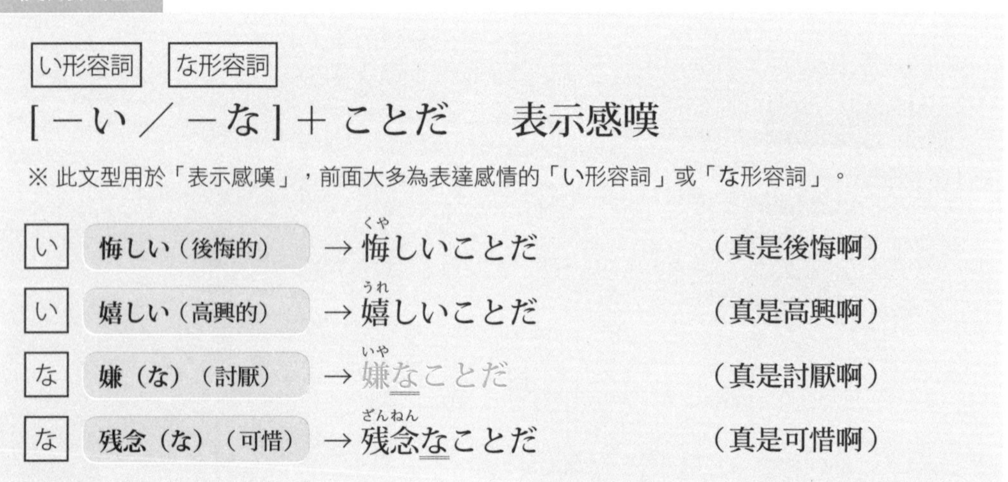

い形容詞　な形容詞

[ーい／ーな]＋ことだ　表示感嘆

※ 此文型用於「表示感嘆」，前面大多為表達感情的「い形容詞」或「な形容詞」。

い	悔しい（後悔的）	→ 悔（くや）しいことだ	（真是後悔啊）
い	嬉しい（高興的）	→ 嬉（うれ）しいことだ	（真是高興啊）
な	嫌（な）（討厭）	→ 嫌（いや）なことだ	（真是討厭啊）
な	残念（な）（可惜）	→ 残念（ざんねん）なことだ	（真是可惜啊）

用法　對方提出要求、或是委託時，所使用的冷淡且明確拒絕的說法。

會話練習

花子（はなこ）：ねえ、今度（こんど）の新歓（しんかん）パーティーの幹事（かんじ）やってくれない？*

ねえ：ㄟ　新歓パーティー：迎新晚會　やってくれない？：願意擔任嗎？

太郎（たろう）：え～、嫌（いや）だよ。めんどくさい。

え～：咦～　めんどくさい：好麻煩

花子（はなこ）：他（ほか）に頼（たの）める人（ひと）いないの。ねえ、お願（ねが）い！

他に：其他；「に」表示「累加」　頼める人：可以拜託的人　の：表示：強調　お願い：拜託

太郎（たろう）：やなこった。隆夫君（たかおくん）に頼（たの）めばいいじゃん*。

に頼めばいいじゃん：拜託…的話就好了，不是嗎？「に」表示「動作的對方」

使用文型

動詞

[て形]＋くれない？　願意為我[做]～嗎？

やります（擔任）	→ やってくれない？*	（願意為我擔任嗎？）
買います（買）	→ 買（か）ってくれない？	（願意為我買嗎？）
調べます（調查）	→ 調（しら）べてくれない？	（願意為我調查嗎？）

動詞　い形容詞　な形容詞

[條件形／－い＋ければ／－な＋なら／名詞＋なら]＋いいじゃん　～的話就好了，不是嗎？

※ 此為「～なら＋いいじゃない」的「縮約表現」。

動	頼みます（拜託）	→ 頼（たの）めばいいじゃん*	（拜託的話就好了，不是嗎？）
い	安い（便宜的）	→ 安（やす）ければいいじゃん	（便宜的話就好了，不是嗎？）
な	便利（な）（方便）	→ 便利（べんり）ならいいじゃん	（方便的話就好了，不是嗎？）
名	無料（免費）	→ 無料（むりょう）ならいいじゃん	（是免費的話就好了，不是嗎？）

中譯

花子：ㄟ，你願意擔任這次的迎新晚會的幹事嗎？
太郎：咦～，我不要。好麻煩。
花子：沒有其他人可以拜託。ㄟ，拜託！
太郎：我才不要。你拜託隆夫就好了，不是嗎？

拒絕
033

MP3 033

我死也不想。

死(し)んでもやだね。

動詞：死亡（死にます⇒て形）
助詞：表示逆接
な形容詞：不願意
な形容詞語尾：表示斷定（現在肯定形）
助詞：表示主張

死んで｜も｜嫌　だ　ね。
即使死｜也｜不願意。

※「嫌(いや)だね」的「縮約表現」是「やだね」，口語時常使用「縮約表現」。

使用文型

動詞　い形容詞　な形容詞

[て形／－い＋くて／－な＋で / 名詞＋で]＋も　即使～，也～

動	死にます（死亡）	→ 死(し)んでも	（即使死，也～）
い	寂しい（寂寞的）	→ 寂(さび)しくても	（即使寂寞，也～）
な	嫌（な）（不願意）	→ 嫌(いや)でも	（即使不願意，也～）
名	大人（大人）	→ 大人(おとな)でも	（即使是大人，也～）

用法 表示「與其要做那種事，寧願死了算了」的強烈拒絕表現。

會話練習

（遊園地(ゆうえんち)で）

表示：動作進行地點

花子(はなこ)：太郎(たろう)、バンジージャンプがあるよ。やってみて*。
高空彈跳　表示：提醒　請做看看；「やってみてください」的省略說法

太郎(たろう)：嫌(いや)だよ。
不願意；「よ」表示「看淡」

花子(はなこ)：太郎(たろう)の勇気(ゆうき)が見(み)たいの*。やってみて*よ。
很想要看；「の」表示「強調」　請做看看吧；「やってみてくださいよ」的省略說法；「よ」表示「勸誘」

太郎(たろう)：死(し)んでもやだね。

使用文型

動詞

[て形] + ください　請[做]～

※ 丁寧體會話時為「動詞て形 + ください」。
※ 普通體、口語會話時，省略「ください」。

やってみます（做看看）	→ やってみて[ください]*	（請做看看）
遊びます（玩）	→ 遊(あそ)んで[ください]	（請玩）
書きます（寫）	→ 書(か)いて[ください]	（請寫）

動詞／い形容詞／な形容詞+な／名詞+な

[　　普通形　　] + の　強調

※ 此為「口語説法」，「普通體文型」為「～んだ」，「丁寧體文型」為「～んです」。
※「な形容詞」、「名詞」的「普通形-現在肯定形」，需要有「な」再接續。
※「動詞ます形 + たい」的「たい」是「助動詞」，變化上與「い形容詞」相同。

動	負けます（輸）	→ 負(ま)けたの	（輸了）
い	見たい（想要看）	→ 見(み)たいの*	（很想要看）
な	上手（な）（擅長）	→ 上手(じょうず)なの	（很擅長）
名	弱虫（膽小鬼）	→ 弱虫(よわむし)なの	（是膽小鬼）

中譯　（在遊樂場）
花子：太郎，有高空彈跳耶。你玩看看。
太郎：我不願意。
花子：我很想看太郎的勇氣。玩看看啦。
太郎：我死也不想。

MP3 034

我現在沒空理你。（現在很忙或心情不好）

今（いま）、ちょっとそれどころじゃないんだよ。

副詞：一下、有點、稍微

形式名詞：不是～的時候（どころ⇒普通形-現在否定形）

連語：ん＋だ
ん…形式名詞（の⇒縮約表現）
だ…助動詞：表示斷定（です⇒普通形-現在肯定形）

助詞：表示看淡

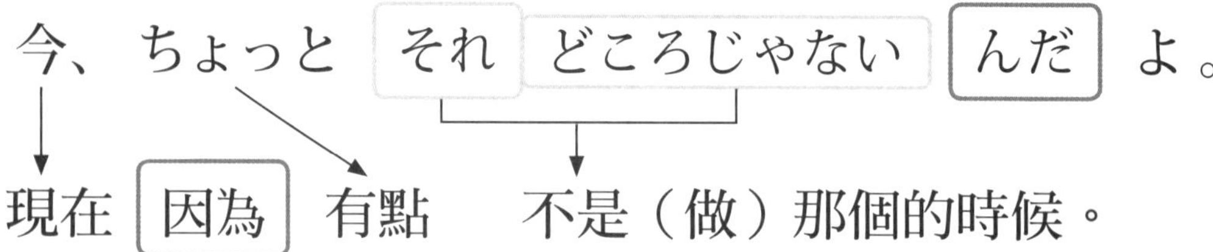

使用文型

動詞

[辭書形 / 名詞] ＋ どころじゃない　哪有～、不是～的時候

動	行きます（去）	→ 遊（あそ）びに行（い）くどころじゃない	（不是去玩的時候）
名	それ（那個）	→ それどころじゃない	（不是那個的時候）

動詞／い形容詞／な形容詞＋な／名詞＋な

[　普通形　] ＋ んです　理由

※ 此為「丁寧體文型」用法，「普通體文型」為「～んだ」，口語說法為「～の」。
※「な形容詞」、「名詞」的「普通形-現在肯定形」，需要有「な」再接續。

動	勉強します（唸書）	→ 勉強（べんきょう）するんです	（因為要唸書）
い	つまらない（無聊的）	→ つまらないんです	（因為很無聊）
な	変（な）（奇怪）	→ 変（へん）なんです	（因為很奇怪）
名	～どころ（～的時候）	→ ～どころじゃないんです	（因為不是～的時候）

用法　想告訴對方「現在正在忙，沒空做其他事情」時，可以說這句話。

會話練習

花子（はなこ）：ねえ、太郎（たろう）、デパートに行（い）かない？
ㄟ　百貨公司　不去嗎？

太郎（たろう）：今（いま）、ちょっとそれどころじゃないんだよ。（ゲームをしている）
遊戲　正在玩

花子（はなこ）：あとで やればいい*でしょ*。こんなもの！（電源（でんげん）を切（き）る）
待會兒　做的話就好了，對不對？「やればいいでしょう」的省略說法　這種　關掉

太郎（たろう）：あ！ いいところだったのに…。
很好的階段，卻…；「のに」表示「卻…」

使用文型

動詞

[條件形（～ば）]＋いい　[做]～就可以了、[做]～就好了

※ 此為「普通體文型」用法，「丁寧體文型」為「動詞條件形（～ば）＋いいです」。

やります（做）	→ やればいい*	（做就好了）
諦めます（放棄）	→ 諦（あきら）めればいい	（放棄就好了）
捨てます（丟棄）	→ 捨（す）てればいい	（丟掉就好了）

動詞／い形容詞／な形容詞／名詞

[　普通形　]＋でしょ　～對不對？

※ 此為「～でしょう」的省略說法，口語時常使用省略說法。

動	言います（說）	→ 言（い）ったでしょ[う]	（說過了對不對？）
い	いい（好的）	→ いいでしょ[う]*	（很好對不對？）
な	わがまま（な）（任性）	→ わがままでしょ[う]	（很任性對不對？）
名	男（男人）	→ 男（おとこ）でしょ[う]	（是男人對不對？）

中譯
花子：ㄟ，太郎，要不要去百貨公司？
太郎：我現在沒空理你。（正在打電動）
花子：待會兒玩就好了，對不對？這種東西！（關掉電源）
太郎：啊！正是精彩的階段，你卻…。

拒絕
035

MP3 035

不要那麼煩！（死纏爛打）

しつこい！

い形容詞：
執拗、糾纏不休

しつこい　！
↓
糾纏不休！

相關表現

「厭倦別人糾纏」的相關表現

差不多一點	→ もう、いい加減（かげん）にしてよ！	（真是的，你給我差不多一點！）
明確地拒絕	→ 嫌（いや）だったら、嫌（いや）なの！	（我說不要就是不要啊！）
講不聽	→ 何度言（なんどい）ったらわかるの！？	（要說幾次你才會懂？）
受夠了	→ もううんざりだ！	（已經受夠了！）

用法　對不管被拒絕多少次，卻仍然不放棄的人，所使用的一句話。

會話練習

（花子（はなこ）の幼少時（ようしょうじ）のアルバムをめぐって）
幼少時：童年時期　アルバム：相簿　めぐって：翻閱

太郎（たろう）：ねえ、そのアルバム見（み）せてよ。
ねえ：ㄟ
見せてよ：給我看吧；口語時「て形」後面可省略「ください」；「よ」表示「勸誘」

花子（はなこ）：ダメ！　恥（は）ずかしいから。
ダメ：不行
恥ずかしいから：因為很難為情；「から」表示「原因理由」

太郎（たろう）：ねえ、見（み）せてよ、何（なに）か まずいもの でも 写（うつ）ってるの？*
か：表示：不特定
まずいもの：不好的東西
でも：之類的
写ってるの？：拍到了嗎？「写っているの？」的省略說法

花子（はなこ）：ダメったらダメ！　しつこい！
ダメったらダメ：我說不行就是不行！「ダメと言ったら」的省略說法

使用文型

動詞／い形容詞／な形容詞＋な／名詞＋な

[　普通形　]＋の？　關心好奇、期待回答

※ 此為「普通體文型」，「丁寧體文型」為「～んですか」。
※「な形容詞」、「名詞」的「普通形-現在肯定形」，需要有「な」再接續。

動	写って[い]ます（拍到的狀態）	→ 写（うつ）って[い]るの？*	（是拍到的狀態嗎？）
い	大きい（大的）	→ 大（おお）きいの？	（大嗎？）
な	きれい（な）（漂亮）	→ きれいなの？	（漂亮嗎？）
名	大人（大人）	→ 大人（おとな）なの？	（是大人嗎？）

中譯　（翻閱花子童年時期的相簿）
太郎：ㄟ，那本相簿給我看吧。
花子：不行！因為我會難為情。
太郎：ㄟ，給我看吧。上面有拍到什麼不好的東西嗎？
花子：我說不行就是不行！不要那麼煩！

無奈 036

那種人，不要理他就好了。

あんな奴（やつ）、ほっとけばいいんだよ。

連體詞：那樣的	動詞：不加理睬（放ります⇒て形）（口語時可省略う）	補助動詞：善後措施（おきます⇒條件形）	い形容詞：好、良好	連語：ん+だ=んです的普通體 ん…形式名詞（の⇒縮約表現） だ…助動詞：表示斷定（です⇒普通形-現在肯定形）	助詞：表示看淡

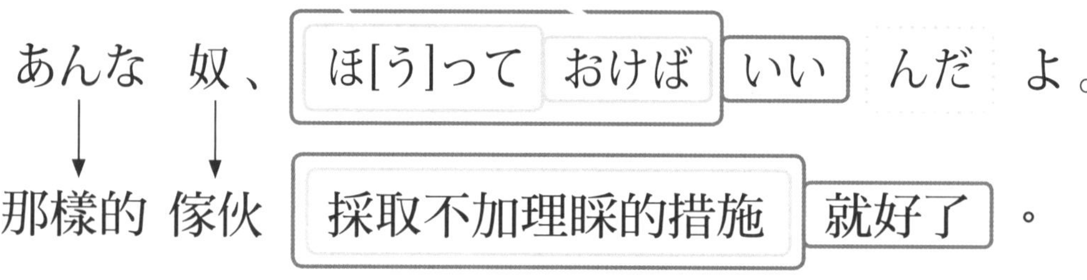

※「ほうっておけば」的「縮約表現」是「ほっとけば」，口語時常使用「縮約表現」。

使用文型

動詞

[て形] + おきます　　善後措施（為了以後方便）

- 放ります（不加理睬）→ 放（ほう）っておきます　（採取不加理睬的措施）
- 閉めます（關閉）→ 閉（し）めておきます　（採取關閉的措施）
- 置きます（放置）→ 置（お）いておきます　（採取放置的措施）

動詞

[條件形（～ば）] + いいです　　[做] ～就可以了、[做] ～就好了

- 放っておきます（採取不加理睬的措施）→ 放（ほう）っておけばいい（採取不加理睬的措施就好了）
- 捨てます（丟棄）→ 捨（す）てればいい　（丟棄就好了）
- 洗います（清洗）→ 洗（あら）えばいい　（清洗就好了）

動詞／い形容詞／な形容詞＋な／名詞＋な

[普通形]＋んです 強調

※ 此為「丁寧體文型」用法，「普通體文型」為「～んだ」，口語說法為「～の」。
※「な形容詞」、「名詞」的「普通形-現在肯定形」，需要有「な」再接續。

動 負けます（輸） → 負(ま)けたんです （輸了）

い いい（好的） → 放(ほう)っておけばいいんです （不加理睬就好了）

な 危険（な）（危險） → 危険(きけん)なんです （很危險）

名 嘘つき（騙子） → 嘘(うそ)つきなんです （是騙子）

用法 想要表達不需要理會對方、或是只要漠視對方即可的態度時，可以說這句話。

會話練習

花子(はなこ)：弟(おとうと)の次郎(じろう)さん、家(いえ)を出(で)て行(い)っちゃった*って…、だいじょうぶなの？
你說離家出走了；「って」表示「提示內容」　還好嗎？「の？」表示「關心好奇、期待回答」

太郎(たろう)：あんな奴(やつ)、ほっとけばいいんだよ。

花子(はなこ)：何(なん)でそんなことになったのよ。
為什麼　變成那種狀況呢？「の」表示「關心好奇、期待回答」；「よ」表示「感嘆」

太郎(たろう)：スマホゲームで月(つき)に5万円(ごまんえん)も使(つか)ったのがばれて*、
在智慧型手機的遊戲；「で」表示「動作進行地點」　每個月；「に」表示「分配」　竟然花了5萬日圓；「も」表示「竟然」；「の」表示「形式名詞」；「が」表示「焦點」　因為曝光；「て形」表示「原因」

親父(おやじ)に怒(おこ)られたんだよ。
被罵了；「んだ」表示「強調」；「よ」表示「感嘆」

使用文型

動詞

[て形（～て／～で）]＋ちゃった／じゃった （無法挽回的）遺憾

※ 此為「動詞て形 ＋ しまった」的「縮約表現」，口語時常使用「縮約表現」。
※ 屬於「普通體文型」，「丁寧體文型」為「動詞て形除去[て／で]＋ちゃいました／じゃいました」。

出て行きます（出去） → 出(で)て行(い)っちゃった* （很遺憾出去了）

間違います（搞錯） → 間違(まちが)っちゃった （不小心搞錯了）

中譯
花子：你說弟弟次郎離家出走了…，還好嗎？
太郎：那種人，不要理他就好了。
花子：為什麼事情會變成那樣呢？
太郎：因為他每月竟然花五萬日圓在智慧型手機遊戲上的事曝光了，被老爸罵。

無奈

037

對對對，都是我的錯。

はいはい、私(わたし)が悪(わる)うございました。

感嘆詞：是是（表示不耐煩）

助詞：表示焦點

い形容詞：不好（悪い⇒過去肯定形 [悪うございました]）（此為「悪かったです」的古早說法，具有鄭重語氣）

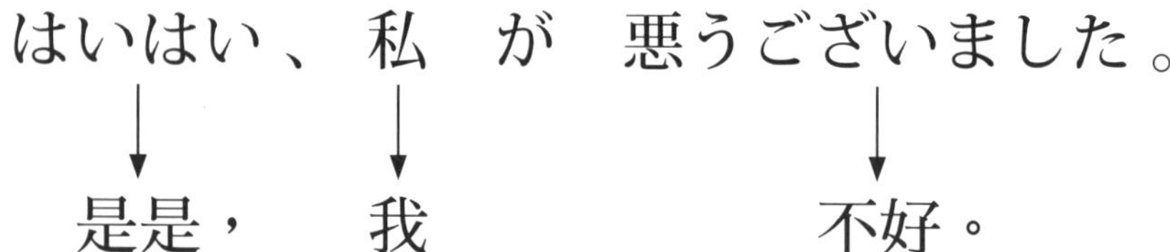

相關表現

故意使用「鄭重表現」或「恩惠表現」來諷刺對方

托您的福 → あなたのおかげで、本当(ほんとう)にひどい目(め)に遭(あ)いました。

（托您的福，我真的遇到很倒楣的事情。）

※「おかげ」屬於「恩惠表現」，後面應該接續「好的結果」，此處為「反諷說法」。

想法很令人佩服 → 大変(たいへん)ご立派(りっぱ)なお考(かんが)えをお持(も)ちでございますね。

（你有很偉大、很令人佩服的想法耶。）

※ 刻意大量使用「鄭重表現」和「敬語表現」來反諷。

你說的都對 → はいはい、おっしゃる通(とお)りでございます。あなたが全(すべ)て正(ただ)しゅうございます。

（是是，如同你所說的，你說的全都是對的。）

※ 刻意大量使用「鄭重表現」和「敬語表現」來反諷。

用法 對方一直對自己抱怨時，可以說這句話。

會話練習

花子：この前（まえ）、弟（おとうと）の前（まえ）で私（わたし）の体重（たいじゅう）、言（い）ったよね*。

上次／表示：動作進行地點／說了，對不對？「よ」表示「提醒」；「ね」表示「期待同意」

太郎：ああ、言（い）ったけど？

說了嗎？「けど」表示「前言」，是一種緩折的語氣

花子：やめてくれる？* ほんと デリカシーないよね*。

願意為我停止嗎？／真的／不細膩；「デリカシーがない」的省略說法 「よ」表示「提醒」；「ね」表示「期待同意」

太郎：はいはい、私（わたし）が悪（わる）うございました。

使用文型

動詞／い形容詞／な形容詞+だ／名詞+だ

[普通形] ＋ よね　又提醒又期待同意

動	言います（說）	→ 言（い）ったよね？*	（說過了，對不對？）
い	ない（沒有）	→ ほんとデリカシー[が]ないよね？*	（真的很不細膩，對不對？）
な	有名（な）（有名）	→ この店（みせ）って、テレビでも紹介（しょうかい）されて有名（ゆうめい）だよね？	（這家店在電視上也有介紹過，很有名對不對？）
名	22日（22號）	→ 今日（きょう）って２２日（にじゅうににち）だよね？	（今天是22號對不對？）

動詞

[て形] ＋ くれる？　願意為我 [做] ～嗎？

やめます（停止）	→ やめてくれる？*	（願意為我停止嗎？）
考えます（考慮）	→ 考（かんが）えてくれる？	（願意為我考慮嗎？）
買います（買）	→ 買（か）ってくれる？	（願意為我買嗎？）

中譯
花子：上次你在你弟弟面前說了我的體重，對不對？
太郎：啊～，我說了嗎？
花子：能不能不要做這種事？真的很不細膩耶。
太郎：對對對，都是我的錯。

無奈
038

所以我要你聽我說嘛。

だから、話(はなし)を聞(き)けって。

接續詞：所以

助詞：表示動作作用對象

動詞：聽、問（聞きます⇒命令形）

助詞：表示不耐煩＝と言っているでしょう？（我有說吧）

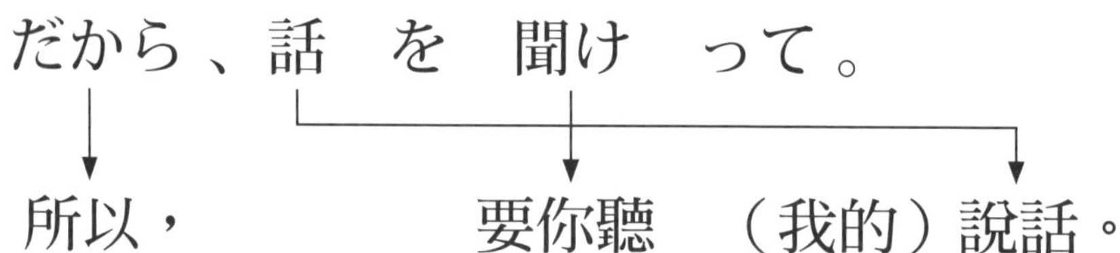

使用文型

動詞／い形容詞／な形容詞+だ／名詞+だ

[　普通形　]＋って　表示強烈主張、輕微不耐煩

※「な形容詞」、「名詞」的「普通形-現在肯定形」，需要有「だ」再接續。

動	聞きます（聽）	→ だから、話(はなし)を聞(き)けって。（所以，要你聽我說話嘛。）
い	しつこい（糾纏不休的）	→ ほんとにしつこいって。（真的很糾纏不休。）
な	だいじょうぶ（な）（沒問題）	→ だいじょうぶだって。（沒問題的。）
名	本当（真的）	→ 本当(ほんとう)だって。（是真的。）

用法　強力要求不想聽自己說話的人好好地聽話時，可以說這句話。

會話練習

花子(はなこ)：何(なに)よこれ。シャツに何(なん)でキスマークの口紅(くちべに)がついてるの？

何よこれ：什麼啊；「よ」表示「提醒」

シャツ：襯衫

何で：為什麼

キスマーク：唇印

ついてるの？：沾上呢？「ついている」的省略說法；「の？」表示「關心好奇、期待回答」

太郎：いや、それは…。

花子：私に隠れて変な店行ったんでしょ！？*

瞞著我的狀態下；「に」去了奇怪的店，對不對？「変な店に行ったんでしょう！？」的省略說法
表示「方面」；「て形」
表示「附帶狀況」

太郎：だから、話を聞けって。忘年会でオカマの芸をやったんだ*よ。

尾牙　人妖的表演　因為做了；「んだ」表示「理由」；「よ」表示「看淡」

その時についたの。

沾上了；「の」表示「強調」

使用文型

動詞／い形容詞／な形容詞+な／名詞+な

[　普通形　]+んでしょ？　～對不對？(強調語氣)

※此為「～んでしょう」的省略說法，口語時常使用省略說法。
※「～んでしょう」是「～でしょう」的強調說法。
※「な形容詞」、「名詞」的「普通形-現在肯定形」，需要有「な」再接續。

動	行きます（去）	→ 行ったんでしょ[う]？*	（去了對不對？）
い	面白い（有趣的）	→ 面白いんでしょ[う]？	（很有趣對不對？）
な	変（な）（奇怪）	→ 変なんでしょ[う]？	（很奇怪對不對？）
名	嘘（謊言）	→ 嘘なんでしょ[う]？	（是謊言對不對？）

動詞／い形容詞／な形容詞+な／名詞+な

[　普通形　]+んだ　理由

※此為「普通體文型」用法，「丁寧體文型」為「～んです」，口語說法為「～の」。
※「な形容詞」、「名詞」的「普通形-現在肯定形」，需要有「な」再接續。

動	やります（做）	→ やったんだ*	（因為做了）
い	寂しい（寂寞的）	→ 寂しいんだ	（因為寂寞）
な	大変（な）（辛苦）	→ 大変なんだ	（因為辛苦）
名	残業（加班）	→ 残業なんだ	（因為是加班）

中譯

花子：這是什麼啊？襯衫上為什麼會沾有口紅印呢？
太郎：不，那個…
花子：你瞞著我去了奇怪的店，對不對！？
太郎：所以我要你聽我說嘛。因為我在尾牙扮演人妖。是那個時候沾到的。

你聽我講完好嗎？

ちょっと最後(さいご)まで話(はなし)を聞(き)いてよ。

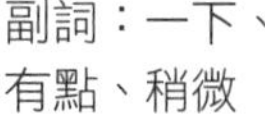

助詞：
表示界限

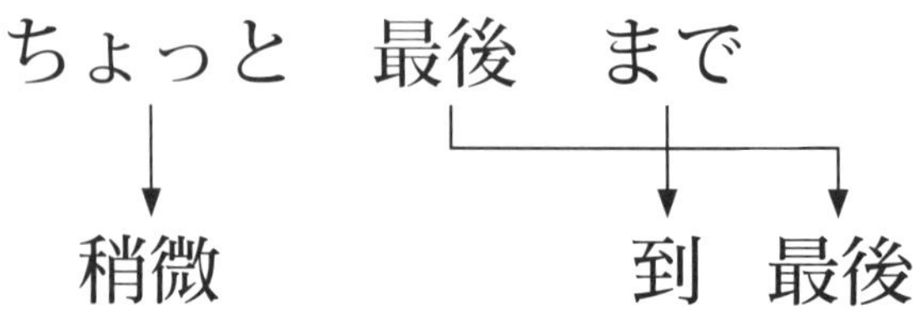

助詞：表示
動作作用對象

動詞：聽、問
（聞きます
⇒て形）

補助動詞：請
（くださいます
⇒命令形［くださいませ］
除去［ませ］）
（口語時可省略）

助詞：
表示感嘆

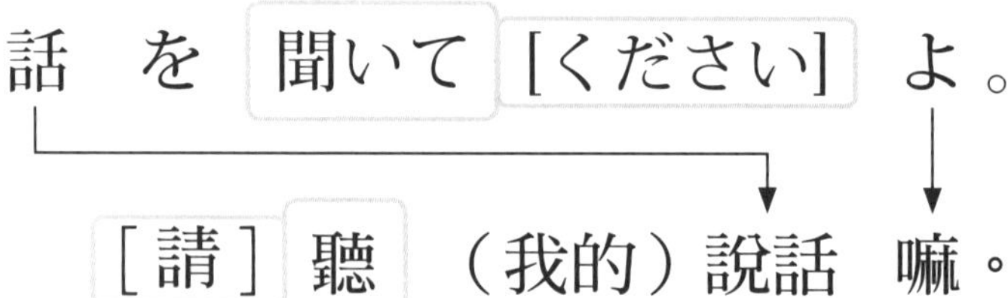

使用文型

動詞

［て形］＋ください　　請［做］～

聞きます（聽）	→ 聞(き)いてください	（請聽）
返します（歸還）	→ 返(かえ)してください	（請歸還）
離します（放開）	→ 離(はな)してください	（請放開）

用法 對方不願意好好地把話聽到最後時，可以說這句話。

會話練習

花子（はなこ）：昨日（きのう）の夜（よる）、なんで 携帯（けいたい）の電源（でんげん）切（き）ってたの！？

なんで：為什麼

携帯の電源切ってたの！？：關掉手機的電源呢？「携帯の電源を切っていたの！？」的省略說法；「の！？」表示「關心好奇、期待回答」

太郎（たろう）：いや、昨日（きのう）はサークルの先輩（せんぱい）とさ、飲（の）んでたんだ*けど…。

サークルの先輩とさ：和社團的學長；「と」表示「動作夥伴」；「さ」的功能為「調整語調」

飲んでたんだけど：喝（酒）了；「飲んでいたんだけど」的省略說法；「んだ」表示「強調」；「けど」表示「前言」，是一種緩折的語氣

花子（はなこ）：飲（の）んでたって*電話（でんわ）には出（で）られるでしょ。女（おんな）？

飲んでたって：即使喝了也…「飲んでいたって」的省略說法

電話には出られるでしょ：可以接電話，對不對？「電話には出られるでしょう」的省略說法；「に」表示「出現點」；「は」表示「對比（區別）」

太郎（たろう）：ちょっと最後（さいご）まで話（はなし）を聞（き）いてよ。充電器（じゅうでんき）がね…

充電器がね：「が」表示「主格」；「ね」表示「留住注意」

使用文型

動詞／い形容詞／な形容詞＋な／名詞＋な

[普通形] ＋んだ　強調

※ 此為「普通體文型」用法，「丁寧體文型」為「～んです」，口語說法為「～の」。
※「な形容詞」、「名詞」的「普通形-現在肯定形」，需要有「な」再接續。

動	飲んで[い]ます（喝了的狀態）	→ 飲（の）んで[い]たんだ*	（喝了）
い	忙しい（忙碌的）	→ 忙（いそが）しいんだ	（很忙）
な	不便（な）（不方便）	→ 不便（ふべん）なんだ	（很不方便）
名	繁忙期（旺季）	→ 繁忙期（はんぼうき）なんだ	（是旺季）

動詞　い形容詞　な形容詞

[た形／－い＋く／－な／名詞]＋たって／だって　即使～也

※「動詞濁音的た形」、「な形容詞」、「名詞」要接續「だって」。

動	飲んで[い]ます（喝了的狀態）	→ 飲（の）んで[い]たって*	（即使喝了也～）
動-濁	遊びます（玩）	→ 遊（あそ）んだって	（即使玩也～）
い	安い（便宜的）	→ 安（やす）くたって	（即使便宜也～）
な	きれい（な）（乾淨）	→ きれいだって	（即使乾淨也～）
名	初心者（初學者）	→ 初心者（しょしんしゃ）だって	（即使是初學者也～）

中譯
花子：你昨天晚上為什麼關掉手機！？
太郎：不，我昨天跟社團的學長去喝酒…。
花子：即使喝酒也可以接電話，對不對？是和女人在一起嗎？
太郎：你聽我講完好嗎？我的充電器…。

抱怨
040

MP3 040

ㄟ？之前都沒聽說耶。

ええー、聞（き）いてないよ。

感嘆詞：啊（表示驚訝）	動詞：聽、問（聞きます⇒て形）	補助動詞：（います⇒ない形）（口語時可省略い）	助詞：表示感嘆

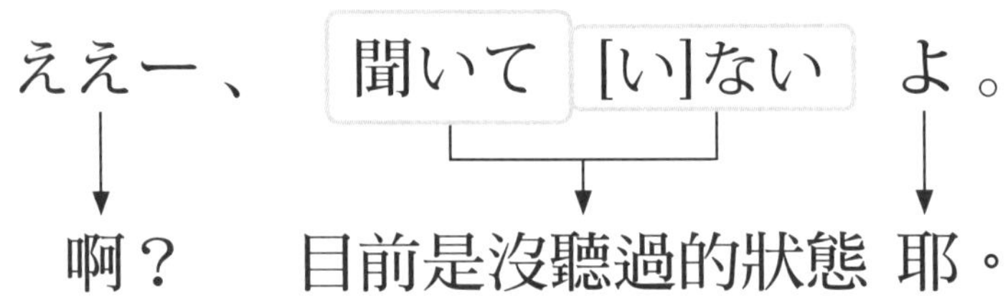

使用文型

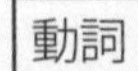

[て形]＋います　目前狀態

聞きます（聽）	→ 聞（き）いています	（目前是聽過的狀態）
開きます（開）	→ 開（あ）いています	（目前是開著的狀態）
欠席します（缺席）	→ 欠席（けっせき）しています	（目前是缺席的狀態）

用法 抗議對方沒有事先告知即將發生或進行的某件事，所使用的一句話。

會話練習

教授（きょうじゅ）：じゃあ、今（いま）から テストします。
那麼 / 現在開始 / 考試

太郎（たろう）：（小声（こごえ）で）ええー、聞（き）いてないよ。
小聲（的音量）；「で」表示「手段、方法」

花子（はなこ）：先生（せんせい）は前（まえ）から 言（い）ってたよ。先週（せんしゅう）も、先々週（せんせんしゅう）も太郎（たろう）は講義（こうぎ）サボったでしょ*。
之前 / 說過了；「言っていたよ」的省略說法；「よ」表示「提醒」 / 上星期也 / 上上星期也
翹課了，對不對？「講義をサボったでしょう」的省略說法

太郎（たろう）：じゃあ、なんで 教（おし）えてくれない*のさあ。
那麼 / 為什麼 / 沒有告訴我呢？「の」表示「關心好奇、期待回答」；「さあ」表示「留住注意」

使用文型

動詞／い形容詞／な形容詞／名詞

[　　普通形　　] ＋ でしょ　　～對不對？

※ 此為「～でしょう」的「省略說法」，口語時常使用「省略說法」。

動	サボります（翹課）	→ 講義（こうぎ）[を]サボったでしょ[う]*	（翹課了對不對？）
い	面白い（有趣的）	→ 面白（おもしろ）いでしょ[う]	（很有趣對不對？）
な	豪華（な）（豪華）	→ 豪華（ごうか）でしょ[う]	（很豪華對不對？）
名	プロ（專家）	→ プロでしょ[う]	（是專家對不對？）

動詞

[て形] ＋ くれない　　別人不為我 [做] ～

教えます（告訴）	→ 教（おし）えてくれない*	（別人不告訴我）
貸します（借出）	→ お金（かね）を貸（か）してくれない	（別人不借我錢）
言います（說）	→ 本当（ほんとう）のことを言（い）ってくれない	（別人不告訴我真正的事情）

中譯
教授：那麼，現在開始考試。
太郎：（小聲講話）ㄟ？之前都沒聽說耶。
花子：老師之前就說過了，上星期和上上星期太郎都蹺課了，對不對？
太郎：那麼，你為什麼沒有告訴我呢？

抱怨
041

你怎麼可以這樣說！？
それを言(い)っちゃあ、おしまいよ！

助詞：表示動作作用對象　動詞：說（言います⇒て形）　助詞：表示對比（區別）　助詞：表示感嘆

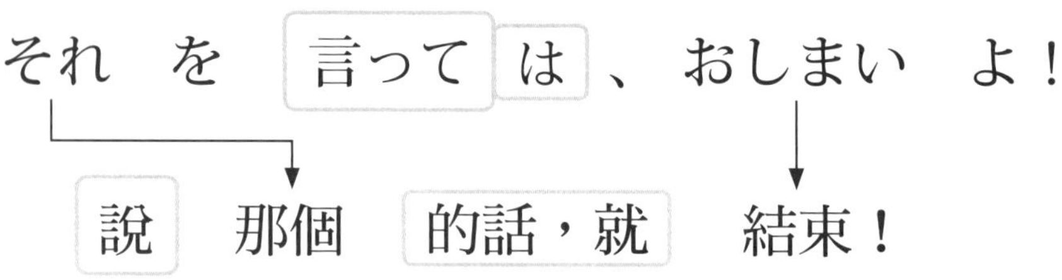

※「言っては」的「縮約表現」是「言っちゃあ」，口語時常使用「縮約表現」。

相關表現

各種「縮約表現」

動詞

(1) [清音て形]＋は：～ては⇒～ちゃ(あ)　[做]～的話，就～

言います（說）→ それを言(い)っちゃ(あ)、おしまいよ！
＝言っては
（說那個的話，就結束。）

動詞

(2) [濁音て形]＋は：～では⇒～じゃ(あ)　[做]～的話，就～

飲みます（喝）→ そんなにお酒(さけ)を飲(の)んじゃ(あ)だめだよ。
＝飲んでは
（喝那麼多酒是不行的喔。）

動詞

(3) [條件形：れば]： ～れば ⇒ ～りゃ(あ)　[做] ～的話，就～

※ 此為「第 I 類ら行動詞（辭書形為「～る」）、第 II 類動詞、第 III 類動詞」的條件形（～れば）的「縮約表現」，口語時常使用「縮約表現」。

勉強します（唸書） → 学生(がくせい)の頃(ころ)、もっと勉強(べんきょう)すりゃ(あ)よかった。
＝勉強すれば

（學生時期有多唸一點書的話就好了。）

動詞

(4) [否定條件形：なければ]： ～なければ ⇒ ～なきゃ　不[做] ～的話，就～

帰ります（回去） → 今日(きょう)は早(はや)く帰(かえ)らなきゃ妻(つま)に怒(おこ)られる。
＝帰らなければ

（今天不早一點回家的話，會被太太罵。）

用法 對方說了自己絕對不想被說破的事情時，可以說這句話。

（續下頁）

會話練習

太郎（たろう）：これ、誕生日（たんじょうび）プレゼント。はい。
生日禮物　給你

花子（はなこ）：あ、嬉（うれ）しい！　何（なに）これ？　…あ、これ、前（まえ）の彼氏（かれし）から
好高興　這是什麼？　從前男友；「から」表示「動作的對方」

も もらったやつ*だわ。
也　得到的東西　表示：女性語氣

太郎（たろう）：ちょっと、それを言（い）っちゃあ、おしまいよ！
喂

花子（はなこ）：あー、ごめんごめん。ちょうど二（ふた）つ欲（ほ）しかったの*。
抱歉　剛好　很想要；「の」表示「強調」

使用文型

[某人]＋から＋もらった＋[某物]　從某人那裡得到的～

彼氏（男友）、やつ（東西）→ 前（まえ）の彼氏（かれし）からももらったやつ*
（從前男友那裡也有得到的東西）

友達（朋友）、プレゼント（禮物）→ 友達（ともだち）からもらったプレゼント
（從朋友那裡得到的禮物）

母（媽媽）、お小遣い（零用錢）→ 母（はは）からもらったお小遣（こづか）い
（從媽媽那裡得到的零用錢）

動詞／い形容詞／な形容詞+な／名詞+な

[　普通形　]＋の　強調

※此為「口語說法」，「普通體文型」為「～んだ」，「丁寧體文型」為「～んです」。
※「な形容詞」、「名詞」的「普通形-現在肯定形」，需要有「な」再接續。

動	買います（買）	→ 買（か）ったの	（買了）
い	欲しい（想要）	→ 欲（ほ）しかったの*	（很想要）
な	便利（な）（方便）	→ 便利（べんり）なの	（很方便）
名	元カノ（前女友）	→ 元（もと）カノなの	（是前女友）

中譯 太郎：這是生日禮物，送給你。
花子：啊，我好高興！這個是什麼？…啊，這是前男友也有送過的東西耶。
太郎：喂，你怎麼可以這樣說！？
花子：啊，抱歉抱歉。我剛好很想要兩個。

抱怨
042

MP3 042

你很雞婆耶。

余計(よけい)なお世話(せわ)だよ。

な形容詞：多餘（余計⇒名詞接續用法）
接頭辭：表示美化、鄭重
助動詞：表示斷定（です⇒普通形-現在肯定形）
助詞：表示看淡

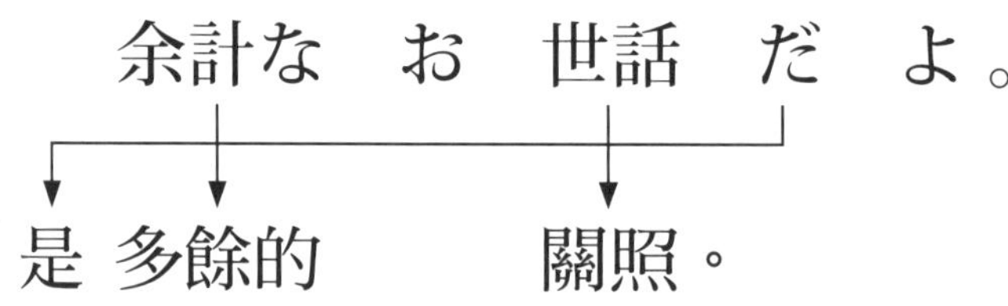

相關表現

「多管閒事」的類似表現

世話（關照）	→大(おお)きなお世話(せわ)だ。	（多管閒事。）
迷惑（麻煩）	→ありがた迷惑(めいわく)だ。	（幫倒忙。）
出しゃばります（愛出鋒頭）	→出(で)しゃばるな。	（不要愛出鋒頭。）

用法 對方一直干涉自己的事情，提出各種意見時，可以說這句話。

會話練習

花子(はなこ)：ネットの内容(ないよう)をコピペするんじゃなくて、ちゃんと調(しら)べて自分(じぶん)でレポートまとめたら？*

（ネット：網路；コピペするんじゃなくて：不要複製…，而是…；「ん」等同「の」，表示「形式名詞」；ちゃんと：好好地；調べて：查詢；「て形」表示「動作順序」；で：表示：行動單位；レポートまとめたら？：整理報告的話，如何？「レポートをまとめたら？」的省略說法）

太郎(たろう)：うるさいなあ。余計(よけい)なお世話(せわ)だよ。

（うるさいなあ：真囉嗦啊；「なあ」表示「感嘆」）

花子（はなこ）：まあ、ひどい！　あなたのことを思（おも）って言（い）ったのに*。
表示：驚訝加不滿　過分　因為為你著想才說的，你卻…；「て形」表示「原因」；「のに」表示「卻…」

太郎（たろう）：はいはい、わかりました。私（わたし）が悪（わる）うございました。
是、是　知道了　表示：焦點　不好；「悪かったです」的古早說法，具有鄭重語氣，用來反諷

使用文型

動詞

[た形] ＋ ら ＋ どうですか　～的話，如何？

※「普通體文型」為「動詞た形 ＋ ら＋ どう？」。
※「丁寧體文型」為「動詞た形 ＋ ら＋ どうですか」。
※ 口語時，可省略「どうですか」。

まとめます（整理）	→ まとめたら[どうですか]*	（整理的話，如何？）
買います（買）	→ 買（か）ったら[どうですか]	（買的話，如何？）
休みます（休息）	→ 休（やす）んだら[どうですか]	（休息的話，如何？）

動詞／い形容詞／な形容詞＋な／名詞＋な

[　普通形　] ＋ のに　～，卻～

※「な形容詞」、「名詞」的「普通形-現在肯定形」，需要有「な」再接續。

動	言います（說）	→ 言（い）ったのに*	（說了，卻～）
い	悔しい（後悔的）	→ 悔（くや）しいのに	（後悔，卻～）
な	熱心（な）（熱心）	→ 熱心（ねっしん）なのに	（熱心，卻～）
名	休日（假日）	→ 休日（きゅうじつ）なのに	（是假日，卻～）

中譯
花子：你不要複製網路上的內容，而是好好地查詢，自己做份報告，如何？
太郎：真囉嗦啊。你很雞婆耶。
花子：真是的，太過分了！我是為你著想才說的，你卻…。
太郎：是、是，我知道了。都是我不好。

MP3 043

我已經受不了了。
もうやってらんないよ。

副詞：	動詞：做	補助動詞：	助詞：
已經	（やります⇒て形）	（います⇒可能形 [いられます] 的ない形）	表示看淡

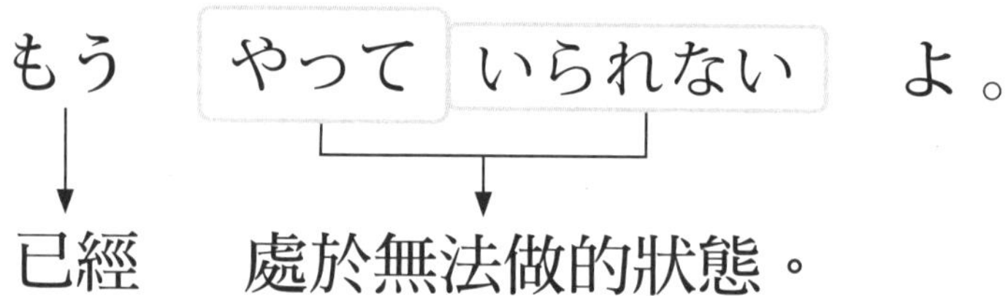

※「やっていられない」的「縮約表現」是「やってらんない」，口語時常使用「縮約表現」。

使用文型

動詞
[て形] ＋ います　　目前狀態

やります（做）	→ やっています	（目前是做著的狀態）
空きます（空）	→ 電車(でんしゃ)が空(す)いています	（電車目前是空曠的狀態）
黙ります（沉默）	→ 黙(だま)っています	（目前是沉默的狀態）

用法 再也無法忍受某種狀況、或是對方的行為、發言時，可以說這句話。

會話練習

花子：レポート 終(お)わった？
報告 結束了嗎？

太郎：あと20(にじゅう)ページ*も 残(のこ)ってる…。ああ、もうやってらんないよ。
竟然還有20頁；「も」表示「強調」 處於剩下的狀態；「残っている」的省略說法

花子：私(わたし)はとっくに 終(お)わったわよ。さっさと 書(か)いたら？*
老早 結束囉；「わ」表示「女性語氣」；「よ」表示「提醒」 趕快地 寫的話，如何？

太郎：今(いま)やってます！
正在做；「やっています」的省略說法

使用文型

あと ＋ [數量詞]　再～ [數量]、還有～ [數量]

20ページ（20頁）	→ あと20(にじゅう)ページ*	（還有20頁）
三日（三天）	→ あと三日(みっか)	（再三天）
10分（10分鐘）	→ あと10分(じゅっぷん)	（再10分鐘）

動詞

[た形] ＋ ら ＋ どうですか　～的話，如何？

※「普通體文型」為「動詞た形 ＋ ら＋ どう？」。
※「丁寧體文型」為「動詞た形 ＋ ら＋ どうですか」。
※ 口語時，可省略「どうですか」。

書きます（寫）	→ 書(か)いたら[どうですか]*	（寫的話，如何？）
謝ります（道歉）	→ 謝(あやま)ったら[どうですか]	（道歉的話，如何？）
運動します（運動）	→ 運動(うんどう)したら[どうですか]	（運動的話，如何？）

中譯
花子：報告做完了嗎？
太郎：竟然還剩下20頁…。啊～，我已經受不了了。
花子：我早就做完囉。你趕快寫的話，如何？
太郎：我現在正在做！

 MP3 044

真不值得。（做得很悶。）
やってらんねー。

動詞：做
（やります⇒て形）

補助動詞：
（います⇒可能形［いられます］的ない形）

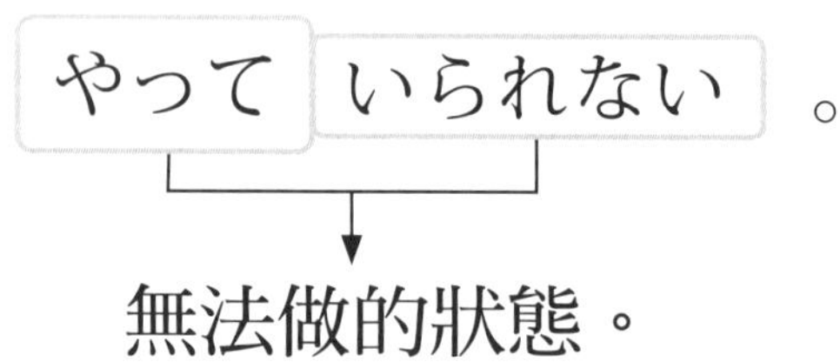

※「やっていられない」的另一種「縮約表現」是「やってらんねー」，屬於過度的「縮約表現」，不是經常使用。

使用文型

動詞

［て形］＋います　目前狀態

やります（做）	→ やっています	（目前是做著的狀態）
折れます（折斷）	→ 骨（ほね）が折（お）れています	（目前是骨折的狀態）
覚えます（記住）	→ 覚（おぼ）えています	（目前是記住的狀態）

「～ない」⇒「～ねえ（ねー）」　否定的縮約表現

※ 這個縮約表現聽起來有點粗魯，建議不要亂用。

動	やっていられない（無法做的狀態）	→ やっていられねえ（ねー）
い	おいしくない（不好吃）	→ おいしいくねえ（ねー）
な	きれいじゃない（不漂亮）	→ きれいじゃねえ（ねー）
名	うそじゃない（不是謊話）	→ うそじゃねえ（ねー）

用法　覺得正在做的事情很愚蠢時，可以說這句話。

會話練習

花子（はなこ）：太郎（たろう）、何（なに）やってるの？　年賀状（ねんがじょう）？

正在做什麼呢？「何をやっているの？」的省略說法；「の？」表示「關心好奇、期待回答」

賀年卡嗎？

太郎（たろう）：うん、バイト先（さき）の店長（てんちょう）がお客様（きゃくさま）に年賀状出（ねんがじょうだ）すんだけど、

嗯 / 打工的地方 / 顧客；「に」表示「動作的對方」 / 因為要寄出賀年卡；「年賀状を出すんだけど」的省略說法；「んだ」表示「理由」；「けど」表示「前言」，是一種緩折的語氣

住所（じゅうしょ）と宛名（あてな）は手書（てが）きの方（ほう）が気持（きも）ちが伝（つた）わるから*、

地址和收件人姓名 / 手寫比較… / 傳達心意 / 表示：原因理由

書（か）いてくれ*って言（い）われて。

因為被交代「給我寫」；「って」表示「提示內容」；「言われて」的「て形」表示「原因」

花子（はなこ）：へえ。で、何枚（なんまい）書（か）くの？

哦 / 然後 / 幾張 / 要寫呢？「の？」表示「關心好奇、期待回答」

太郎（たろう）：５００枚（ごひゃくまい）だよ。ああ、やってらんねー。

表示：感嘆

使用文型

動詞／い形容詞／な形容詞＋だ／名詞＋だ

[　普通形　]＋から　因為～

※「な形容詞」、「名詞」的「普通形-現在肯定形」，需要有「だ」再接續。

動	伝わります（傳達）	→ 伝（つた）わるから*	（因為會傳達）
い	寂しい（寂寞的）	→ 寂（さび）しいから	（因為寂寞）
な	新鮮（な）（新鮮）	→ 新鮮（しんせん）だから	（因為新鮮）
名	一目惚れ（一見鍾情）	→ 一目惚（ひとめぼ）れだから	（因為是一見鍾情）

動詞

[て形]＋くれ　（命令別人）[做]～

※ 此文型是「男性對同輩或晚輩」所使用的。

書きます（寫）	→ 書（か）いてくれ*	（（你）給我去寫）
掃除します（打掃）	→ 掃除（そうじ）してくれ	（（你）給我去打掃）

中譯

花子：太郎，你在做什麼呢？寫賀年卡？

太郎：嗯，打工地方的店長說要寄賀年卡給顧客，因為地址和收件人姓名用手寫比較能夠傳達心意，所以被交代要寫這個。

花子：哦，然後，你要寫幾張呢？

太郎：500 張啊。啊～，真不值得。

 MP3 045

你也站在我的立場想一想嘛！

こっちの身(み)にもなってみろよ！

助詞：表示所屬	助詞：表示變化結果	助詞：表示並列	動詞：變成（なります⇒て形）	補助動詞：[做]～看看（みます⇒命令形）	助詞：表示感嘆

こっち の 身 に も なって みろ よ！

也 變成 我這邊 的 立場 看看吧 ！

使用文型

動詞　い形容詞　な形容詞

[辭書形＋ように／－い＋く／－な＋に／名詞＋に]＋なります　變成

動	掃除します（打掃）	→ 掃除(そうじ)するようになります	（變成有打掃的習慣）
い	暗い（暗的）	→ 暗(くら)くなります	（變暗）
な	上手（な）（擅長）	→ 上手(じょうず)になります	（變擅長）
名	こっちの身（我的立場）	→ こっちの身(み)にもなります	（也變成我的立場）

動詞

[て形]＋みます　[做]～看看

なります（變成）	→ なってみます	（變成看看）
飲みます（喝）	→ 飲(の)んでみます	（喝看看）
歌います（唱歌）	→ 歌(うた)ってみます	（唱看看）

用法　面對只顧自己，不為他人著想的人，可以用這句話叱責對方。此為尖銳的、可能破壞感情的話，要特別注意謹慎使用。如果句尾的「なってみろよ」改變成「なってみてよ」，則口氣較為緩和。

會話練習

（太郎が買い物の荷物をたくさん持っている）
購物的大包小包　拿著

花子：ちょっと、早く早く。
喂　快一點

太郎：ハアハア…、こっちの身にもなってみろよ！

花子：たまにはいい運動になる*でしょう？*
偶爾；「は」表示「對比（區別）」　成為很好的運動，對不對？

使用文型

動詞　い形容詞　な形容詞

[辭書形＋ように／－い＋く／－な＋に／名詞＋に]＋なる　變成

動	泳ぎます（游泳）	→ 泳ぐようになる	（變成有游泳的習慣）
い	高い（貴的）	→ 高くなる	（變貴）
な	きれい（な）（乾淨）	→ きれいになる	（變乾淨）
名	運動（運動）	→ いい運動になる*	（成為很好的運動）

動詞／い形容詞／な形容詞／名詞

[　普通形　]＋でしょう？　～對不對？

※此為「丁寧體文型」用法，「普通體文型」為「～だろう？」。
※「～でしょう」表示「應該～吧」的「推斷語氣」時，語調要「下降」。
「～でしょう」表示「～對不對？」的「再確認語氣」時，語調要「提高」。

動	なります（變成）	→ いい運動になるでしょう？*	（成為很好的運動對不對？）
い	面白い（有趣的）	→ 面白いでしょう？	（很有趣對不對？）
な	上手（な）（擅長）	→ 上手でしょう？	（很擅長對不對？）
名	外国人（外國人）	→ 外国人でしょう？	（是外國人對不對？）

中譯　（太郎拿著許多購物的袋子）
花子：喂，快一點、快一點。
太郎：呼呼…你也站在我的立場想一想嘛！
花子：偶爾這樣，會成為很好的運動，對不對？

抱怨
046

MP3 046

為什麼不懂我！？
どうしてわかってくれないの！？

副詞（疑問詞）：為什麼

動詞：懂（わかります⇒て形）

補助動詞：（くれます⇒ない形）

形式名詞：（～んですか的口語說法）

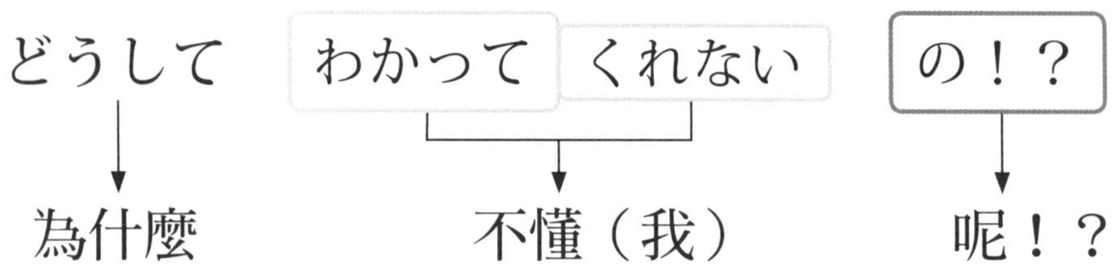

使用文型

動詞

[て形]＋くれます　別人為我[做]～

- わかります（懂）→ わかってくれます（別人懂我）
- 助けます（幫助）→ 助(たす)けてくれます（別人幫助我）
- 理解します（理解）→ 理解(りかい)してくれます（別人理解我）

動詞／い形容詞／な形容詞＋な／名詞＋な

[　普通形　]＋んですか　關心好奇、期待回答

※ 此為「丁寧體文型」用法，「普通體文型」為「～の？」。
※「な形容詞」、「名詞」的「普通形-現在肯定形」，需要有「な」再接續。

- 動　わかってくれます（別人懂我）→ わかってくれないんですか（別人不會懂我嗎？）
- い　悲しい（悲傷的）→ 悲(かな)しいんですか（悲傷嗎？）
- な　好き（な）（喜歡）→ 好(す)きなんですか（喜歡嗎？）
- 名　冗談（玩笑）→ 冗談(じょうだん)なんですか（是玩笑嗎？）

用法　覺得對方不能了解自己時，可以說這句話。

會話練習

花子：私の食べたいのは これじゃない！ 今、せんべい
想吃的東西；「の」表示「代替名詞」，等同「物」；「は」表示「主題」 / 不是這個 / 仙貝

なんか 食べたくない*！
之類的 / 不想要吃

太郎：何でもいい って言ったじゃない？
什麼都好 / 說了…不是嗎？「って」表示「提示內容」

怒るほどのことじゃない*でしょ。
沒有到要生氣的程度，對不對？「怒るほどのことじゃないでしょう」的省略說法

花子：どうしてわかってくれないの！？

太郎：ああ、わかった。あの日かあ。
那個的日子啊；「かあ」表示「感嘆」

使用文型

動詞

[ます形] ＋ たくない　不想要 [做] ～

- 食べます（吃） → 食べたくない*（不想要吃）
- 書きます（寫） → 書きたくない（不想要寫）
- 聞きます（聽） → 聞きたくない（不想要聽）

動詞

[辭書形] ＋ ほどのことじゃない　沒有到要 [做] ～的程度

- 怒ります（生氣） → 怒るほどのことじゃない*（沒有到要生氣的程度）
- 泣きます（哭泣） → 泣くほどのことじゃない（沒有到要哭泣的程度）
- 驚きます（驚訝） → 驚くほどのことじゃない（沒有到要驚訝的程度）

中譯
花子：我想吃的東西不是這個！現在我不想吃仙貝之類的東西！
太郎：你不是說「什麼都好」嗎？這沒有到要生氣的程度，對不對？
花子：為什麼不懂我！？
太郎：啊～，我知道了。是那個的日子啊。

抱怨 047

MP3 047

你都不懂人家的感受…。

人(ひと)の気(き)も知(し)らないで…。

の	気	も	知らない	で
助詞：表示所屬	名詞：心思、心情	助詞：表示並列	動詞：知道（知ります⇒ない形）	助詞：表示樣態

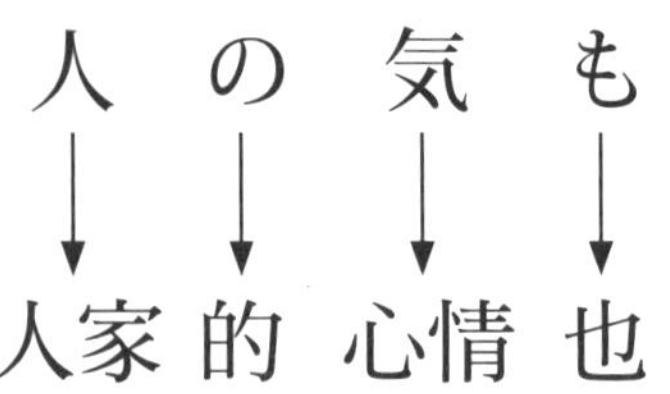
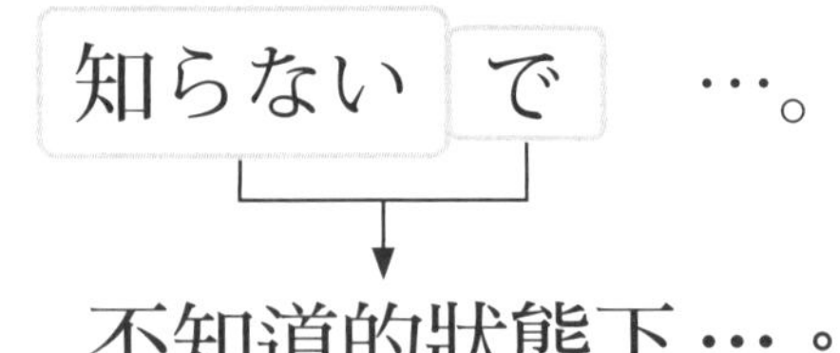

人 の 気 も 知らない で …。

人家 的 心情 也 不知道的狀態下…。

使用文型

動詞

[ない形] ＋ で、～　　附帶狀況

- 知ります（知道）→ 知(し)らないで　　（不知道的狀態下，～）
- 寝ます（睡覺）→ 寝(ね)ないで　　（不睡覺的狀態下，～）
- 洗います（清洗）→ 洗(あら)わないで　　（不清洗的狀態下，～）

用法　對不懂別人的感受，任性妄為的人，可以說這句話。

會話練習

花子(はなこ)：太郎(たろう)、そろそろ将来(しょうらい)のこととか考(かんが)えてる？

（そろそろ：差不多；とか：之類的；考えてる：處於考慮的狀態；「考えている」的省略說法）

太郎：まあ、なるようになるでしょ。僕の人生なんだから*

總之　應該是船到橋頭自然直吧；「なるようになるでしょう」的省略說法　因為是我的人生

ほっといて*。

採取不加理睬的措施；「ほうって＋おいてください」的縮約表現＋省略說法

花子：まったく、人の気も知らないで…。

真是的

使用文型

動詞／い形容詞／な形容詞＋な／名詞＋な

[　普通形　]＋んだから　強調＋因為

※「んだ」表示「強調」；「から」表示「原因理由」。
※ 此為「普通體文型」用法，「丁寧體文型」為「んですから」。
※「な形容詞」、「名詞」的「普通形-現在肯定形」，需要有「な」再接續。

動	負けます（輸）	→ 負けたんだから	（因為輸了）
い	悲しい（悲傷的）	→ 悲しかったんだから	（因為很悲傷）
な	下手（な）（笨拙）	→ 下手なんだから	（因為很笨拙）
名	人生（人生）	→ 僕の人生なんだから*	（因為是我的人生）

動詞

[て形（～て ／ ～で）] ＋ といて ／ どいて ＋ ください

善後措施（為了以後方便）

※ 此為「動詞て形 ＋ おいて＋ ください」的「縮約表現」，口語時常使用「縮約表現」。
※ 丁寧體會話時為「動詞て形 ＋ といて ／ どいて ＋ ください」。
※ 普通體、口語會話時，省略「ください」。

ほ[う]ります（不加理睬）	→ ほ[う]っといて[ください]*	（請採取不加理睬的措施）
捨てます（丟棄）	→ 捨てといて[ください]	（請採取丟棄的措施）
掃除します（打掃）	→ 掃除しといて[ください]	（請採取打掃的措施）

中譯　花子：太郎，差不多該考慮將來的事情了吧？
太郎：總之，應該是船到橋頭自然直吧。因為是我的人生，你不要管。
花子：真是的，你都不懂人家的感受…。

抱怨
048

到底是怎麼一回事啊！

一体（いったい）どうなってんだよ！

一体	どう	なって	(い)る→ん	だ	よ！
副詞：到底	副詞（疑問詞）：怎麼樣、如何	動詞：變成（なります⇒て形）	補助動詞：（います⇒辭書形）	連語：ん＋だ（此處=んですか，因為有「どう」，所以不用加「か」即能表示「疑問」）ん…形式名詞（の⇒縮約表現）だ…助動詞：表示斷定（です⇒普通形-現在肯定形）	助詞：表示感嘆

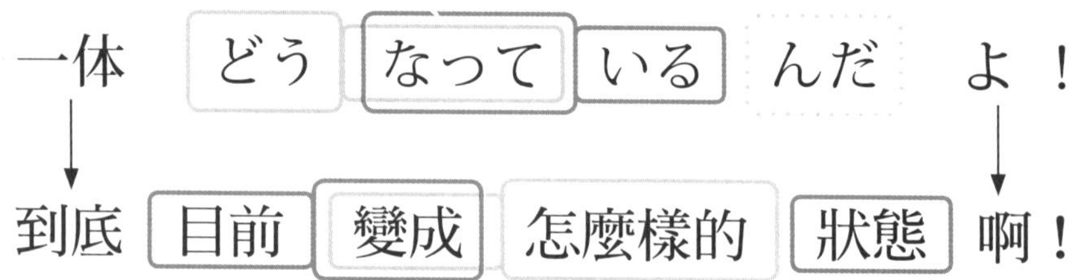

※ 口語時，「ている」的後面如果是「んだ」，可省略「いる」。

使用文型

動詞　い形容詞　な形容詞

[辭書形＋ように／－い＋く／－な＋に／名詞＋に]＋なります　變成

※「副詞」直接接續「なります」。

動	片付けます（收拾）	→ 片付（かたづ）けるようになります	（變成有收拾的習慣）
い	短い（短的）	→ 短（みじか）くなります	（變短）
な	複雜（な）（複雜）	→ 複雜（ふくざつ）になります	（變複雜）
名	曇り（陰天）	→ 曇（くも）りになります	（變成陰天）
副	どう（怎麼樣）	→ どうなります	（變成怎麼樣）

動詞

[て形]＋います　目前狀態

なります（變成）	→ どうなっています	（目前是變成怎麼樣的狀態）
黙ります（沉默）	→ 黙（だま）っています	（目前是沉默的狀態）
起きます（醒著、起床）	→ 起（お）きています	（目前是醒著的狀態）

動詞／い形容詞／な形容詞+な／名詞+な

[　普通形　]＋んですか　關心好奇、期待回答

※ 此為「丁寧體文型」用法，「普通體文型」為「～の？」。
※「な形容詞」、「名詞」的「普通形-現在肯定形」，需要有「な」再接續。

動　～なっています（變成～的狀態）→ どうなっているんですか（變成怎麼樣的狀態呢？）

い　眠い（想睡的）→ 眠(ねむ)いんですか（想睡嗎？）

な　新鮮（な）（新鮮）→ 新鮮(しんせん)なんですか（新鮮嗎？）

名　無料（免費）→ 無料(むりょう)なんですか（是免費嗎？）

用法 遇到無法掌握的嚴重狀況時，可以說這句話。

會話練習

（テーマパークへ来(き)たが…）
テーマパーク：主題樂園　が：表示：逆接

太郎(たろう)：え？　今日(きょう)はやってない？
やってない：沒有營業的狀態；「やっていない」的省略說法

花子(はなこ)：あ、あそこに「臨時休業(りんじきゅうぎょう)のお知(し)らせ」っていう紙(かみ)が貼(は)ってある＊！
臨時休業：臨時休息　お知らせ：通知　っていう：「って」表示「提示內容」；「いう」是「名詞接續」的功能　貼ってある：貼著

太郎(たろう)：一体(いったい)どうなってんだよ！　はるばる2時間(にじかん)もかけてきたのに。
はるばる：遠道而來　も：表示：強調　かけてきたのに：花費而來了，卻…；「のに」表示「卻…」

花子(はなこ)：あーあ、来(き)て損(そん)した…。
来て損した：白跑一趟

使用文型

他動詞

[て形]＋ある　目前狀態（有目的・強調意圖的）

※ 此為「普通體文型」，「丁寧體文型」為「他動詞て形 + あります」。

貼ります（張貼）→ 貼(は)ってある＊（貼著的狀態）

開けます（打開）→ 開(あ)けてある（打開著的狀態）

中譯 （來到主題樂園，但是…）
太郎：咦？今天沒有營業？
花子：啊，那邊貼有「臨時休息的通知」這樣的告示。
太郎：到底是怎麼一回事啊！花了兩個小時遠道而來，卻…。
花子：啊～啊，白跑一趟…。

抱怨 049

MP3 049

偶爾我也想要一個人。
たまには一人（ひとり）にさせてよ。

たまに	は	一人	に	させて	よ。
副詞：偶爾	助詞：表示對比（區別）		助詞：表示決定結果	動詞：做、弄（します⇒使役形［させます］的て形） 補助動詞：請（くださいます⇒命令形［くださいませ］除去［ませ］）（口語時可省略）	助詞：表示看淡

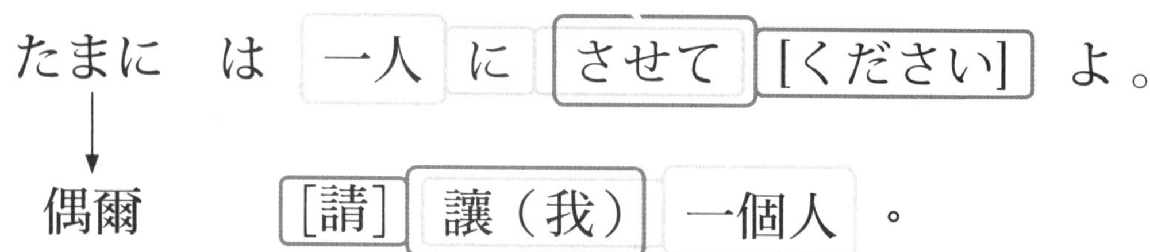

使用文型

動詞　い形容詞　な形容詞

［辭書形＋ように／－い＋く／－な＋に／名詞＋に］＋します
決定要～、做成～、決定成～

- 動　書きます（寫）→ 毎日日記（まいにちにっき）を書（か）くようにします（決定要（盡量）每天寫日記）
- い　甘い（甜的）→ 甘（あま）くします（要弄成甜的）
- な　静か（な）（安靜）→ 静（しず）かにします（要安靜）
- 名　一人（一個人）→ 一人（ひとり）にします（弄成一個人）

動詞

［て形］＋ください　請［做］～

- させます（讓～做）→ 一人（ひとり）にさせてください（請讓我一個人）
- 選びます（選擇）→ 選（えら）んでください（請選擇）
- 説明します（說明）→ 説明（せつめい）してください（請說明）

用法　不希望對方干涉自己，想要一個人獨處時，可以說這句話。

會話練習

太郎：あれ？　どうしたの？*　なんか　機嫌悪そう*だけど。

怎麼了嗎？　總覺得　看起來不高興的樣子；「機嫌が悪そうだけど」的省略說法；「けど」表示「前言」，是一種緩折的語氣

花子：何でもないよ。

沒什麼事；「よ」表示「看淡」

太郎：なになに？　なんかあったの？*

什麼　發生什麼了嗎？「なん（什麼）＋か（表示不特定）」

花子：たまには一人にさせてよ。

使用文型

動詞／い形容詞／な形容詞＋な／名詞＋な

[　普通形　]＋の？　關心好奇、期待回答

※此為「普通體文型」用法，「丁寧體文型」為「～んですか」。
※「な形容詞」、「名詞」的「普通形-現在肯定形」，需要有「な」再接續。

動	どうします（怎麼了）	→ どうしたの？*	（怎麼了嗎？）
動	あります（有）	→ なんかあったの？*	（發生什麼了嗎？）
い	悲しい（悲傷的）	→ 悲しいの？	（悲傷嗎？）
な	嫌（な）（討厭）	→ 嫌なの？	（討厭嗎？）
名	火事（火災）	→ 火事なの？	（是火災嗎？）

動詞　い形容詞　な形容詞

[ます形／ーい／ーな]＋そう　（看起來）好像～

動	降ります（下（雨））	→ 雨が降りそう	（看起來好像要下雨）
い	悪い（不好的）	→ 機嫌[が]悪そう*	（看起來不高興的樣子）
な	親切（な）（親切）	→ 親切そう	（看起來好像很親切）

中譯
太郎：咦？怎麼了嗎？總覺得看起來不高興的樣子。
花子：沒什麼。
太郎：什麼事？什麼事？發生什麼了嗎？
花子：偶爾我也想要一個人。

抱怨 050

沒血沒淚！

血(ち)も涙(なみだ)もないのか！

助詞：表示並列	助詞：表示並列	い形容詞：沒有（ない⇒普通形-現在肯定形） 動詞：有（あります⇒ない形）	形式名詞：（～んです的口語說法）	助詞：表示疑問

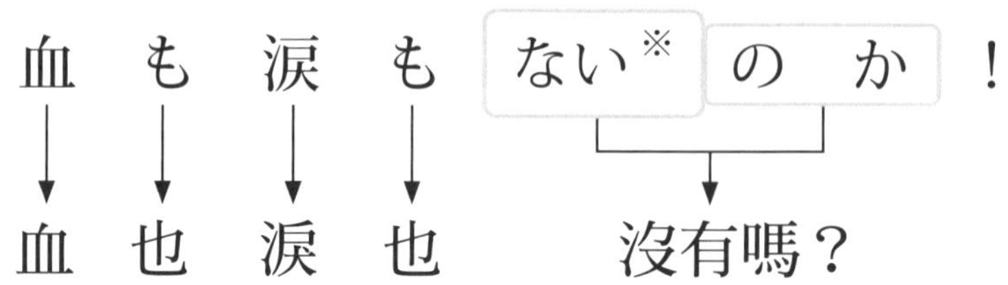

※「ない」除了是「い形容詞」，也是動詞「あります」的「ない形」。

使用文型

動詞／い形容詞／な形容詞+な／名詞+な

[普通形] + んですか　關心好奇、期待回答

※ 此為「丁寧體文型」用法，「普通體文型」為「～の？」。
※「な形容詞」、「名詞」的「普通形-現在肯定形」，需要有「な」再接續。

動	諦めます（放棄）	→ 諦(あきら)めるんですか	（要放棄嗎？）
い	ない（沒有）	→ ないんですか	（沒有嗎？）
な	きれい（な）（漂亮）	→ きれいなんですか	（漂亮嗎？）
名	三角関係（三角關係）	→ 三角関係(さんかくかんけい)なんですか	（是三角關係嗎？）

用法 面對冷酷的行為，可以說這句話。

會話練習

太郎（たろう）：くそっ！　店長（てんちょう）のやつ！
可惡　那個傢伙

花子（はなこ）：どうしたの？
怎麼了嗎？「の？」表示「關心好奇、期待回答」

太郎（たろう）：バイト先（さき）の店長（てんちょう）に勝手（かって）に シフト入（い）れられて*、
打工的地方　擅自　因為被排班；「シフトを入れられて」的省略說法；「て形」表示「原因」

20日間連続（はつかかんれんぞく）で 働（はたら）かせられる ことになった* んだよ。
連續20天；「で」表示「樣態」　被迫工作　表示：（非自己一個人）決定…了　「んだ」表示「強調」；「よ」表示「感嘆」

まったく血（ち）も涙（なみだ）もないのか！
真是

使用文型

動詞　い形容詞　な形容詞

[て形 ／ ～~~い~~ ＋ くて ／ ～~~な~~ ＋ で ／ 名詞 ＋ で]、～　因為～，所以～

動	入れられます（被加進去）	→ 入（い）れられて*	（因為被加進去，所以～）
い	古い（舊的）	→ 古（ふる）くて	（因為很舊，所以～）
な	暇（な）（空閒）	→ 暇（ひま）で	（因為很閒，所以～）
名	定休日（公休日）	→ 定休日（ていきゅうび）で	（因為是公休日，所以～）

動詞

[辭書形] ＋ ことになった　決定 [做] ～了（非自己一個人意志所決定的）

働かせられます（被迫工作）	→ 働（はたら）かせられることになった*	（決定要被迫工作了）
行います（舉行）	→ 行（おこな）うことになった	（決定要舉行了）
始めます（開始）	→ 始（はじ）めることになった	（決定要開始了）

中譯
太郎：可惡！店長那個傢伙！
花子：怎麼了嗎？
太郎：因為我被打工那家店的店長擅自排班，所以我要連續被迫工作 20 天。
真是沒血沒淚！

你不用管我！
もう、ほっといてよ！

感嘆詞：真是的、真氣人	動詞：不加理睬（放ります⇒て形）（口語時可省略う）	補助動詞：善後措施（おきます⇒て形）	補助動詞：請（くださいます⇒命令形[くださいませ]除去[ませ]）（口語時可省略）	助詞：表示看淡

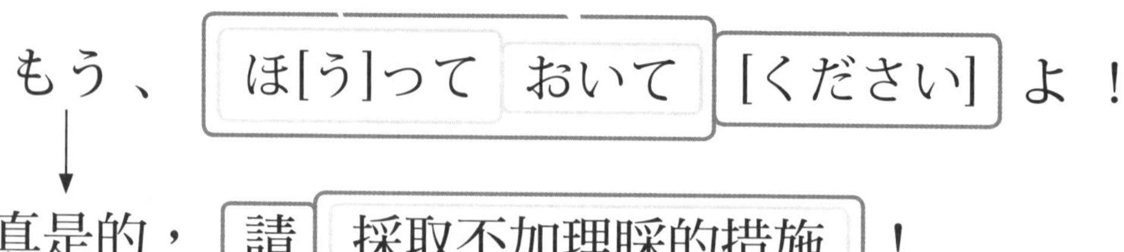

※「ほうっておいて」的「縮約表現」是「ほっといて」，口語時常使用「縮約表現」。

使用文型

動詞

[て形]＋おきます　善後措施（為了以後方便）

- 放ります（不加理睬）→ 放(ほう)っておきます（採取不加理睬的措施）
- 置きます（放置）→ 置(お)いておきます（採取放置的措施）
- 貯金します（儲蓄）→ 貯金(ちょきん)しておきます（採取儲蓄的措施）

動詞

[て形]＋ください　請[做]～

- 放っておきます（採取不加理睬的措施）→ 放(ほう)っておいてください（請採取不加理睬的措施）
- 寝ます（睡覺）→ ゆっくり寝(ね)てください（請好好地睡覺）
- 起きます（起床）→ 早(はや)く起(お)きてください（請早點起床）

用法　想要一個人獨處、或是不希望別人來干涉時，可以說這句話。

會話練習

太郎：そんな 化粧したって*、誰も 見てないよ。

那樣　即使化妝也…　任何人都…「も」表示「全否定」　不會看的狀態；「見ていないよ」的省略說法；「よ」表示「看淡」

花子：うるさいわね。もう、ほっといてよ！

很囉嗦耶；「わ」表示「女性語氣」；「ね」表示「感嘆」

太郎：はいはい。好きにすれば*。

好、好；重複兩次代表「不耐煩」的語氣　隨你喜歡的去做，如何？「好きにすればどうですか」的省略說法

使用文型

動詞　い形容詞　な形容詞

[た形／－い＋く／－な／名詞]＋たって／だって　即使～也

※「動詞濁音的た形」、「な形容詞」、「名詞」要接續「だって」。

動	化粧します（化妝）	→ 化粧したって*	（即使化妝也～）
動-濁	休みます（休息）	→ 休んだって	（即使休息也～）
い	遠い（遠的）	→ 遠くたって	（即使遠也～）
な	わがまま（な）（任性）	→ わがままだって	（即使任性也～）
名	大人（大人）	→ 大人だって	（即使是大人也～）

動詞

[條件形（～ば）]＋どうですか　～的話，如何？

※「普通體文型」為「動詞條件形（～ば）＋どう？」。
※「丁寧體文型」為「動詞條件形（～ば）＋どうですか」。
※口語時，可省略「どうですか」。

します（做）	→ 好きにすれば[どうですか]*	（隨你喜歡去做的話，如何？）
黙っています（保持沉默）	→ 黙っていれば[どうですか]	（保持沉默的話，如何？）
やめます（放棄）	→ やめれば[どうですか]	（放棄的話，如何？）

中譯
太郎：即使那樣慎重其事地化粧，也沒有人在看。
花子：你很囉嗦耶。你不用管我！
太郎：好、好。隨便你，如何？

MP3 052

這是人家的自由吧。

人(ひと)の勝手(かって)でしょ。

助詞：表示所屬　名詞：自由　助動詞：表示斷定（です⇒意向形）（口語時可省略う）

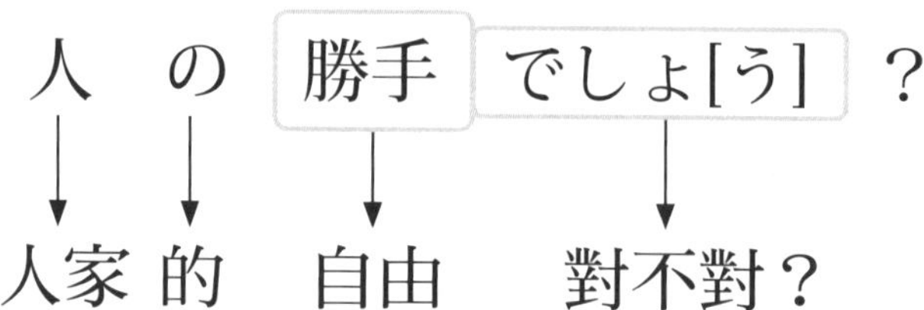

使用文型

動詞／い形容詞／な形容詞／名詞

[普通形]＋でしょう？　～對不對？

※ 此為「丁寧體文型」用法，「普通體文型」為「～だろう」。
※「～でしょう」表示「應該～吧」的「推斷語氣」時，語調要「下降」。
「～でしょう」表示「～對不對？」的「再確認語氣」時，語調要「提高」。

動	勝ちます（贏）	→ 勝(か)ったでしょう？	（贏了對不對？）
い	辛い（辣的）	→ 辛(から)いでしょう？	（很辣對不對？）
な	生意気（な）（傲慢）	→ 生意気(なまいき)でしょう？	（很傲慢對不對？）
名	勝手（な）（自由）	→ 人(ひと)の勝手(かって)でしょう？	（人家的自由對不對？）

用法　不希望別人對自己的言行舉止插嘴時，可以說這句話。

會話練習

太郎（たろう）：え、もう 携帯（けいたい）換（か）えるの？

已經　要換手機了嗎？「携帯を換えるの？」的省略說法；「の？」表示「關心好奇、期待回答」

花子（はなこ）：うん。なんか 使（つか）いにくい*から。

總覺得　因為不好用；「から」表示「原因理由」

太郎（たろう）：三（さん）か月前（げつまえ）に換（か）えたばっかり*なのに…。

三個月前　剛剛更換，卻…；「のに」表示「卻…」；前面的「ばっかり」為助詞，變化上與「名詞的普通形-現在肯定形」相同，需要有「な」再接續「のに」

花子（はなこ）：人（ひと）の勝手（かって）でしょ。店（みせ）で見（み）て 欲（ほ）しくなっちゃったんだもん。

因為看了；「て形」表示「原因」　因為變得很想要；「んだ」表示「強調」；「もん」等同「もの」，表示「原因」

使用文型

動詞

[~~ます~~形] ＋ にくい　　不好 [做] ～、不容易 [做] ～

使います（使用）	→ 使（つか）いにくい*	（不好使用）
読みます（閱讀）	→ 読（よ）みにくい	（不容易閱讀）
操作します（操作）	→ 操作（そうさ）しにくい	（不容易操作）

動詞

[た形] ＋ ばっかり　　剛剛 [做] ～

※「～ばっかり」為「～ばかり」的強調語氣。

換えます（更換）	→ 換（か）えたばっかり*	（剛剛更換）
始めます（開始）	→ 始（はじ）めたばっかり	（剛剛開始）
入学します（入學）	→ 入学（にゅうがく）したばっかり	（剛剛入學）

中譯

太郎：咦，你已經要換手機了嗎？
花子：嗯。因為總覺得（原本那隻）不好使用。
太郎：三個月前才剛剛更換，卻…。
花子：這是人家的自由吧。因為在店裡看到後，就變得很想要。

反擊&頂嘴 053

MP3 053

有什麼關係。讓我照我自己的想法嘛。

いいじゃん、好（す）きにさせてよ。

い形容詞： 好、良好	連語： 不是～嗎 （反問表現）	な形容詞：任意 （好き ⇒副詞用法）	動詞：做 （します ⇒使役形［させます］ 的て形）	補助動詞：請 （くださいます ⇒命令形［くださいませ］ 除去［ませ］） （口語時可省略）	助詞： 表示 看淡

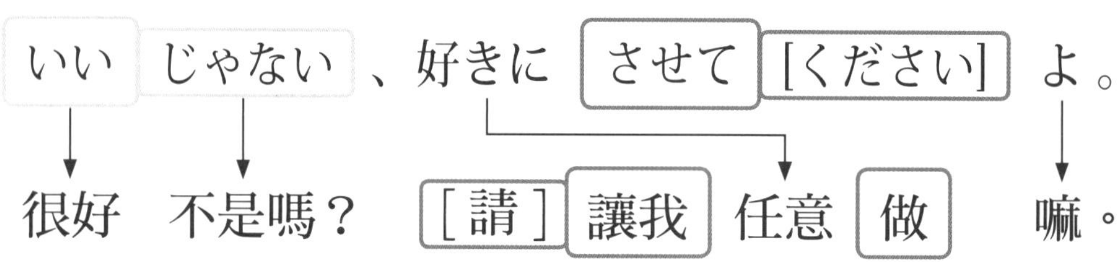

※「じゃない」的「縮約表現」是「じゃん」。

使用文型

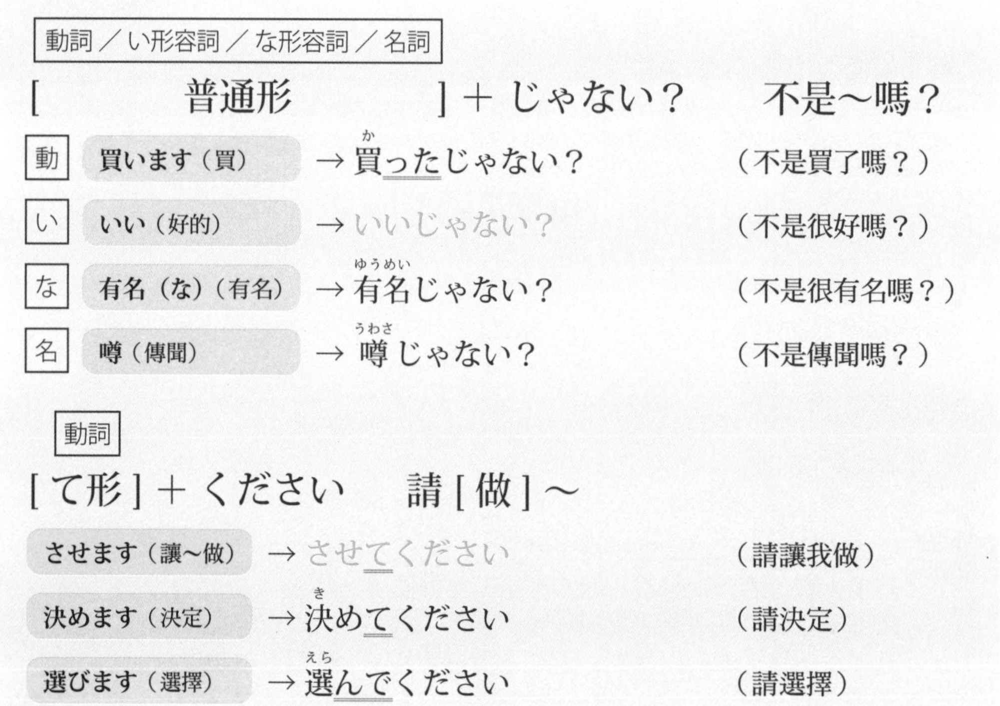

動詞／い形容詞／な形容詞／名詞

［普通形］＋じゃない？　不是～嗎？

動	買います（買）	→ 買（か）ったじゃない？	（不是買了嗎？）
い	いい（好的）	→ いいじゃない？	（不是很好嗎？）
な	有名（な）（有名）	→ 有名（ゆうめい）じゃない？	（不是很有名嗎？）
名	噂（傳聞）	→ 噂（うわさ）じゃない？	（不是傳聞嗎？）

動詞

［て形］＋ください　請［做］～

させます（讓～做）	→ させてください	（請讓我做）
決めます（決定）	→ 決（き）めてください	（請決定）
選びます（選擇）	→ 選（えら）んでください	（請選擇）

用法 對方在各方面指揮自己做事，希望他不要再插嘴時，可以說這句話。

會話練習

太郎：え？　バイト代を全部洋服に使っちゃった* の？
打工的薪水　乾脆地花在衣服上了；「に」表示「方面」；「の？」表示「關心好奇、期待回答」

花子：そうよ。何か 文句ある？
對啊；「よ」表示「看淡」　表示：不特定　有意見嗎？「文句がある？」的省略說法

太郎：服はいっぱい 持ってるのに、まだ買うの？
很多　擁有，卻…；「持っているのに」的省略說法　還要買嗎？「の？」表示「關心好奇、期待回答」

花子：いいじゃん、好きにさせてよ。私が稼いだお金なんだから*。
因為是我自己賺的錢

使用文型

動詞

[て形（～て／～で）]＋ちゃった／じゃった　動作乾脆進行

※ 此為「動詞て形 ＋ しまった」的「縮約表現」，口語時常使用「縮約表現」。
※ 屬於「普通體文型」,「丁寧體文型」為「動詞て形除去 [て／で] ＋ ちゃいました ／ じゃいました」。

使います（使用）	→ 使っちゃった*	（乾脆地花光了）
捨てます（丟棄）	→ 捨てちゃった	（乾脆地丟掉了）
飲みます（喝）	→ 飲んじゃった	（乾脆地喝掉了）

動詞／い形容詞／な形容詞＋な／名詞＋な

[　普通形　]＋んだから　強調＋因為

※「んだ」表示「強調」；「から」表示「原因理由」。
※ 此為「普通體文型」用法，「丁寧體文型」為「んですから」。
※「な形容詞」、「名詞」的「普通形-現在肯定形」，需要有「な」再接續。

動	買います（買）	→ 買ったんだから	（因為買了）
い	熱い（燙的）	→ 熱いんだから	（因為很燙）
な	きれい（な）（漂亮）	→ きれいなんだから	（因為很漂亮）
名	お金（錢）	→ 私が稼いだお金なんだから*	（因為是我自己賺的錢）

中譯
太郎：咦？你把打工的薪水全部花在衣服上了？
花子：對啊，你有什麼意見嗎？
太郎：已經有那麼多衣服了，你卻…，你還要買啊？
花子：有什麼關係。讓我照我自己的想法嘛。因為是我自己賺的錢。

反擊&頂嘴
054

MP3 054

那又怎樣？

だから何（なん）なの？

接續詞：	名詞（疑問詞）：	形式名詞：
所以	什麼、任何 （何⇒名詞接續用法）	（～んですか的 口語説法）

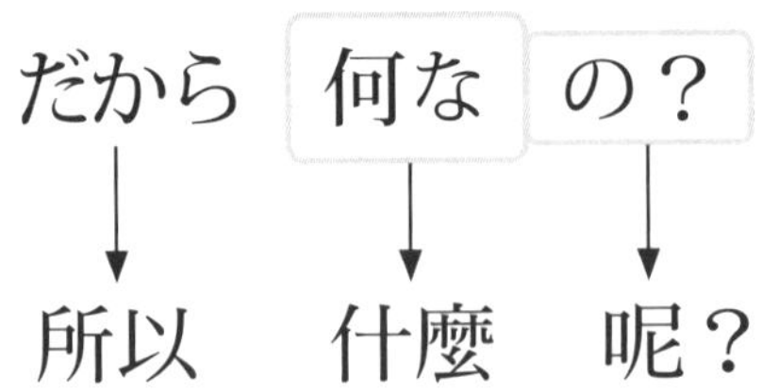

使用文型

動詞／い形容詞／な形容詞＋な／名詞＋な

［　普通形　］＋んですか　關心好奇、期待回答

※ 此為「丁寧體文型」用法，「普通體文型」為「～の？」。
※「な形容詞」、「名詞」的「普通形-現在肯定形」，需要有「な」再接續。

動	訴えます（控告）	→ 訴（うった）えるんですか	（要控告嗎？）
い	荒い（粗暴的）	→ 荒（あら）いんですか	（粗暴嗎？）
な	邪魔（な）（礙事）	→ 邪魔（じゃま）なんですか	（礙事嗎？）
名	何（什麼）	→ 何（なん）なんですか	（是什麼呢？）

用法 對於對方所說的事情感到憤怒時，可以說這句話頂回去。

會話練習

太郎（たろう）：ちょっと　食（た）べすぎじゃない？*
有點　吃太多不是嗎？

花子（はなこ）：だから何（なん）なの？

太郎（たろう）：いや、スタイルがさあ…。
不　身材　「さあ」的功能為「調整語調」

花子（はなこ）：あなたと関係（かんけい）ないでしょ。ほっといて*。
和…沒關係對不對？「と関係がないでしょう」的省略說法；「と」表示「動作夥伴」
採取不加理睬的措施；「ほうって＋おいてください」的縮約表現＋省略說法

使用文型

動詞　い形容詞　な形容詞

[~~ます~~形／ー~~い~~／ーな／名詞]＋すぎじゃない？　太～不是嗎？

動	食べます（吃）	→ 食（た）べすぎじゃない？*	（吃太多不是嗎？）
い	甘い（甜的）	→ 甘（あま）すぎじゃない？	（太甜不是嗎？）
な	暇（な）（空閒）	→ 暇（ひま）すぎじゃない？	（太閒不是嗎？）
名	いい人（好人）	→ いい人（ひと）すぎじゃない？	（人太好不是嗎？）

動詞

[~~て~~形（～て／～で）]＋といて／どいて＋ください
善後措施（為了以後方便）

※ 此為「動詞て形 ＋ おいて＋ください」的「縮約表現」，口語時常使用「縮約表現」。
※ 丁寧體會話時為「動詞~~て~~形 ＋ といて／どいて ＋ ください」。
※ 普通體、口語會話時，省略「ください」。

ほ[う]ります（不加理睬）	→ ほ[う]っといて[ください]*	（請採取不加理睬的措施）
拭きます（擦拭）	→ 拭（ふ）いといて[ください]	（請採取擦拭的措施）
掃除します（打掃）	→ 掃除（そうじ）しといて[ください]	（請採取打掃的措施）

中譯
太郎：你有點吃太多了不是嗎？
花子：那又怎樣？
太郎：不，我是說你的身材會…。
花子：和你沒關係對不對？不要管我。

我要把你講的話通通還給你！

その言葉（ことば）、そっくりあなたに返（かえ）します！

連體詞：	副詞：	助詞：	動詞：
那個	全部	表示動作的對方	歸還

その　言葉、そっくり　あなた　に　返します！

那個　話　全部　還　你！

相關表現

動作主 は 動作的對方（目的語） に 動作作用對象（目的語） を 動作（雙賓動詞）

雙賓動詞（可以「有兩個目的語」的動詞）

※ 有些動作（動詞）在進行時，會有「兩個目的語」：一個是「動作作用對象（＝～を）」，一個則是「動作的對方（＝～に）」。這樣的動詞稱為「雙賓動詞」。
※「＿＿に」和「＿＿を」的部分，只要助詞沒錯，順序可以前後對調。
※ 上方主題句是省略「を」的用法。有「を」時，激動的感覺會消失，主題句有激動的情緒，所以通常不加「を」。

返します（歸還） → （私（わたし）は）その言葉（ことば）（を）そっくり あなた に 返（かえ）します。
（我要把你講的話通通還給你。）

かけます（撥打） → 私（わたし） は あなた に 電話（でんわ） を かけます。
（我要打電話給你。）

借ります（借入） → 弟（おとうと） は 父（ちち） に お金（かね） を 借（か）ります。
（弟弟要向父親借錢。）

用法 把對方批判自己的話，原封不動地回應、批評對方時，所使用的一句話。

會話練習

太郎：お前、知らない男と話してただろう*。
你 / 不認識 / 和…說話了，對不對？「と話していただろう」的省略說法；「と」表示「動作夥伴」

花子：その言葉、そっくりあなたに返します！

太郎：何だって？
你說什麼？「って」表示「提示內容」

花子：あなただって*、LINEで こそこそ 誰かと チャットしてるじゃない。
表示：並列（＝も） / 在 LINE 上面；「で」表示「動作進行地點」 / 偷偷摸摸 / 跟某個人；「か」表示「不特定」；「と」表示「動作夥伴」
有聊天，不是嗎？「チャットしているじゃない」的省略說法

使用文型

動詞／い形容詞／な形容詞／名詞

[普通形] ＋ だろう　～對不對？

※ 此為「普通體文型」用法，「丁寧體文型」為「～でしょう」。

動	話して[い]ます（說了的狀態）	→ 話して[い]ただろう*	（當時有說過，對不對？）
い	つまらない（無聊的）	→ つまらないだろう	（很無聊，對不對？）
な	きれい（な）（漂亮）	→ きれいだろう	（很漂亮，對不對？）
名	元彼（前男友）	→ 元彼だろう	（是前男友，對不對？）

[名詞] ＋ だって　表示並列（＝も）

あなた（你）	→ あなただって*	（你也…）
私（我）	→ 私だって一生懸命やってるんです	（我也很認真在做）
虫（昆蟲）	→ 小さな虫にだって命がある	（小昆蟲也有生命）

※「小さな虫にだって命がある」的「に」表示「存在位置」。

中譯
太郎：你和陌生的男人說話了，對不對？
花子：我要把你講的話通通還給你！
太郎：你說什麼？
花子：你不是也在 LINE 上面偷偷摸摸地和某個人聊天嗎？

MP3 056

你根本沒有資格講我。

あんたに言(い)われる筋合(すじあ)いはないよ。

名詞：你（粗魯的說法）	助詞：表示動作的對方	動詞：說（言います⇒受身形[言われます]的辭書形）	助詞：表示對比（區別）	い形容詞：沒有（ない⇒普通形-現在肯定形） 動詞：有（あります⇒ない形）	助詞：表示看淡

あんた　に　言われる　筋合い　は　ない※　よ。

沒有　被你說　（的）　理由。

※「ない」除了是「い形容詞」，也是動詞「あります」的「ない形」。

相關表現

「あなた（你）」的失禮表現		「あの人（那個人）」的失禮表現	
あんた	（「你」的粗魯的說法）	あいつ	（那個傢伙）
おまえ／おめえ	（「你」的粗魯的說法）	あいつめ	（那個傢伙）
てめえ	（你這個傢伙）	※「め」是表示「輕蔑」的接尾辭	
貴様(きさま)	（你這個人）	あの野郎(やろう)／あんにゃろう	（那個傢伙）
この野郎(やろう)	（這個傢伙）		

用法 告訴對方「不想被你那樣說、或是你沒有資格那樣說」時，可以說這句話。

會話練習

（待(ま)ち合(あ)わせで）
在約定地點；「で」表示「動作進行地點」

太郎(たろう)：また遅刻(ちこく)かよ。もう、時間(じかん)は守(まも)ってくれなきゃ困(こま)るよ。

- また：又
- 遅刻かよ：遲到嗎？「か」表示「疑問」；「よ」表示「感嘆」
- もう：真是的
- 守ってくれなきゃ：不為我遵守的話；「守ってくれない＋なければ」的「縮約表現」
- 困るよ：很困擾耶；「よ」表示「感嘆」

花子：あんたに言われる筋合いはないよ。この前のデートで、
之前　約會；「で」表示「動作進行地點」

太郎は遅刻どころか＊ドタキャンしたじゃない。
不只是遲到，還…　臨時取消了，不是嗎？

太郎：あ？　そんなことあったっけ？
有那種事情來著？「そんなことがあったっけ？」的省略說法；「っけ」表示「再確認」

使用文型

動詞／い形容詞／な形容詞＋[な]／名詞

[　普通形　]＋どころか　(1) 不只是～，還～

※「な形容詞」的「普通形-現在肯定形」，有沒有「な」都可以。

動　ひきます（得到（感冒））→ 風邪をひくところか、肺炎になってしまいますよ。
（不只是得到感冒，還會變成肺炎喔。）

い　危ない（危險的）→ 危ないどころか命の危険さえあります。
（不只是危險，甚至還有生命危險。）

な　嫌い（な）（討厭）→ 嫌い[な]どころか殺してしまいたいぐらい憎い。
（不只是討厭，是想要殺掉的程度的憎恨。）

名　遅刻（遲到）→ 遅刻どころかドタキャンしたじゃない。＊
（不只是遲到，還臨時取消了，不是嗎？）

動詞／い形容詞／な形容詞＋[な]／名詞

[　普通形　]＋どころか　(2) 哪有～，反而～

※「な形容詞」的「普通形-現在肯定形」，有沒有「な」都可以。

動　感謝します（感謝）→ 感謝されるどころか、恨まれた。
（哪有被感謝，反而被憎恨。）

い　いい（好的）→ 体にいいどころか、健康を損う場合もある。
（對身體哪有好處，反而會有損害健康的狀況。）

な　静か（な）（安靜）→ 静か[な]どころか、うるさくて夜も眠れない。
（哪有安靜，反而吵得晚上都睡不著。）

名　独身（單身）→ 独身どころか、妻も子もいる人でした。
（哪是單身，反而是有妻子也有小孩的人。）

中譯　（在約定地點）
太郎：又遲到了？真是的，你不守時的話，我會很困擾耶。
花子：你根本沒有資格講我。之前的約會，你不只是遲到，還臨時取消，不是嗎？
太郎：啊？有那種事情來著？

MP3 057

你有什麼資格說我。

とやかく言(い)われる筋合(すじあ)いはないね。

副詞：這個那個地	動詞：說（言います⇒受身形［言われます］的辭書形）	助詞：表示對比（區別）	い形容詞：沒有（ない⇒普通形-現在肯定形） 動詞：有（あります⇒ない形）	助詞：表示主張

とやかく　言われる　筋合い　は　ない※　ね。

這個那個地　被（你）說（的）　理由　沒有。

※「ない」除了是「い形容詞」，也是動詞「あります」的「ない形」。

相關表現

～筋合いはない　沒有～的理由

あなたに非難(ひなん)される筋合(すじあ)いはない。
（沒有被你責備的理由。）

お前(まえ)にお父(とう)さんと呼(よ)ばれる筋合(すじあ)いはない。　※爸爸對女兒的男朋友講的話
（沒有被你叫爸爸的理由。）

私(わたし)が負担(ふたん)する筋合(すじあ)いはない。
（我沒有要負擔的理由。）

用法　有人對自己的言行舉止表示意見時，可以說這句話表達拒絕接受的反應。

會話練習

花子(はなこ)：ちょっと、そのズボンをずり下(さ)げるファッション、ダサくない？

（ちょっと：喂；ズボン：褲子；ずり下げる：往下拉；ファッション：款式；ダサくない？：很土，不是嗎？）

太郎（たろう）：腰（こし）パンのこと？　そんなことないよ。
露出內褲的低腰褲　才沒那種事咧；「そんなことはないよ」的省略說法；「よ」表示「看淡」

花子（はなこ）：いや、やっぱり　変（へん）だよ。
果然還是　奇怪；「よ」表示「看淡」

太郎（たろう）：とやかく言（い）われる筋合（すじあ）いはないね。好（す）きで* やってるんだから* ほっといて。
因為喜歡　所以處於做了的狀態；「やっているんだから」的省略說法
採取不加理睬的措施；「ほうって＋おいてください」的縮約表現＋省略說法

使用文型

動詞　い形容詞　な形容詞

[て形／－い＋くて／－な＋で／名詞＋で]、～　因為～，所以～

動	会えます（可以見面）	→ 会（あ）えて	（因為可以見面，所以～）
い	おいしい（好吃的）	→ おいしくて	（因為好吃，所以～）
な	好き（な）（喜歡）	→ 好（す）きで*	（因為喜歡，所以～）
名	病気（生病）	→ 病気（びょうき）で	（因為生病，所以～）

動詞／い形容詞／な形容詞＋な／名詞＋な

[　普通形　]＋んだから　強調＋因為

※「んだ」表示「強調」；「から」表示「原因理由」。
※ 此為「普通體文型」用法，「丁寧體文型」為「んですから」。
※「な形容詞」、「名詞」的「普通形-現在肯定形」，需要有「な」再接續。

動	やって[い]ます（做的狀態）	→ やって[い]るんだ*	（因為處於做的狀態）
い	暑い（炎熱的）	→ 暑（あつ）いんだから	（因為很熱）
な	元気（な）（有精神）	→ 元気（げんき）なんだから	（因為有精神）
名	観光客（觀光客）	→ 観光客（かんこうきゃく）なんだから	（因為是觀光客）

中譯
花子：喂，那種褲頭往下拉的款式，不是很土嗎？
太郎：你是說露出內褲的低腰褲嗎？才不會咧。
花子：不，我還是覺得很怪耶。
太郎：你有什麼資格說我。因為喜歡所以（這樣）做，你不要管我。

MP3 058

你憑什麼這樣講？

人(ひと)のこと言(い)えんの？

助詞：表示所屬

助詞：表示動作作用對象（口語時可省略）

動詞：説（言います⇒可能形[言えます]的辭書形）

形式名詞：（～んですか的口語説法）

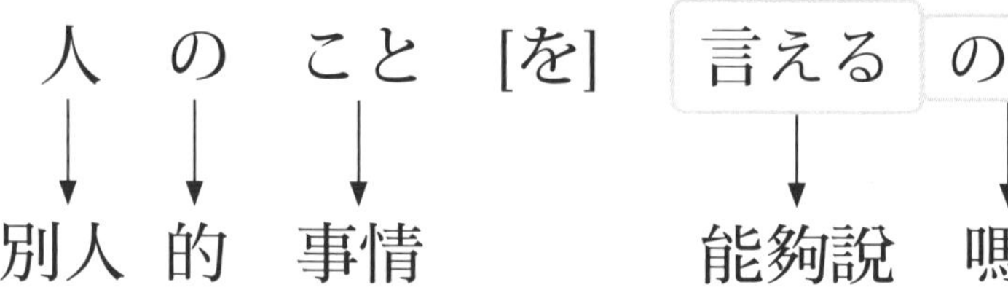

※「言えるの」的「縮約表現」是「言えんの」，口語時常使用「縮約表現」。

使用文型

動詞／い形容詞／な形容詞＋な／名詞＋な

[　普通形　]＋んですか　關心好奇、期待回答

※ 此為「丁寧體文型」用法，「普通體文型」為「～の？」。
※「な形容詞」、「名詞」的「普通形-現在肯定形」，需要有「な」再接續。

動	言えます（能說）	→ 言(い)えるんですか	（能說嗎？）
い	怖い（害怕的）	→ 怖(こわ)いんですか	（害怕嗎？）
な	暇（な）（空閒）	→ 暇(ひま)なんですか	（有空嗎？）
名	休業（停業）	→ 休業(きゅうぎょう)なんですか	（是停業嗎？）

用法　質疑對方是否有立場去批判別人的事情時，可以說這句話。

會話練習

花子：この芸能人(げいのうじん)って、別(べつ)にスタイル良(よ)くない*し。
表示：主題（＝は）　身材沒有特別好；「し」表示「列舉評價」

もうちょっと　痩(や)せるべきだ*　と思(おも)わない？
再稍微　應該要變瘦　不覺得…嗎？「と」表示「提示內容」

太郎(たろう)：人(ひと)のこと言(い)えんの？

花子(はなこ)：はあ？　私(わたし)は一般(いっぱん)の女子(じょし)でしょ。それに
蛤～？　是一般的女生，對不對？「一般の女子でしょう」的省略說法　而且

太(ふと)ってなんかないわよ。
怎麼可能很胖；「太ってなんかいない」的省略說法；「なんか」表示「怎麼會～」；「わ」表示「女性語氣」；「よ」表示「看淡」

太郎(たろう)：ずいぶん　自分(じぶん)には甘(あま)いねえ。
相當　對自己不嚴格耶；「に」表示「方面」；「は」表示「對比」（區別）」；「ねえ」表示「感嘆」

使用文型

別に ＋ 否定表現　　沒有特別～

食べます（吃）	→ 別(べつ)に食(た)べたくない	（沒有特別想吃）
良い（好的）	→ 別(べつ)にスタイル良(よ)くない*	（身材沒有特別好）
きれい（な）（漂亮）	→ 別(べつ)にきれいじゃない	（沒有特別漂亮）

動詞

[辭書形] ＋ べきだ　　應該要 [做] ～

痩せます（變瘦）	→ 痩(や)せるべきだ*	（應該要變瘦）
行きます（去）	→ 行(い)くべきだ	（應該要去）
謝ります（道歉）	→ 謝(あやま)るべきだ	（應該要道歉）

中譯
花子：這個藝人身材沒有特別好，你不覺得她應該要再瘦一點嗎？
太郎：你憑什麼這樣講？
花子：蛤～？我是一般的女孩子，對不對？而且我怎麼可能很胖。
太郎：你對自己相當不嚴格耶。

MP3 059

你不是也一樣嗎？
お互（たが）いさまでしょ！？

助動詞：表示斷定
（です⇒意向形）
（口語時可省略う）

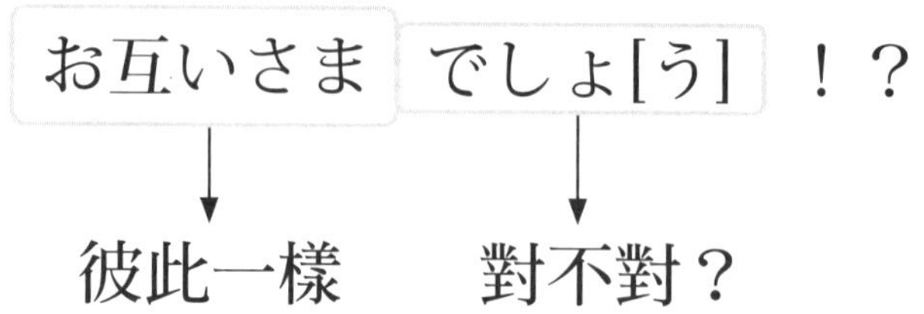

使用文型

動詞／い形容詞／な形容詞／名詞

[普通形]＋でしょう？ ～對不對？

※ 此為「丁寧體文型」用法，「普通體文型」為「～だろう」。
※「～でしょう」表示「應該～吧」的「推斷語氣」時，語調要「下降」。
「～でしょう」表示「～對不對？」的「再確認語氣」時，語調要「提高」。

動	参加します（參加）	→ 参加（さんか）するでしょう？	（要參加對不對？）
い	甘い（甜的）	→ 甘（あま）いでしょう？	（很甜對不對？）
な	新鮮（な）（新鮮）	→ 新鮮（しんせん）でしょう？	（很新鮮對不對？）
名	お互いさま（彼此一樣）	→ お互（たが）いさまでしょう？	（彼此一樣對不對？）

用法 強力指責批判自己的人，雙方都是處於同樣狀況，所使用的一句話。

會話練習

太郎（たろう）：だーから、元カレと僕を比べないでくれ＊よ。
所～以～　前男友和我　不要去比較啦；「よ」表示「看淡」

花子（はなこ）：お互い（たが）さまでしょ！？　太郎（たろう）だって、元カノのほうが
表示「並列」（＝も）　前女友的那一方比較…

料理（りょうり）おいしかった とか 言う（い）じゃない。
好吃　之類的　會說，不是嗎？

太郎（たろう）：あー、わかったわかった。じゃ、今度（こんど）から お互い（たが）に
知道了　那麼　從現在開始　彼此

昔（むかし）の恋人（こいびと）のこと 言う（い）の禁止（きんし）ね。
以前的戀人的事情　禁止說喔；「言うのは禁止ね」的省略說法；
「の」表示「形式名詞」；「ね」表示「期待同意」

使用文型

動詞
[ない形] ＋ で ＋ くれ　（命令別人）不要給我 [做] ～

比べます（比較）	→ 比べ（くら）ないでくれ＊	（不要給我做比較）
来ます（來）	→ 来（こ）ないでくれ	（不要給我過來）
喧嘩します（吵架）	→ 喧嘩（けんか）しないでくれ	（不要給我吵架）

[名詞] ＋ だって　表示並列（＝も）

太郎（太郎）	→ 太郎（たろう）だって＊	（太郎也…）
子供（小孩子）	→ 子供（こども）だっていろいろ大変（たいへん）なんだ	（小孩子也是各種方面很辛苦）
私（我）	→ 私（わたし）だって言い（い）たいことがある	（我也有想說的事情）

中譯
太郎：所～以～，不要拿我跟你前男友比較啦。
花子：你不是也一樣嗎？太郎不是也會說，你前女友做的料理比較好吃嗎？
太郎：啊，知道啦、知道啦。那麼，從現在開始，彼此禁止提起以前的戀人喔。

那應該是我要跟你講的話吧。

それはこっちの台詞（せりふ）だ。

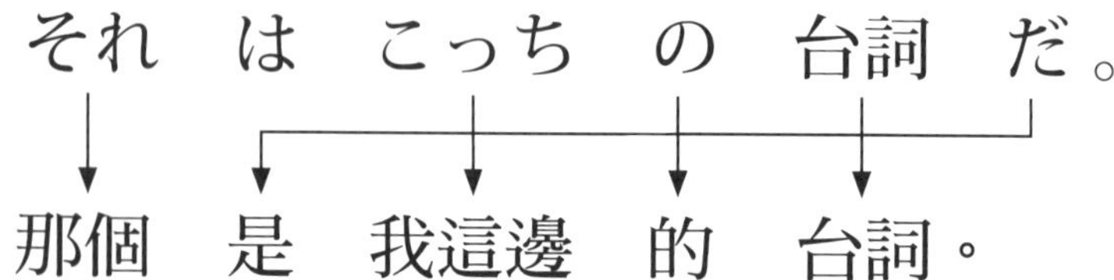

相關表現

「指示詞」整理

	指「東西」	指「東西」（後面一定要接續名詞）	指「地方」	有禮貌的說法 指「東西・地方・人」
靠近自己	これ 這（個）	この 這個～	ここ 這裡	こちら 這（個）、這裡、這位
靠近對方	それ 那（個）	その 那個～	そこ 那裡	そちら 那（個）、那裡、那位
遠方	あれ 那（個）	あの 那個～	あそこ 那裡	あちら 那（個）、那裡、那位
疑問詞	どれ 哪（個）	どの 哪個～	どこ 哪裡	どちら 哪（個）、哪裡、哪位、哪一方（二選一）

	口語的說法 指「東西・地方・人」	粗魯的說法 指「人」	副詞	連體詞
靠近自己	こっち 這（個）、這裡、這位	こいつ 這個傢伙	こう 這麼～	こんな 這樣的
靠近對方	そっち 那（個）、那裡、那位	そいつ 那個傢伙	そう 那麼～	そんな 那樣的
遠方	あっち 那（個）、那裡、那位	あいつ 那個傢伙	ああ 那麼～	あんな 那樣的
疑問詞	どっち 哪（個）、哪裡、哪位、哪一方（二選一）	どいつ 哪個傢伙	どう 怎麼～	どんな 哪樣的

用法 當對方批判你時，想告訴對方「你現在說的話正是我想對你說的話」時，可以說這句話。

會話練習

花子：食事中の時ぐらい、スマホ見るのやめなさい*よ。

正在用餐的時候；「ぐらい」表示「微不足道」

給我停止看智慧型手機；「スマホを見るのをやめなさいよ」的省略說法；「の」表示「形式名詞」；「よ」表示「勸誘」

太郎：ああ。わかったよ…。

知道了啦；「よ」表示「感嘆」

花子：私とスマホどっちが大事なの？

哪個重要呢？「の？」表示「關心好奇、期待回答」

太郎：それはこっちの台詞だ。花子だって、ドライブ中ずっとスマホいじってるじゃないか*。

表示「並列」（＝も）

兜風的時候

一直

玩著手機，不是嗎？「スマホをいじっているじゃないか」的省略說法

使用文型

動詞

[ます形] ＋ なさい　命令表現（命令、輔導晚輩的語氣）

やめます（停止）→ やめなさい*（你要去停止）

出します（交出來）→ 出しなさい（你要去交出來）

反省します（反省）→ 反省しなさい（你要去反省）

動詞／い形容詞／な形容詞／名詞

[　普通形　] ＋ じゃないか　不是～嗎？

※ 此為「普通體文型」用法，「丁寧體文型」為「～ではありませんか」或「～ではないですか」。

動　いじって[い]ます（玩弄的狀態）→ いじって[い]るじゃないか*（不是在玩嗎？）

い　おいしい（好吃的）→ おいしいじゃないか（不是很好吃嗎？）

な　便利（な）（方便）→ 便利じゃないか（不是很方便嗎？）

名　連休（連續假期）→ 連休じゃないか（不是連續假期嗎？）

中譯

花子：正在吃飯的時候，你不要看手機吧。

太郎：啊～，知道了啦…。

花子：我跟手機哪個重要呢？

太郎：那應該是我要跟你講的話吧。花子在兜風時不是也一直在玩手機嗎？

MP3 061

你才是啦！
そっちこそ！

助詞：
表示強調

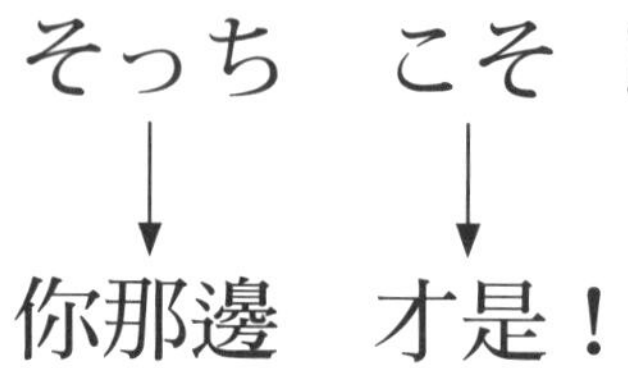

使用文型

[名詞]＋こそ　～才是、就是～

- そっち（你那邊）→ そっちこそ！（你那邊才是！）
- 今年（今年）→ 今年こそＮ１の試験に合格したい！
  （就是今年想要考過N1的考試！）
- あなた（你）→ あなたこそ我が社が求めていた人材です。
  （你就是我們公司要找的人才。）

動詞／い形容詞／な形容詞＋だ／名詞＋だ

補充：[　普通形　]＋からこそ　正因為～

※「な形容詞」、「名詞」的「普通形-現在肯定形」，需要有「だ」再接續。

- 動　努力します（努力）→ 毎日努力したからこそ彼は成功したんだ。
  （正因為每天努力，他才成功了。）
- い　暑い（炎熱的）→ 台湾は暑いからこそ、おいしい果物が育つ。
  （正因為台灣很炎熱，才會培育出好吃的水果。）
- な　有名（な）（有名）→ 有名だからこそ、敵も多い。
  （正因為很有名，敵人也很多。）
- 名　免税店（免稅商店）→ 免税店だからこそ、安く買えるんです。
  （正因為是免稅商店，可以買得很便宜。）

用法　聽到對方批評自己，要回嘴說「你也一樣」時，可以說這句話。

會話練習

太郎（たろう）：なんで俺（おれ）の気持（きも）ちをわかってくれない*んだよ。

為什麼　心情　不了解我呢？「んだ」表示「關心好奇、期待回答」；「よ」表示「感嘆」

花子（はなこ）：そっちこそ！　あなたは私（わたし）の気持（きも）ちがわかるって言（い）うの？*

會說你了解嗎？「って」表示「提示內容」

太郎（たろう）：ああ、もう いい！

已經　夠了

使用文型

動詞

[て形] ＋ くれない　　別人不為我 [做] ～

わかります（了解）	→ わかってくれない*	（別人不了解我）
持ちます（拿）	→ 持（も）ってくれない	（別人不為我拿）
掃除します（打掃）	→ 掃除（そうじ）してくれない	（別人不為我打掃）

動詞／い形容詞／な形容詞+な／名詞+な

[　普通形　] ＋ の？　關心好奇、期待回答

※ 此為「普通體文型」用法，「丁寧體文型」為「～んですか」。
※「な形容詞」、「名詞」的「普通形-現在肯定形」，需要有「な」再接續。

動	言います（說）	→ 言（い）うの？*	（會說嗎？）
い	熱い（燙的）	→ 熱（あつ）いの？	（燙嗎？）
な	複雑（な）（複雜）	→ 複雑（ふくざつ）なの？	（複雜嗎？）
名	留学生（留學生）	→ 留学生（りゅうがくせい）なの？	（是留學生嗎？）

中譯
太郎：你為什麼不了解我的心情呢？
花子：你才是啦！你敢說你了解我的心情嗎？
太郎：啊～，已經夠了！

MP3 062

我才想問耶。

こっちが聞(き)きたいぐらいだ。

助詞：表示主格	動詞：聽、問（聞きます⇒ます形除去[ます]）	助動詞：表示希望	助詞：表示程度	助動詞：表示斷定（です⇒普通形-現在肯定形）

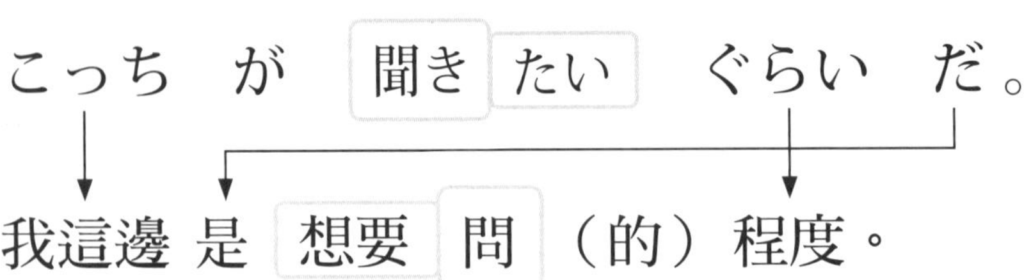

使用文型

動詞 [~~ます~~形] + たい　想要 [做] ~

聞きます（詢問）	→ 聞(き)きたい	（想要問）
知ります（知道）	→ 知(し)りたい	（想要知道）
買います（買）	→ 買(か)いたい	（想要買）

用法 被對方質問某事，回應對方自己才想找人詢問這個問題時，所使用的一句話。

會話練習

（止(と)めておいた バイクが なくなっている）
停好的　摩托車　不見了

太郎(たろう)：あれ！　バイクはここに止(と)めたはず*なのに！？
咦　應該停放了，卻…；「のに」表示「卻…」

花子(はなこ)：なくなってる。どうして？
不見了；「なくなっている」的省略說法　為什麼？

太郎(たろう)：こっちが聞(き)きたいぐらいだ。まさか…。
難不成

花子(はなこ)：もしかして、盗(ぬす)まれちゃった*？
或許　被偷走了

使用文型

動詞／い形容詞／な形容詞＋な／名詞＋の

[　普通形　]＋はず　（照理說）應該～

※「な形容詞」的「普通形-現在肯定形」需要有「な」；「名詞」需要有「の」再接續。

動	止めます（停放）	→ 止(と)めたはず*	（照理說應該停放了）
い	安い（便宜的）	→ 安(やす)いはず	（照理說應該很便宜）
な	きれい（な）（乾淨）	→ きれいなはず	（照理說應該很乾淨）
名	無料（免費）	→ 無料(むりょう)のはず	（照理說應該是免費）

動詞

[て形（～て／～で）]＋ちゃった／じゃった　（無法挽回的）遺憾

※ 此為「動詞て形 ＋ しまった」的「縮約表現」，口語時常使用「縮約表現」。
※ 屬於「普通體文型」，「丁寧體文型」為「動詞て形除去[て／で] ＋ ちゃいました ／ じゃいました」。

盗まれます（被偷）	→ 盗(ぬす)まれちゃった*	（很遺憾被偷走了）
怒られます（被～責罵）	→ お父(とう)さんに怒(おこ)られちゃった	（很遺憾被爸爸責罵了）
忘れます（忘記）	→ 忘(わす)れちゃった	（不小心忘記了）

中譯　（停好的摩托車不見了）
太郎：咦！摩托車應該是停在這裡的，卻…！？
花子：不見了。為什麼？
太郎：我才想問耶。難不成…。
花子：或許是被偷走了？

反擊&頂嘴 063

MP3 063

你要講成那樣嗎？

そこまで言（い）う？

助詞：表示程度　　動詞：説（言います⇒辭書形）

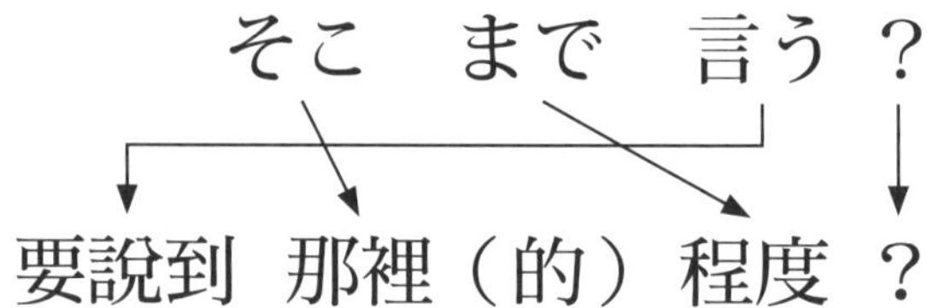

使用文型

[名詞] ＋ まで～　　甚至到～的程度、連～都～

そこ（那裡） → そこまで
（甚至到那裡的程度）

年寄り（老年人） → 年寄（としよ）りまで
（連老年人都～）

小学生（小學生） → 今（いま）は小学生（しょうがくせい）までスマホを使（つか）っている。
（現在連小學生都在使用智慧型手機。）

用法 覺得對方是不是說得太過分時，可以用這句話表達輕微的抗議。

會話練習

花子：太郎ってさ、ほんと何やっても＊ダメだよねー。

「って」表示「主題」（＝は）；「さ」的功能為「調整語調」

ほんと：真的

何やっても＊ダメだよねー：即使做什麼都不行耶；「何をやってもダメだよねー」的省略說法；「よ」表示「提醒」；「ねー」表示「期待同意」

太郎：自分なり＊に一生懸命やってるんだよ。

自分なりに：和我自己相應；「に」是「自分なり」的副詞用法

一生懸命：拼命

やってるんだよ：在做著的狀態；「やっているんだよ」的省略說法；「んだ」表示「強調」；「よ」表示「感嘆」

花子：この先、生きていけるの？

この先：將來

生きていけるの：活得下去嗎？「の？」表示「關心好奇、期待回答」

太郎：そこまで言う？ 傷つくんだけど。

傷つくんだけど：很受傷；「んだ」表示「強調」；「けど」表示「前言」，是一種緩折的語氣

使用文型

動詞　い形容詞　な形容詞

[て形／－い＋くて／－な＋で／名詞＋で]＋も　即使～，也～

動	やります（做）	→ 何[を]やっても＊	（即使做什麼，也～）
い	弱い（弱的）	→ 弱くても	（即使很弱，也～）
な	下手（な）（笨拙）	→ 下手でも	（即使笨拙，也～）
名	馬鹿（笨蛋）	→ 馬鹿でも	（即使是笨蛋，也～）

[名詞]＋なり　和～相應

自分（自己）→ 自分なりに一生懸命やってるんだよ。＊
（以適合自己的方式拼命在做耶。）

私（我）→ 私なりにアイディアをまとめました。
（以適合我的方式整合了新點子。）

子供（小孩子）→ 子供には子供なりの悩みがある。
（小孩子有小孩子的煩惱。）

中譯

花子：太郎真的是不論做什麼都不行耶。
太郎：我是以適合自己的方式拼命在做耶。
花子：你將來活得下去嗎？
太郎：你要講成那樣嗎？我很受傷。

還敢說情人節哦！

何(なに)がバレンタインデーだよ！

連語：怎麼、還什麼

助動詞：表示斷定（です⇒普通形-現在肯定形）

助詞：表示看淡

何が バレンタインデー だ よ！

↓ 還（說）什麼　↓ 情人節　↓ 啊！

相關表現

「何が～だよ」的其他舉例

節日 → 何(なに)がクリスマスだよ！
（竟然還敢說聖誕節啊！）

對政治家批判 → 何(なに)が「国民(こくみん)のために頑張(がんば)ります」だよ！
（竟然還敢說「為了國民會努力」啊！）

愛情 → 何(なに)が一生愛(いっしょうあい)するだよ！
（竟然還敢說一輩子愛你啊！）

用法 對某件事情表達強烈反感時，可以說這句話。句中的「バレンタインデー」（情人節）可以替換成其他事物。

會話練習

次郎(じろう)：そろそろ（快要） バレンタインデーか（情人節；「か」表示「感嘆」）。お兄(にい)ちゃん、

去年(きょねん)はいくつ（幾個） チョコもらった？（收到巧克力了嗎？「チョコをもらった？」的省略說法）

太郎：何（なに）がバレンタインデーだよ！ そもそも（說起來）バレンタインって*（表示「主題」（＝は））誰（だれ）なの？（是誰啊？「の？」表示「關心好奇、期待回答」） 知（し）ってる？（知道嗎？「知っている？」的省略說法）

次郎（じろう）：いや、知（し）らないけど。（不知道；「けど」表示「前言」，是一種緩折的語氣） 何（なに）（幹嘛） そんな（那麼） むきになってんの？（當真發火呢？「むきになってんの？」是「むきになっているの？」的「縮約表現」）

太郎：去年（きょねん）は一個（いっこ）も*（一個也…；「も」表示：全否定） チョコもらえなかったから*（因為無法收到巧克力；「チョコがもらえなかったから」的省略說法）、

怒（おこ）ってるんだよ。（很生氣；「怒っているんだよ」的省略說法；「んだ」表示「強調」；「よ」表示「感嘆」）

使用文型

一 ＋ 數量單位 ＋ も ＋ 否定表現　一～也不～

一個（一個）→ 一個（いっこ）もチョコ[が]もらえなかったから*
（因為一個巧克力也無法得到）

一日（一天）→ 禁煙（きんえん）しようとしたけど、一日（いちにち）も続（つづ）かなかった。
（想要禁菸，但是一天也無法持續。）

一円（一日圓）→ あなたには一円（いちえん）も貸（か）しません。
（一日圓也不要借你。）

動詞／い形容詞／な形容詞＋だ／名詞＋だ
[　普通形　] ＋ から　因為～

※「な形容詞」、「名詞」的「普通形-現在肯定形」，需要有「だ」再接續。

動	もらえます（可以得到）	→ もらえなかったから*	（因為無法得到）
い	速い（快的）	→ 速（はや）いから	（因為很快）
な	便利（な）（方便）	→ 便利（べんり）だから	（因為方便）
名	恋人同士（情侶關係）	→ 恋人同士（こいびとどうし）だから	（因為是情侶關係）

中譯
次郎：情人節就快到了啊。哥哥，你去年收到幾個巧克力呢？
太郎：還敢說情人節哦！說起來「瓦倫丁」是誰啊？你知道嗎？
次郎：不，我不知道。你幹嘛那麼當真發火呢？
太郎：因為去年我一個巧克力也無法收到，所以我很生氣啊。

MP3 065

你自己捫心自問吧。

自分（じぶん）の胸（むね）に手（て）を当（あ）てて考（かんが）えてみろ。

助詞：表示所屬	助詞：表示動作歸著點	助詞：表示動作作用對象	動詞：碰觸（当てる⇒て形）（て形表示附帶狀況）	動詞：考慮、思考（考えます⇒て形）	補助動詞：[做]～看看（みます⇒命令形）

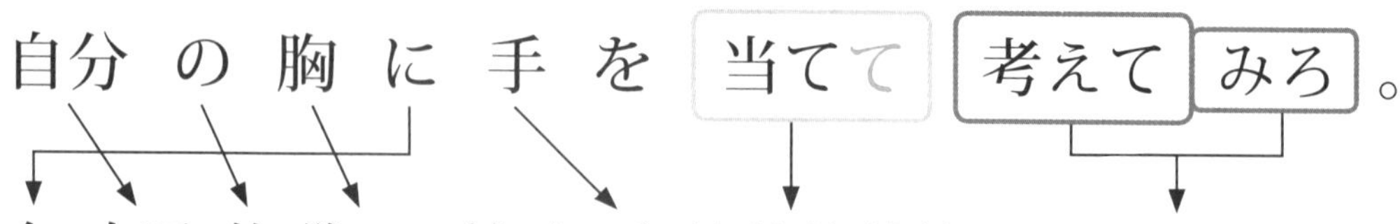

使用文型

動詞

[て形]、～　附帶狀況

当てます（碰觸）	→ 当（あ）てて考（かんが）えてみろ （碰觸的狀態下，思考看看吧）
します（做）	→ 宿題（しゅくだい）をして学校（がっこう）へ行（い）きます （有寫功課的狀態下，去學校）
セットします（設定）	→ 目覚（めざ）ましをセットして寝（ね）ます （有設定鬧鐘的狀態下，睡覺）

動詞

[て形]＋みます　[做]～看看

考えます（考慮）	→ 考（かんが）えてみます	（考慮看看）
比べます（比較）	→ 比（くら）べてみます	（比較看看）
試着します（試穿）	→ 試着（しちゃく）してみます	（試穿看看）

用法　希望對方自己察覺哪個部分做錯時，可以說這句話。

會話練習

父親（ちちおや）：太郎（たろう）、ちょっと来（こ）い！＊
過來一下

太郎（たろう）：何（なん）だよ 親父（おやじ）。なんで 怒（おこ）ってんの？＊
幹嘛啦？「よ」表示「看淡」　老爸　為什麼　生氣了呢？「怒ってんの？」是「怒っているの？」的「縮約表現」；「の？」表示「關心好奇、期待回答」

父親（ちちおや）：自分（じぶん）の胸（むね）に手（て）を当（あ）てて考（かんが）えてみろ。

太郎（たろう）：え？ マジで わかんない…。
真的；「で」表示「樣態」　不知道；「わかんない」是「わからない」的「縮約表現」

使用文型

動詞

ちょっと＋[命令形]！　[做]～一下！

※這是「上對下」的語氣。

来ます（來）	→ちょっと来（こ）い！＊	（過來一下！）
座ります（坐）	→ちょっと座（すわ）れ！	（坐一下！）
手伝います（幫忙）	→ちょっと手伝（てつだ）え！	（幫忙一下！）

對家人的稱呼方式

	爸爸	媽媽	哥哥	姊姊
嬰幼兒時期的稱呼方式	パパ	ママ	にいに	ねえね
一般的稱呼方式	（お）父（とう）さん／（お）父（とう）ちゃん	（お）母（かあ）さん／（お）母（かあ）ちゃん	（お）兄（にい）さん／（お）兄（にい）ちゃん	（お）姉（ねえ）さん／（お）姉（ねえ）ちゃん
有點粗魯但又坦白的稱呼方式	親父（おやじ）	お袋（ふくろ）	兄貴（あにき）	姉貴（あねき）

中譯
父親：太郎，你過來一下！
太郎：什麼事？老爸？你為什麼生氣了呢？
父親：你自己捫心自問吧。
太郎：咦？我真的不知道…。

MP3 066

不要以自我為中心。

あなたを中心(ちゅうしん)に世界(せかい)が回(まわ)ってるわけじゃないよ。

助詞：
表示動作作用對象

助詞：
表示決定結果

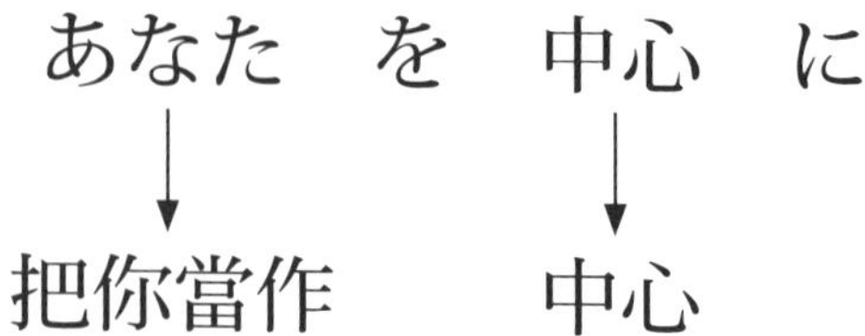

あなた　を　中心　に
↓　　　↓
把你當作　中心

助詞：
表示主格

動詞：轉動
（回ります⇒て形）

補助動詞：
（います⇒辭書形）
（口語時可省略い）

連語：
並不是

助詞：
表示感嘆

世界　が　回って　[い]る　わけじゃない　よ。
↓
世界　並不是（這樣）　正在　轉動著　啊。

使用文型

動詞

[て形] ＋ います　　正在 [做] ～

回ります（轉動）→ 回(まわ)っています　（正在轉動）

食べます（吃）→ 食(た)べています　（正在吃）

並びます（排隊）→ 並(なら)んでいます　（正在排隊）

動詞／い形容詞／な形容詞＋な／名詞＋な

[　普通形　]＋わけではない　並不是～

※「わけではない」的「縮約表現」是「わけじゃない」，口語時常使用「縮約表現」。

動	回って[い]ます（轉動著）	→ 回って[い]るわけではない	（並不是轉動著）
い	まずい（難吃的）	→ まずいわけではない	（並不是難吃的）
な	好き（な）（喜歡）	→ 好きなわけではない	（並不是喜歡）
名	恋人同士（情侶關係）	→ 恋人同士なわけではない	（並不是情侶關係）

用法 對於以自我為中心的人，可以用這種諷刺的說法反諷對方。

會話練習

花子：もう！　どうして　私の言うこと　聞いてくれない*の？

（もう！：真是的；どうして：為什麼；私の言うこと：我說的話；聞いてくれないの？：不願意聽呢？「の？」表示「關心好奇、期待回答」；「聞いて」前面省略了表示「動作作用對象」的「を」）

太郎：あなたを中心に世界が回ってるわけじゃないよ。

花子：何よ。あなたは私の彼氏でしょ。

（何よ：什麼嘛；「よ」表示「感嘆」；彼氏でしょ：是男朋友對不對？「彼氏でしょう」的省略說法）

太郎：彼氏ですけど　奴隷じゃありませ～ん。

（彼氏ですけど：雖然是男朋友，但是…；「けど」表示「逆接」；奴隷じゃありませ～ん：不～是奴隸）

使用文型

動詞

[て形]＋くれない　別人不為我[做]～

聞きます（聽）	→ 私の言うこと[を]聞いてくれない*	（別人不聽我說的話）
教えます（告訴）	→ 教えてくれない	（別人不告訴我）
答えます（回答）	→ 答えてくれない	（別人不回答我）

中譯

花子：真是的！你為什麼不願意聽我說的話呢？

太郎：不要以自我為中心。

花子：什麼嘛。你是我的男朋友，對不對？

太郎：雖然我是你的男朋友，但不～是奴隸。

反擊&頂嘴 067

既然這樣，我也忍了很多話要說，…
この際(さいい)言わせてもらうけどね、…

動詞：説（言います⇒使役形[言わせます]的て形）

補助動詞：（もらいます⇒辭書形）

助詞：表示前言

助詞：表示主張

この際 言わせて もらう けど ね、…

↓

在這種情況下 請你 讓我說 ，…

使用文型

動詞

[使役て形]＋もらいます　請你讓我[做]～

言わせます（讓～說）	→ 言(い)わせてもらいます	（請你讓我說）
使わせます（讓～使用）	→ 使(つか)わせてもらいます	（請你讓我使用）
撮らせます（讓～拍攝）	→ 撮(と)らせてもらいます	（請你讓我拍攝）

用法 想要說出之前一直忍著不說的話時，可以先說這句話。

會話練習

花子：使った食器も洗わないで置きっぱなし*、早く片付けてよ。
（使った食器：用過的餐具／洗わないで：沒有洗；「て形」表示「樣態」／置きっぱなし：擺著不管／早く：趕快／片付けてよ：要收拾啊；「片付けてくださいよ」的省略說法；「よ」表示「感嘆」）

太郎：ああ、あとでやるから。
（あとで：待會兒／やるから：會做；「から」表示「宣言」）

花子：もう！ 昨日もそう言ってやらなかったでしょ。
（もう：真是的／昨日も：昨天也／そう言って：那樣說；「て形」「附帶狀況」／やらなかったでしょ：沒有做，對不對？「やらなかったでしょう」的省略說法）

この際言わせてもらうけどね、こんな汚い部屋には
（こんな汚い部屋には：這麼髒的房間；「に」表示「進入點」；「は」表示「對比（區別）」）

本当は一秒でも*いたくないの！
（本当は：說真的／一秒でも：即使是一秒也…／いたくないの：不想待著；「の」表示「強調」）

使用文型

動詞

[~~ます~~形] ＋ っぱなし　放置不管、置之不理

置きます（放置）	→ 置きっぱなし*	（放著之後不管）
つけます（打開（電燈））	→ 電気をつけっぱなし	（開燈之後不管）
開けます（打開）	→ ドアを開けっぱなし	（開門之後不管）

動詞　い形容詞　な形容詞

[て形／－~~い~~＋くて／－な＋で／名詞＋で]＋も　即使~，也~

動	信じます（相信）	→ 信じても	（即使相信，也～）
い	眠い（想睡的）	→ 眠くても	（即使想睡，也～）
な	静か（な）（安靜）	→ 静かでも	（即使安靜，也～）
名	一秒（一秒）	→ 一秒でも*	（即使是一秒，也～）

中譯

花子：用過的餐具也沒有洗，就這樣放著不管，你趕快收拾啊。
太郎：啊～，我待會兒會洗。
花子：真是的！昨天你也那樣說，也沒有做，對不對？既然這樣，我也忍了很多話要說，這麼髒的房間，說真的即使是一秒我也不想待著！

MP3 068

道歉就沒事了，那還需要警察幹嘛。

謝(あやま)って済(す)むなら警察(けいさつ)は要(い)らないよ。

動詞：道歉（謝ります⇒て形）（て形表示手段、方法）	動詞：解決（済みます⇒辭書形）	助動詞：表示斷定（だ⇒條件形）	助詞：表示對比（區別）	動詞：需要（要ります⇒ない形）	助詞：表示看淡

謝って　済む　なら　警察　は　要らない　よ。

要是　道歉　就解決的話，警察　不需要。

使用文型

動詞／い形容詞／な形容詞／名詞

[普通形（限：現在形）] ＋ なら、～　　要是～的話，～
如果～的話，～

動	済みます（解決）	→ 済(す)むなら	（要是會解決的話，～）
い	暑い（炎熱的）	→ 暑(あつ)いなら	（要是很熱的話，～）
な	不便（な）（不方便）	→ 不便(ふべん)なら	（要是不方便的話，～）
名	病気（生病）	→ 病気(びょうき)なら	（要是生病的話，～）

用法　對方做了不是光道歉就可以了事的事情時，可以用這句話叱責對方。這句話有「絕對不會原諒對方」的語感，屬於尖銳的、可能破壞感情的話，要特別注意謹慎使用。

會話練習

太郎：え？　僕のアイフォンを壊しちゃった*って*？
iPhone　你說是不小心弄壞了？「って」表示「提示內容」

花子：ごめんごめん。手が滑って。
抱歉　因為滑掉；「て形」表示「原因」

太郎：謝って済むなら警察は要らないよ。

花子：そんなに怒らなくたっていいじゃない。
那麼　即使不生氣也…；「…たって」表示「即使…也…」　沒關係不是嗎？

使用文型

動詞

[て形（～て／～で）]＋ちゃった／じゃった　（無法挽回的）遺憾

※ 此為「動詞て形 ＋ しまった」的「縮約表現」，口語時常使用「縮約表現」。
※ 屬於「普通體文型」，「丁寧體文型」為「動詞て形除去[て／で] ＋ ちゃいました ／ じゃいました」。

壊します（弄壞）	→ 壊しちゃった*	（不小心弄壞了）
落とします（弄丟）	→ 落としちゃった	（不小心弄丟了）
間違います（搞錯）	→ 間違っちゃった	（不小心搞錯了）

動詞／い形容詞／な形容詞+だ／名詞+だ

[　　普通形　　]＋って　提示傳聞內容（聽說、根據自己所知）

※「な形容詞」、「名詞」的「普通形-現在肯定形」，需要有「だ」再接續。

動	壊しちゃいます（壞掉）	→ 壊しちゃったって*	（說不小心弄壞了）
い	寒い（寒冷的）	→ 寒いって	（說很冷）
な	上手（な）（擅長）	→ 上手だって	（說很擅長）
名	独身（單身）	→ 独身だって	（說是單身）

中譯
太郎：咦？你說不小心弄壞我的iPhone？
花子：抱歉抱歉。因為我手滑了。
太郎：道歉就沒事了，那還需要警察幹嘛。
花子：即使不要那麼生氣，也沒關係不是嗎？

MP3 069

拜託你不要這樣隨便破壞我的名聲。

やめてよ、人聞(ひとぎ)きが悪(わる)い。

動詞：停止（やめます⇒て形）	補助動詞：請（くださいます⇒命令形［くださいませ］除去［ませ］）（口語時可省略）	助詞：表示感嘆	助詞：表示焦點	い形容詞：不好、壞

やめて［ください］よ、人聞き が 悪い。

［請］停止，　名聲（會）不好。

使用文型

動詞

［て形］＋ください　請［做］～

やめます（停止）→ やめてください（請停止）

頑張ります（努力）→ 頑張(がんば)ってください（請努力）

休みます（休息）→ 休(やす)んでください（請休息）

用法 對方說出貶低自己的言論時，可以這樣回應對方。

會話練習

花子(はなこ)：太郎(たろう)はなんで バイトやらないの？ 私(わたし)なんか

- なんで：為什麼
- バイトやらないの？：不打工呢；「バイトをやらないの？」的省略說法「の？」表示「關心好奇、期待回答」
- 私なんか：像我…；「なんか」表示「舉例」

三(みっ)つもやってるのに。

都做了三份工作，你卻…；「三つもやっているのに」的省略說法；「も」表示「強調」；「のに」表示「卻…」

太郎（たろう）：ふん、どうせ バイト先（さき）で いい男（おとこ）を探（さが）すために*
哼 反正 在打工的地方 為了尋找好男人，而…

やってるんでしょ。
處於做…的狀態，對不對？「やっているんでしょう」的省略說法

花子（はなこ）：やめてよ、人聞（ひとぎ）きが悪（わる）い。親（おや）に負担（ふたん）かけないように*
為了不要給別人負擔；
「負担をかけないように」的省略說法

学費分稼（がくひぶんかせ）いでるの。
賺取學費；「学費分を稼いでいるの」的省略說法；「の」表示「強調」

太郎（たろう）：学生（がくせい）の本業（ほんぎょう）は勉強（べんきょう）です。バイトばっかりやってたら
本職 如果都在打工的話；「バイトばっかりやっていたら」的「省略說法」；「ばっかり」表示「都～」

本末転倒（ほんまつてんとう）でしょ。
是本末倒置對不對？「本末転倒でしょう」的 省略說法

使用文型

動詞
[辭書形 ／ 名詞＋の] ＋ ために、～　　為了～

※ 可省略「に」。

動	探します（尋找）	→ 探（さが）すため[に]*	（為了尋找）
名	妻（妻子）	→ 妻（つま）のため[に]	（為了妻子）

非意志動詞　動詞　動詞
[辭書形 ／ ない形 ／ 可能形] ＋ ように、～　為了～、希望～

非意志	治ります（痊癒）	→ 治（なお）るように	（為了痊癒）
ない形	負担[を]かけます（給別人負擔）	→ 負担（ふたん）[を]かけないように*	（為了不要給別人負擔）
可能形	書きます（寫）	→ 書（か）けるように	（為了能寫出來）

中譯
花子：太郎為什麼不去打工呢？像我都做了三份工作，你卻…。
太郎：哼，反正你是為了在打工的地方找好男人才做的，對不對？
花子：拜託你不要這樣隨便破壞我的名聲。我是為了不要給父母負擔，而賺取學費的。
太郎：學生的本職是唸書。老是打工的話，是本末倒置，對不對？

MP3 070

你要怎麼負責！？

どうしてくれるんだ！

副詞（疑問詞）：怎麼樣、如何	動詞：做（します⇒て形）	補助動詞：（くれます⇒辭書形）	連語：ん＋だ（此處=んですか，因為有「どう」，所以不用加「か」即能表示「疑問」） ん…形式名詞（の⇒縮約表現） だ…助動詞：表示斷定（です⇒普通形-現在肯定形）

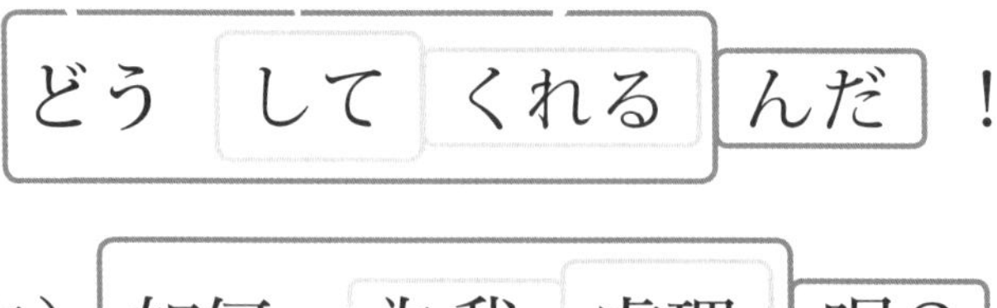

（你）如何 為我 處理 呢？

使用文型

動詞

[て形]＋くれます　別人為我[做]～

します（做）	→ してくれます	（別人為我做）
洗います（清洗）	→ 洗(あら)ってくれます	（別人為我清洗）
予約します（預約）	→ 予約(よやく)してくれます	（別人為我預約）

動詞／い形容詞／な形容詞＋な／名詞＋な

[　普通形　]＋んですか　關心好奇、期待回答

※ 此為「丁寧體文型」用法，「普通體文型」為「～の？」。
※「な形容詞」、「名詞」的「普通形-現在肯定形」，需要有「な」再接續。

動	してくれます（別人為我做）	→ どうしてくれるんですか	（你要如何為我做呢？）
い	面白い（有趣的）	→ 面白(おもしろ)いんですか	（有趣嗎？）
な	簡単（な）（簡單）	→ 簡単(かんたん)なんですか	（簡單嗎？）
名	嘘（謊言）	→ 嘘(うそ)なんですか	（是謊言嗎？）

用法　責怪造成重大損害的人要如何負起責任時，可以說這句話。

會話練習

花子（はなこ）：太郎（たろう）、なんか パソコン使（つか）ってたら*、止（と）まっちゃった*んだけど…。

不知道為什麼　使用了電腦，結果…；「パソコンを使っていたら」的省略說法　當機了；「んだ」表示「強調」；「けど」表示「前言」，是一種緩折的語氣

太郎（たろう）：どれどれ？　あ、これ今（いま）流行（はや）ってるコンピューターウイルスだよ！

我看看　處於流行狀態；「流行っている」的省略說法　電腦病毒　表示：提醒

花子（はなこ）：ああ、ごめん。なんか よくわからないから いろいろ 押（お）したら*…。

對不起　不知道為什麼　因為不太了解　各種（按鍵）　按了，結果…

太郎（たろう）：あ！　昨日（きのう）徹夜（てつや）で 書（か）いたレポートも 消（き）えちゃってる！

熬夜；「で」表示「樣態」　寫的報告　很遺憾消失了；「消えちゃっている」的省略說法

どうしてくれるんだ！

使用文型

動詞

[た形] + ら　[做] ～了，結果～

使って[い]ます（使用的狀態） → 使（つか）って[い]たら*　（使用了，結果～）

押します（按壓） → 押（お）したら*　（按了，結果～）

聞きます（詢問） → 道（みち）を聞（き）いたら、そこまで連（つ）れて行（い）ってくれた。
（問了路，結果對方帶我去那裡。）

動詞

[て形（～て／～で）] + ちゃった／じゃった　（無法挽回的）遺憾

※ 此為「動詞て形 + しまった」的「縮約表現」，口語時常使用「縮約表現」。
※ 屬於「普通體文型」，「丁寧體文型」為「動詞て形除去[て／で] + ちゃいました／じゃいました」。

止まります（停止） → 止（と）まっちゃった*　（不小心停止了、當機了）

故障します（故障） → 故障（こしょう）しちゃった　（很遺憾故障了）

間違います（搞錯） → 間違（まちが）っちゃった　（不小心搞錯了）

中譯
花子：太郎，我用了電腦，結果就當機了…。
太郎：我看看，啊，這個是現在流行的電腦病毒啊！
花子：啊～，對不起。因為我不太了解，所以按了各種按鍵，結果…。
太郎：啊！我昨天熬夜寫的報告都消失了！你要怎麼負責！？

不要把我看扁！

なめんな！

動詞：小看（なめます⇒辭書形）　辭書形＋な⇒禁止形

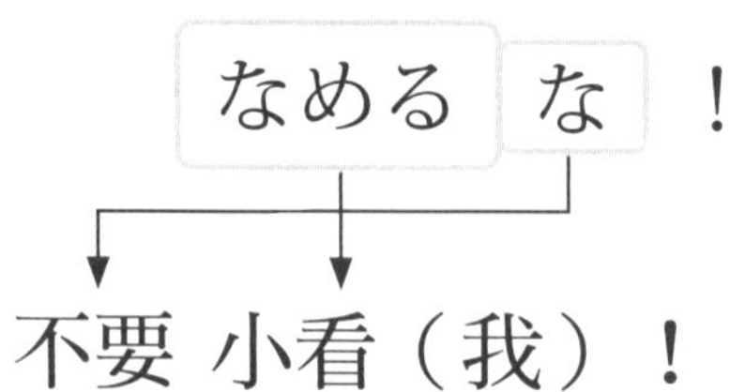

※「なめるな」的「縮約表現」是「なめんな」，口語時常使用「縮約表現」。

使用文型

動詞

[辭書形]＋な（＝禁止形）　別[做]～、不准[做]～（表示禁止）

なめます（小看）	→ なめるな	（不要小看）
入ります（進入）	→ 入（はい）るな	（不要進入）
言います（說）	→ 余計（よけい）なことを言（い）うな	（不要多嘴）

用法 很生氣自己被當成傻瓜、或是被看低時，可以說這句話。「なめます」（小看）接續「禁止形」屬於尖銳的、可能破壞感情的用法，要特別注意謹慎使用。

會話練習

花子：あ、おいしい。太郎も料理できるんだ。
也　會做料理；「料理ができるんだ」的省略說法；「んだ」表示「強調」

太郎：パスタぐらい　なんてことないよ。
只是義大利麵而已；「ぐらい」表示「微不足道」　不算什麼啦；「なんてことはないよ」的省略說法；「なんて」等同「なんという」；「よ」表示「看淡」

花子：へえ、カップラーメンしか作れない*かと思ってた*。
咦　杯麵　以為只會製作…；「しか作れないかと思っていた」的省略說法；「と」表示「提示內容」

太郎：ふんっ、なめんな！　これでも小学校の家庭科の成績は5だったんだぞ。
哼　即使是這樣，也…　家事科　是評價5；「んだ」表示「強調」；「ぞ」表示「加強語氣」

使用文型

動詞

[辭書形／名詞]＋しか＋否定形　只（有）～而已、只好～

動　諦めます（放棄）　→ 諦めるしかない　（只好放棄）

名　カップラーメン（杯麵）　→ カップラーメンしか作れない*　（只會料理杯麵而已）

動詞／い形容詞／な形容詞／名詞

[　普通形　]＋かと思っていた　以為～

※ 口語時，可省略「～かと思っていた」的「い」。

動　作れます（會製作）　→ カップラーメンしか作れないかと思って[い]た*（以為只會料理杯麵）

い　安い（便宜的）　→ 安いかと思って[い]た　（以為很便宜）

な　簡単（な）（簡單）　→ 簡単かと思って[い]た　（以為很簡單）

名　無料（免費）　→ 無料かと思って[い]た　（以為是免費）

中譯
花子：啊，好好吃。太郎也會做料理。
太郎：只是義大利麵而已，不算什麼啦。
花子：咦，我還以為你只會料理杯麵。
太郎：哼，不要把我看扁！即使是我這樣，小學的家事科成績也是「評價5」（5階段評價是日本的評分方式之一，「5」為最好，「1」為最不好）耶。

我才不稀罕咧！

こっちから願（ねが）い下（さ）げだ！

助詞：表示起點

助動詞：表示斷定（です⇒普通形-現在肯定形）

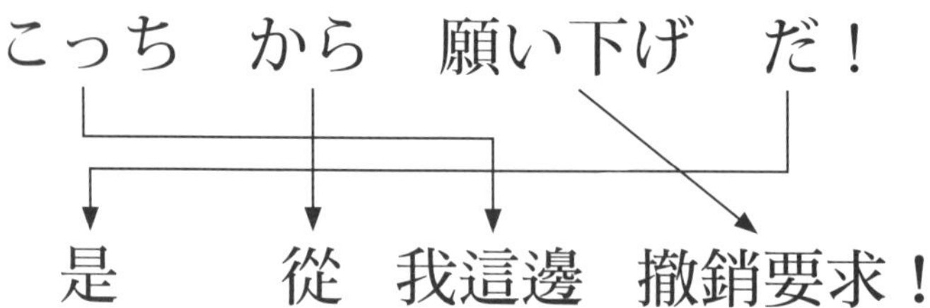

使用文型

[名詞]＋から　從～

こっち（我這邊）	→ こっちから	（從我這邊）
来月（下個月）	→ 来月（らいげつ）から	（從下個月）
駅（車站）	→ 駅（えき）から	（從車站）

用法　對方拒絕之前，自己這邊先強烈表達拒絕的說法。

會話練習

花子（はなこ）：あれ、どうしたの？　浮（う）かない顔（かお）して。

- あれ：咦？
- どうしたの？：怎麼了嗎？「の？」表示「關心好奇、期待回答」
- 浮かない顔して：顯現出不高興的表情；「浮かない顔をしている」的省略說法

太郎（たろう）：…バイト、クビになった。最近客（さいきんきゃく）が少（すく）ないから*、そんなに人手（ひとで）が必要（ひつよう）ないって言（い）われて。

- バイト：打工
- クビになった：被解雇了
- 少ないから：因為很少；「から」表示「原因理由」
- そんなに：那樣
- 人手：人手
- 必要ないって言われて：因為被說「不需要」；「って」表示「提示內容」；「言われて」的「て形」表示「原因」

花子：続けたい＊って店長にお願いした？
（続けたい：想要繼續；って 表示：提示內容；店長にお願いした？：向店長拜託了嗎？「に」表示「動作的對方」）

太郎：あんなバイト、こっちから願い下げだ！ もういい。
（あんな：那種；もう：已經；いい：夠了）

他を探すよ。
（探す：尋找；「よ」表示「看淡」）

使用文型

動詞／い形容詞／な形容詞＋だ／名詞＋だ

[普通形] ＋ から　因為

※「な形容詞」、「名詞」的「普通形-現在肯定形」，需要有「だ」再接續。

動	遅れます（遲到）	→ 遅れたから	（因為遲到了）
い	少ない（少的）	→ 少ないから＊	（因為很少）
な	優秀（な）（優秀）	→ 優秀だから	（因為優秀）
名	小学生（小學生）	→ 小学生だから	（因為是小學生）

動詞

[~~ます~~形] ＋ たい　想要 [做] ～

続けます（繼續）	→ 続けたい＊	（想要繼續）
相談します（討論）	→ 相談したい	（想要討論）
買います（買）	→ 買いたい	（想要買）

中譯

花子：咦？怎麼了嗎？你的表情很不高興。

太郎：…打工的工作被解雇了。被店長說因為最近客人很少，所以不需要那麼多的人手。

花子：你有向店長拜託說你想要繼續做嗎？

太郎：那種打工工作，我才不稀罕咧！已經受夠了。我要找其他的工作啦。

MP3 073

饒了我啦。
もう勘弁(かんべん)してくれよ。

副詞：已經	動詞：原諒、饒恕（勘弁します⇒て形）	補助動詞：（くれます⇒命令形）	助詞：表示看淡

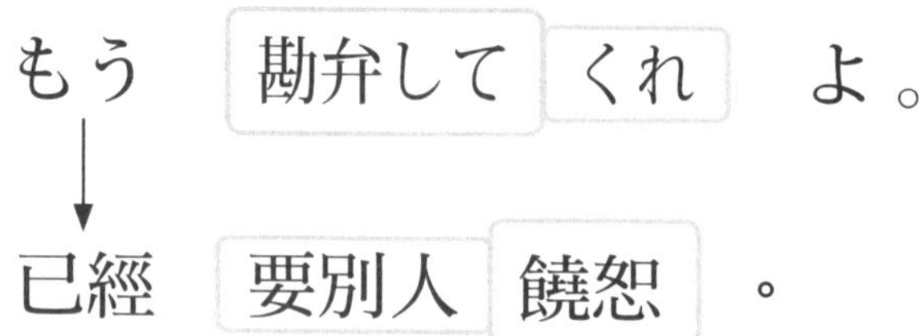

使用文型

動詞

[て形] + くれます　別人為我 [做] ~

勘弁します（饒恕）	→ 勘弁(かんべん)してくれます	（別人饒恕我）
払います（付款）	→ 払(はら)ってくれます	（別人為我付款）
掃除します（打掃）	→ 掃除(そうじ)してくれます	（別人為我打掃）

用法 面對各種要求，都是一直抱持著忍耐的態度，但是如果已經到達忍耐的界限時，可以說這句話。

會話練習

（太郎(たろう)が部屋(へや)の掃除(そうじ)をしている）
正在打掃

花子（はなこ）：ほら、まだここが汚れてる（よごれてる）*よ。

你看　還　處於骯髒的狀態喔；「汚れているよ」的省略說法；「よ」表示「提醒」

太郎（たろう）：もう勘弁（かんべん）してくれよ。

花子（はなこ）：ダメよ。賭け（か）けに負け（ま）けたほうが部屋掃除（へやそうじ）する約束（やくそく）でしょ*。

不行啊；「よ」表示「感嘆」　打賭輸的那一方；「に」表示「方面」；「が」表示「主格」　是打掃房間的約定，對不對？「部屋を掃除するでしょう」的省略說法

太郎（たろう）：そうは言っ（い）ったけどさ…。

是那樣說了，但是…；「は」表示「對比（區別）」；「けど」表示「逆接」；「さ」的功能為「調整語調」

使用文型

動詞

[て形] ＋ いる　　目前狀態

※ 此為「普通體文型」，「丁寧體文型」為「動詞て形 ＋ います」。
※ 口語時，通常採用「普通體文型」說法，並可省略「動詞て形 ＋ いる」的「い」。

汚れます（骯髒）	→ 汚れ（よご）て[い]る*	（目前是骯髒的狀態）
故障します（故障）	→ 故障（こしょう）して[い]る	（目前是故障的狀態）
晴れます（放晴）	→ 晴れ（は）て[い]る	（目前是放晴的狀態）

動詞／い形容詞／な形容詞／名詞

[　　普通形　　] ＋ でしょ　　～對不對？

※ 此為「～でしょう」的省略說法，口語時常使用省略說法。

動	行きます（去）	→ 行っ（い）たでしょ[う]	（去了對不對？）
い	可愛い（可愛）	→ 可愛い（かわい）でしょ[う]	（很可愛對不對？）
な	きれい（な）（乾淨）	→ きれいでしょ[う]	（很乾淨對不對？）
名	約束（約定）	→ 約束（やくそく）でしょ[う]*	（是約定對不對？）

中譯　（太郎正在打掃房間）

花子：你看，這裡還是髒髒的喔。
太郎：饒了我啦。
花子：不行啊。是打賭輸的人，要負責打掃房間的約定，對不對？
太郎：我是那樣說了，但是…。

MP3 074

趕快睡覺！

さっさと寝(ね)ろ！

副詞：
趕快地

動詞：睡覺
（寝ます
⇒命令形）

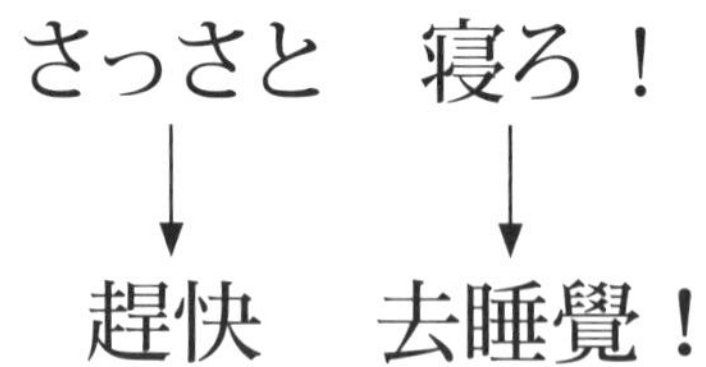

使用文型

動詞

さっさと ＋ [命令形]　趕快去 [做] ～

※ 這是「上對下」的語氣。

寝ます（睡覺） → さっさと寝(ね)ろ　（趕快去睡覺）

掃除します（打掃） → さっさと掃除(そうじ)しろ　（趕快去打掃）

食べます（吃） → さっさと食(た)べろ　（趕快去吃）

用法　對方不趕快去睡覺時，可以用這句話叱責對方。

會話練習

父親（ちちおや）：太郎（たろう）！ さっさと寝（ね）ろ！ 昼夜逆転（ちゅうやぎゃくてん）は体（からだ）に悪（わる）い*ぞ。

日夜顛倒　對身體不好；「に」表示「方面」；「ぞ」表示「加強語氣」

太郎（たろう）：はいはい、わかってます*。

知道了；「わかっています」的省略說法

父親（ちちおや）：「はい」は一回（いっかい）でよろしい！

一次就可以了；「で」表示「樣態」

太郎（たろう）：はい！

使用文型

[名詞] ＋ に ＋ 悪い　對～不好

体（身體）	→ 体（からだ）に悪（わる）い*	（對身體不好）
健康（健康）	→ 健康（けんこう）に悪（わる）い	（對健康不好）
子供（小孩子）	→ 子供（こども）に悪（わる）い	（對小孩子不好）

[動詞て形] ＋ います　目前狀態

※ 此為「丁寧體文型」，「普通體文型」為「動詞て形 ＋ いる」。
※ 口語時，通常採用「普通體文型」說法，並可省略「動詞て形 ＋ いる」的「い」。

わかります（知道）	→ わかって[い]ます*	（目前是知道的狀態）
覚えます（記得）	→ 覚（おぼ）えて[い]ます	（目前是記得的狀態）
忘れます（忘記）	→ 忘（わす）れて[い]ます	（目前是忘記的狀態）

中譯

父親：太郎！趕快睡覺！日夜顛倒對身體不好。
太郎：是、是，我知道了。
父親：「是」說一次就可以了！
太郎：是！

MP3 075

不要耍賴了！

甘（あま）ったれんな！

動詞：過於撒嬌（甘ったれます⇒辭書形）　　辭書形＋な⇒禁止形

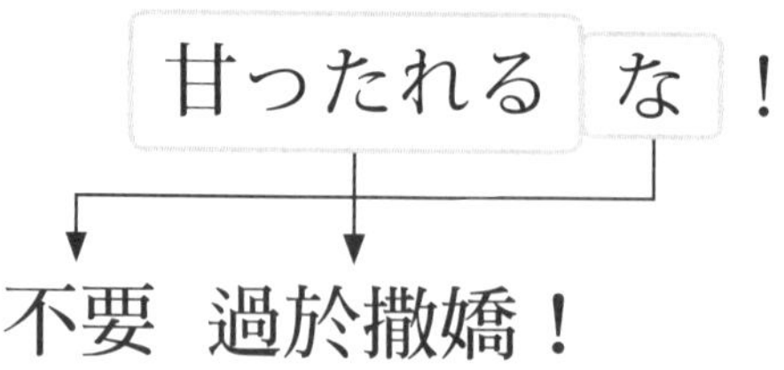

※「甘ったれるな」的「縮約表現」是「甘ったれんな」，口語時常使用「縮約表現」。

使用文型

動詞

[辭書形]＋な（＝禁止形）　　別[做]～、不准[做]～（表示禁止）

甘ったれます（過於撒嬌）	→ 甘（あま）ったれるな	（不要過於撒嬌）
使います（使用）	→ 使（つか）うな	（不要使用）
開けます（打開）	→ 開（あ）けるな	（不要打開）

用法 很生氣對方抱持著撒嬌、或是依賴的想法時，可以說這句話。「甘ったれます」（過於撒嬌）接續「禁止形」屬於尖銳的、可能破壞感情的用法，要特別注意謹慎使用。

會話練習

太郎（たろう）：親父（おやじ）、このカメラ買（か）ってほしい*んだけど。

カメラ：相機

買ってほしいんだけど：希望你買；「んだ」表示「強調」；「けど」表示「前言」，是一種緩折的語氣父親（ちちおや）：どれどれ。ああ？　15万（じゅうごまん）？　そんな高（たか）いもの買（か）えるか。

我看看　　那麼貴的　　哪買得起啊？

太郎（たろう）：家族（かぞく）の写真（しゃしん）撮（と）るからさあ。

家人　　因為要拍攝照片；「写真を撮るからさあ」的省略說法；「から」表示「原因理由」；「さあ」表示「留住注意」

父親（ちちおや）：自分（じぶん）で稼（かせ）いで買（か）いなさい。父（とう）さんは若（わか）いころ

自己；「で」表示「行動單位」　　賺錢，去買；「て形」表示「手段、方法」；「なさい」表示「命令表現」　　年輕的時候

新聞配達（しんぶんはいたつ）して、家計（かけい）を支（ささ）えたもんだ*ぞ。甘（あま）ったれんな！

利用送報紙；「て形」表示「手段、方法」　　支撐了家計；「家計を支えたもんだぞ」是「家計を支えたものだぞ」的「縮約表現」；「もの」表示「感慨」；「ぞ」表示「加強語氣」

使用文型

動詞

[て形] ＋ ほしい　　希望[做]～（非自己意志的動作）

買います（買）→ 買（か）ってほしい*　（希望別人買）

送ります（送行）→ 送（おく）ってほしい　（希望別人送行）

気付きます（注意到）→ 気付（きづ）いてほしい　（希望別人會注意到）

動詞

[た形] ＋ ものだ　　回顧過去的感慨

支えます（支撐）→ 若（わか）いころ新聞配達（しんぶんはいたつ）して、家計（かけい）を支（ささ）えたものだ*
（年輕的時候，利用送報紙支撐了家計）

遊びます（玩）→ 昔（むかし）はよくこの川（かわ）で遊（あそ）んだものだ
（以前經常在這條河玩耍）

叱られます（被～責罵）→ 小（ちい）さいころ、よく父（ちち）に叱（しか）られたものだ
（小時候經常被爸爸責罵）

中譯
太郎：老爸，我希望你買這台相機。
父親：我看看，啊～？15萬日圓？哪買得起那麼貴的東西啊？
太郎：因為我要拍家人的照片啊。
父親：你給我自己賺錢買。爸爸年輕時是利用送報支撐家計的。不要耍賴了！

MP3 076

不要那麼白目！

空気読め！

（くうきよ）

助詞：表示動作作用對象（口語時可省略）

動詞：讀（読みます⇒命令形）

空気 [を] 讀め！

命令你讀 氣氛 ！

相關表現

比較：命令表現

（1）命令形

「命令形」的語氣強烈，用於「明確的上對下關係」、「緊急狀況」、「吵架」等場合。關係非常親密的朋友之間可以使用，但如果關係沒有那麼親密，卻這樣使用的話，則不太好。

働きます（工作） → もっと働け（はたら）　（你給我再工作多一點）

（2）[~~ます~~形]＋なさい

（動詞）

這種命令表現用於「上位立場者」對「下位立場者」，以好像在教育指導的語氣命令別人做事。是「媽媽對小孩」、「老師對學生」經常使用的表現。

寝ます（睡覺） → 早く寝なさい（はや　ね）　（你要早點去睡覺）

用法　對無視現場的氣氛，做出不適當的言行舉止的人，所使用的一句話。

會話練習

次郎：いやあ、彼女と二泊三日の旅行楽しかったあ。あ、美耶ちゃん。

啊～　表示：動作夥伴　三天兩夜的旅行　好快樂；句尾的長音沒有特別的意思，只是表達熱切的情緒。

美耶：……。

太郎：おい、次郎！　空気読め！…(小声で)美耶ちゃん最近失恋したって言った*だろ*。

喂　小聲（的音量）「で」：表示「手段、方法」

有說過「失戀了」，對不對？「失恋したって言っただろう」的省略說法；「って」表示「提示內容」

次郎：あ…、ごめん。

對不起

使用文型

動詞／い形容詞／な形容詞＋[だ]／名詞＋[だ]

[　普通形　]＋って言った　說了～

※ 此為「普通體文型」用法，「丁寧體文型」為「～って言いました」。
※「な形容詞」、「名詞」的「普通形-現在肯定形」，有沒有「だ」都可以。

動	失恋します（失戀）	→ 失恋したって言った*	（說了「失戀了」）
い	悲しい（悲傷的）	→ 悲しいって言った	（說了「很悲傷」）
な	幸せ（な）（幸福）	→ 幸せ[だ]って言った	（說了「很幸福」）
名	独身（單身）	→ 独身[だ]って言った	（說了「是單身」）

動詞／い形容詞／な形容詞／名詞

[　普通形　]＋だろ　～對不對？

※ 此為「～だろう」的省略說法，口語時常使用省略說法。

動	言います（說）	→ 言っただろ[う]*	（說了對不對？）
い	苦しい（痛苦的）	→ 苦しいだろ[う]	（很痛苦對不對？）
な	大変（な）（辛苦）	→ 大変だろ[う]	（很辛苦對不對？）
名	明日（明天）	→ 明日だろ[う]	（是明天對不對？）

中譯
次郎：啊～，跟女朋友去三天兩夜的旅行好快樂～。啊，美耶。
美耶：……。
次郎：喂，次郎！不要那麼白目！…（小聲講話）我說過美耶最近失戀了，對不對？
太郎：啊…對不起。

MP3 077

不要偷懶，認真一點！

怠(なま)けないで、まじめにやってよ！

動詞：偷懶
（怠けます
⇒ない形）

助詞：
表示樣態

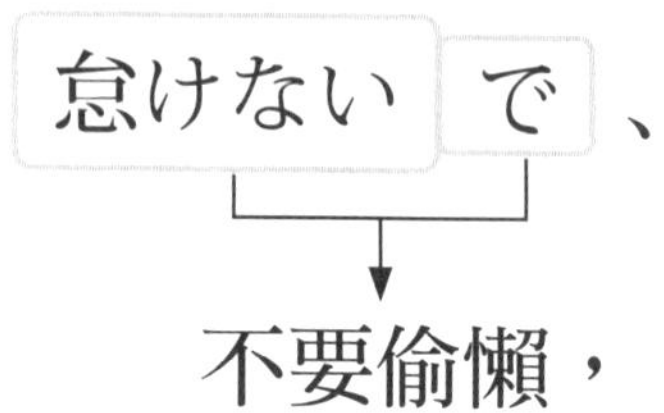

な形容詞：認真
（まじめ
⇒副詞用法）

動詞：做
（やります
⇒て形）

補助動詞：請
（くださいます
⇒命令形［くださいませ］
除去［ませ］）
（口語時可省略）

助詞：
表示感嘆

※［動詞て形 ＋ ください］：請參考P098

使用文型

動詞
［ない形］＋ で、～　附帶狀況

怠けます（偷懶）→ 怠(なま)けないで（不要偷懶的狀態下，～）

かけます（淋）→ ソースをかけないで、食(た)べます（不淋醬汁的狀態下，吃）

見ます（看）→ メモを見(み)ないで、スピーチします（不看筆記的狀態下，演講）

用法 面對不想努力做事的人，可以說這句話。

會話練習

（学園祭（がくえんさい）の準備中（じゅんびちゅう））
學校文化節

太郎（たろう）：ああ、だるい…。
好累

花子（はなこ）：ちょっと、怠（なま）けないで、まじめにやってよ！
喂

太郎（たろう）：明日（あした）にしよう*よ。今日（きょう）はもう疲（つか）れたんだ*けど…。
明天做吧；「に」表示「決定結果」；「よ」表示「勸誘」
已經
很疲累；「んだ」表示「強調」；「けど」表「前言」，是一種緩折的語氣

花子（はなこ）：ほんと使（つか）えないわね！
真的
不中用啊；「わ」表示「女性語氣」；「ね」表示「主張」

使用文型

[名詞] ＋ に ＋ しよう　　決定成～吧

明日（明天）	→ 明日（あした）にしよう*	（決定成明天吧）
海外旅行（國外旅行）	→ 海外旅行（かいがいりょこう）にしよう	（決定成國外旅行吧）
コーヒー（咖啡）	→ コーヒーにしよう	（決定點咖啡吧）

動詞／い形容詞／な形容詞＋な／名詞＋な

[　普通形　] ＋ んだ　　強調

※ 此為「普通體文型」用法，「丁寧體文型」為「～んです」，口語說法為「～の」。
※「な形容詞」、「名詞」的「普通形-現在肯定形」，需要有「な」再接續。

動	疲れます（疲累）	→ 疲（つか）れたんだ*	（很疲累）
い	忙しい（忙碌的）	→ 忙（いそが）しいんだ	（很忙碌）
な	面倒（な）（麻煩的）	→ 面倒（めんどう）なんだ	（很麻煩）
名	未成年（未成年）	→ 未成年（みせいねん）なんだ	（是未成年）

中譯　（正在準備學校文化節）
太郎：啊～，好累…。
花子：喂，不要偷懶，認真一點！
太郎：留到明天做吧。今天已經很累了…。
花子：你真的很不中用啊！

斥責
078

MP3 078

廢話少說！

余計(よけい)な事(こと)言(い)うな！

な形容詞：多餘（余計⇒名詞接續用法）　助詞：表示動作作用對象（口語時可省略）　動詞：說（言います⇒辭書形）　辭書形＋な⇒禁止形

余計な　事　[を]　言う　な　！

多餘的　事情　不要　說！

使用文型

動詞

[辭書形]＋な（＝禁止形）　別[做]～、不准[做]～（表示禁止）

言います（說）	→ 言(い)うな	（不要說）
見ます（看）	→ 見(み)るな	（不要看）
聞きます（聽）	→ 聞(き)くな	（不要聽）

用法　不想讓人說出去的事情被對方說出來時，可以說這句話。

會話練習

次郎(じろう)：花子(はなこ)ちゃんは、兄貴(あにき)のどこが好(す)きで*、付(つ)き合(あ)ってるの？

兄貴：哥哥
どこが好きで：因為喜歡哪一點；「が」表示「焦點」；「で」表示「原因」
付き合ってるの？：交往了呢？「付き合っているの？」的省略說法；「の？」表示「關心好奇、期待回答」

花子(はなこ)：うーん、裏表(うらおもて)がないところかな。

裏表がない：表裡如一
かな：表示：不太確定是不是這樣呢…

次郎：付き合う前、兄貴は花子ちゃんと付き合えたら
交往前 / 可以交往的話

死んでもいい*とか言ってたんだよ。
死掉也可以 / 之類的 / 說了的狀態；「言っていたんだよ」的省略說法；「んだ」表示「強調」；「よ」表示「提醒」

太郎：次郎！ 余計な事言うな！

使用文型

動詞　い形容詞　な形容詞

［て形／－い＋くて／－な＋で／名詞＋で］、～　因為～，所以～

動	間違います（搞錯）	→ 間違って	（因為搞錯，所以～）
い	寒い（寒冷的）	→ 寒くて	（因為很冷，所以～）
な	好き（な）（喜歡）	→ 好きで*	（因為喜歡，所以～）
名	大人（大人）	→ 大人で	（因為是大人，所以～）

動詞

［て形］＋も＋いい　可以［做］～、［做］～也可以

※ 此為「普通體文型」用法，「丁寧體文型」為「動詞て形＋も＋いいです」。

死にます（死亡）	→ 死んでもいい*	（死掉也可以）
捨てます（丟棄）	→ 捨ててもいい	（可以丟棄）
座ります（坐）	→ 座ってもいい	（可以坐）

中譯
次郎：花子是喜歡哥哥哪一點才和他交往呢？
花子：嗯～，應該是他表裡如一這個部分吧。
次郎：你們交往之前，哥哥說過，如果能和花子交往，死掉也可以。
太郎：次郎！廢話少說！

斥責 079

MP3 079

搞什麼啊～。

何(なに)やってんだよ～。

名詞（疑問詞）：什麼、任何	助詞：表示動作作用對象（口語時可省略）	動詞：做（やります⇒て形）	補助動詞：（います⇒辭書形）	連語：ん＋だ （此處=んですか，因為有「何」，所以不用加「か」即能表示「疑問」） ん…形式名詞（の⇒縮約表現） だ…助動詞：表示斷定（です⇒普通形-現在肯定形）	助詞：表示感嘆

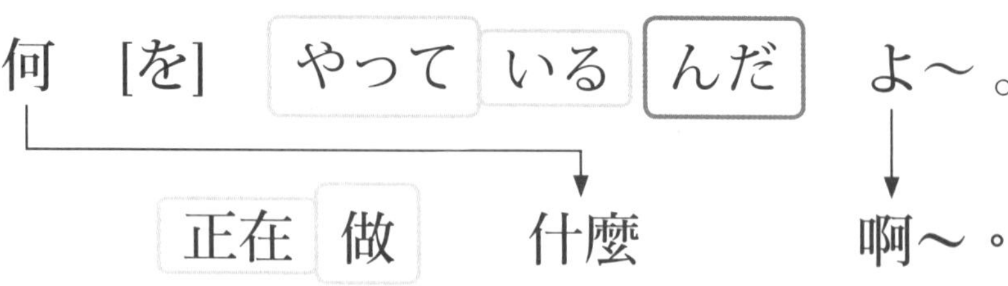

※ 口語時，「ている」的後面如果是「んだ」，可省略「いる」。

使用文型

動詞

[て形] ＋ います　正在 [做] ～

- やります（做）→ やっています（正在做）
- 書きます（寫）→ 書(か)いています（正在寫）
- 洗います（清洗）→ 洗(あら)っています（正在清洗）

動詞／い形容詞／な形容詞＋な／名詞＋な

[普通形] ＋ んですか　關心好奇、期待回答

※此為「丁寧體文型」用法，「普通體文型」為「～の？」。
※「な形容詞」、「名詞」的「普通形-現在肯定形」，需要有「な」再接續。

- 動　やって[い]ます（正在做）→ やって[い]るんですか（正在做嗎？）
- い　遠い（遠的）→ 遠(とお)いんですか（遠嗎？）
- な　大丈夫（な）（沒問題）→ 大丈夫(だいじょうぶ)なんですか（沒問題嗎？）
- 名　外国人（外國人）→ 外国人(がいこくじん)なんですか（是外國人嗎？）

用法　對方犯了錯時，可以說這句話質問對方。

會話練習

花子（はなこ）：あ、やばい（糟了）、京都旅行（きょうとりょこう）の写真（しゃしん）、間違（まちが）って（因為搞錯；「て形」表示「原因」）削除（さくじょ）しちゃった（不小心刪掉了）*。

太郎（たろう）：何（なに）やってんだよ～。あーあ（啊～啊）。

花子（はなこ）：ごめん（對不起）、ほんと（真的）私（わたし）、機械（きかい）オンチだから（因為是機械白癡；「から」表示「原因理由」）。

太郎（たろう）：っていうか（話說回來）人（ひと）の携帯（けいたい）、勝手（かって）に（擅自）触（さわ）らないでくれ*よー（不要碰啦；「よー」表示「感嘆」）。

使用文型

動詞

[て形（～て／～で）]＋ちゃった／じゃった　（無法挽回的）遺憾

※ 此為「動詞て形 ＋ しまった」的「縮約表現」，口語時常使用「縮約表現」。
※ 屬於「普通體文型」，「丁寧體文型」為「動詞て形除去[て／で]＋ちゃいました／じゃいました」。

削除します（刪掉）→ 削除（さくじょ）しちゃった*　（不小心刪掉了）
遅れます（遲到）→ 遅（おく）れちゃった　（不小心遲到了）
汚れます（弄髒）→ 汚（よご）れちゃった　（不小心弄髒了）

動詞

[ない形]＋で＋くれ　（命令別人）不要給我[做]～

触ります（觸碰）→ 触（さわ）らないでくれ*　（不要給我碰）
取ります（拿）→ 取（と）らないでくれ　（不要給我拿）
言います（說）→ 言（い）わないでくれ　（不要給我說）

中譯　花子：啊，糟了，因為我搞錯了，把京都旅行的照片不小心刪掉了。
太郎：搞什麼啊～。啊～啊。
花子：對不起，因為我真的是機械白痴。
太郎：話說回來，你不要擅自碰人家的手機啦！

斥責
080

MP3 080

ㄟㄟㄟ！（制止）

ちょっちょっちょっちょ！

副詞：一下、有點、稍微　副詞：一下、有點、稍微　副詞：一下、有點、稍微　副詞：一下、有點、稍微

ちょっと　ちょっと　ちょっと　ちょっと！
↓　↓　↓　↓
稍微　稍微　稍微　稍微！

※「ちょっと」的「縮約表現」是「ちょっ」，口語時常使用「縮約表現」。

相關表現

「表示制止」的相關表現

看到過分的行為 → おい、おい。　（喂、喂。）

※ 看到過分、很超過的行為，制止別人的說法。

看到小孩惡作劇 → こらこら。　（喂、喂。）

※ 看到小孩惡作劇，叫他們不要這樣的說法。

看到意料之外的事 → え、え、え！？　（ㄟ、ㄟ、ㄟ！？）

※ 眼前發生意料之外的事情，覺得「這樣可以嗎？」的說法。

用法 是「ちょっと待(ま)ってください」（請稍等一下）的省略表現，以一種非常急躁的情緒要求對方稍等時的說法。

會話練習

花子(はなこ)：何(なに)これ、変(へん)な人形(にんぎょう)。
（何これ：這是什麼？／変な人形：奇怪的人偶）

太郎（たろう）：ちょっちょっちょっちょ！　乱暴（らんぼう）に 触（さわ）らないでよ。
粗魯地　不要碰；「触らないでくださいよ」的省略說法；「よ」表示「勸誘」

壊（こわ）れやすい*んだから*。これは限定生産（げんていせいさん）のフィギュアでね、
因為很容易損壞　因為是限量生產的公仔；「で」表示「原因」；「ね」表示「留住注意」

手（て）に入（い）れるのに 四カ月（よんかげつ）かかったんだから。
入手；「の」表示「形式名詞」；「に」表示「方面」　花了四個月；「四カ月がかかったんだから」的省略說法；「んだ」表示「強調」；「から」表示「宣言」

花子（はなこ）：ふーん、……あ、首（くび）がとれちゃった…。
喔～　頭部　不小心脫落了

使用文型

動詞

[~~ます~~ 形] ＋ やすい　　很好 [做] ～、容易 [做] ～

壊れます（損壞）	→ 壊（こわ）れやすい*	（容易損壞）
歩きます（走路）	→ 歩（ある）きやすい	（很好走路）
使います（使用）	→ 使（つか）いやすい	（很好使用）

動詞／い形容詞／な形容詞＋な／名詞＋な

[普通形] ＋ んだから　　強調＋因為

※「んだ」表示「強調」；「から」表示「原因理由」。
※ 此為「普通體文型」用法，「丁寧體文型」為「んですから」。
※「な形容詞」、「名詞」的「普通形-現在肯定形」，需要有「な」再接續。

動	負けます（輸）	→ 負（ま）けたんだから	（因為輸了）
い	壊れやすい（容易損壞的）	→ 壊（こわ）れやすいんだから*	（因為很容易損壞）
な	有名（な）（有名）	→ 有名（ゆうめい）なんだから	（因為很有名）
名	恋人同士（情侶關係）	→ 恋人同士（こいびとどうし）なんだから	（因為是情侶關係）

中譯 花子：這是什麼？奇怪的人偶。
太郎：ㄟㄟㄟ！不要粗魯碰觸。因為很容易損壞。這個因為是限量生產的公仔，我花了四個月的時間才入手的。
花子：喔～，……啊，頭掉了…。

走開走開！

邪魔邪魔(じゃまじゃま)、どいてどいて！

な形容詞：障礙、礙事	な形容詞：障礙、礙事

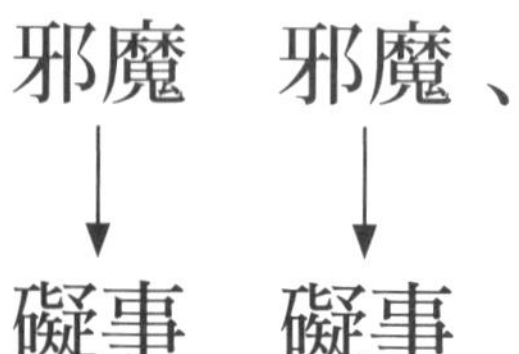

動詞：讓開（どきます⇒て形）	補助動詞：請（くださいます⇒命令形［くださいませ］除去［ませ］）（口語時可省略）	動詞：讓開（どきます⇒て形）	補助動詞：請（くださいます⇒命令形［くださいませ］除去［ませ］）（口語時可省略）

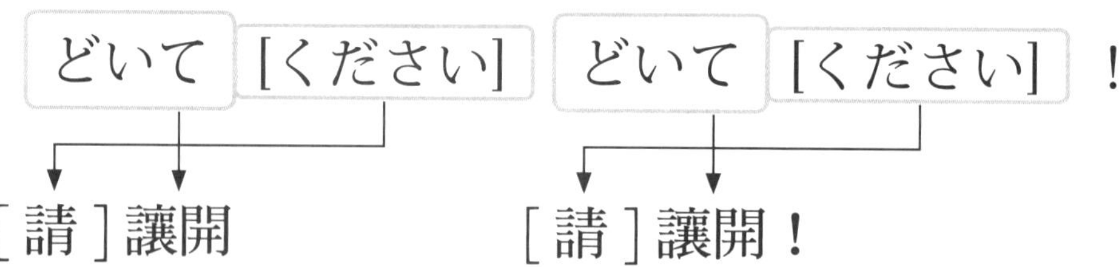

使用文型

動詞

［て形］＋ください　請［做］～

- どきます（讓開）→ どいてください（請讓開）
- 出ます（出去）→ 出(で)てください（請出去）
- 開けます（打開）→ 開(あ)けてください（請打開）

用法 對方擋路、或是很礙事時，可以說這句話。

會話練習

太郎（たろう）：邪魔邪魔（じゃまじゃま）、どいてどいて！

花子（はなこ）：え、何（なに）？
咦？ 什麼事？

太郎（たろう）：部屋（へや）の模様替（もようが）えするの。気分転換（きぶんてんかん）に。
更換佈置；「の」表示「強調」 為了轉換心情；「に」表示「目的」

花子（はなこ）：太郎（たろう）はいつも テスト勉強（べんきょう）の前（まえ）になると*、掃除（そうじ）とか
總是 一到考試唸書之前，就… 之類的

模様替（もようが）えとかする*よね。
「よ」表示「提醒」；「ね」表示「期待同意」

使用文型

動詞／い形容詞／な形容詞＋だ／名詞＋だ

[普通形（限：現在形）]＋と、～ 條件表現

※「な形容詞」、「名詞」的「普通形-現在肯定形」，需要有「だ」再接續

動 なります（變成） → テスト勉強（べんきょう）の前（まえ）になると*（一到考試唸書之前的話，就～）

い 安い（便宜的） → 安（やす）いと （便宜的話，就～）

な 楽（な）（輕鬆） → 楽（らく）だと （輕鬆的話，就～）

名 受験生（考生） → 受験生（じゅけんせい）だと （是考生的話，就～）

動詞 動詞

[辭書形／動作性名詞]＋とか＋[辭書形／動作性名詞]＋とかする 表示動作舉例

動 食べます（吃）、運動します（運動） →

野菜（やさい）をたくさん食（た）べるとか、運動（うんどう）するとかして健康（けんこう）に気（き）をつけた方（ほう）がいい。
（吃很多蔬菜、做運動之類的，注意身體健康比較好。）

名 掃除（打掃）、模様替え（更換佈置） →

掃除（そうじ）とか模様替（もようが）えとかする*（打掃、更換佈置之類的）

中譯
太郎：走開走開！
花子：咦？什麼事？
太郎：我要更換房間的佈置。為了轉換心情。
花子：太郎總是一到考試唸書之前就會打掃、更換房間佈置之類的對吧。

斥責
082

MP3 082

吵死了！給我閉嘴！

うるさい！　黙(だま)れ！

い形容詞：
吵

動詞：沉默、不說話
（黙ります⇒命令形）

うるさい　！　黙れ　！
↓　　　　　↓
很吵！　命令你閉嘴！

相關表現

相關詞彙比較

	形容一個人	形容場所	形容神經質、挑剔、講究
うるさい（吵雜的、囉嗦的、挑剔的）	○	○	○
やかましい（吵雜的、囉嗦的）	○	○	×
騒(さわ)がしい（吵雜的）	×	○	×
騒々(そうぞう)しい（吵雜的）	×	○	×

用法　強烈要求提出批評的人、或是吵鬧的人安靜時，可以說這句話。「黙ります」（不說話）接續「命令形」屬於尖銳的、可能破壞感情的用法，要特別注意謹慎使用。

會話練習

太郎：酔ってないよ～。俺は酒に強いの！

沒有醉啦；「酔っていないよ」的省略說法；「よ」表示「看淡」

酒量很好；「に」表示「方面」；「の」表示「強調」

花子：酔ってるでしょ*。べろんべろんじゃない。

醉了對不對？「酔っているでしょう」的省略說法

酩酊大醉，不是嗎？

太郎：うるさい！ 黙れ！ 酔ってないって言ったら*酔ってないの！

沒有醉；「酔っていない」的省略說法

如果說…的話；「って」表示「提示內容」

沒有醉；「酔っていないの」的省略說法；「の」表示「強調」

花子：あんたが一番うるさいでしょ*。

你；比較粗魯的說法

是最吵的，對不對？「一番うるさいでしょう」的省略說法

使用文型

動詞／い形容詞／な形容詞／名詞

[普通形]＋でしょ ～對不對？

※ 此為「～でしょう」的省略說法，口語時常使用省略說法。

動	酔って[い]ます（醉了的狀態）	→ 酔って[い]るでしょ[う]*	（醉了對不對？）
い	うるさい（吵鬧的）	→ うるさいでしょ[う]*	（很吵對不對？）
な	大変（な）（辛苦）	→ 大変でしょ[う]	（很辛苦對不對？）
名	二日酔い（宿醉）	→ 二日酔いでしょ[う]	（是宿醉對不對？）

動詞／い形容詞／な形容詞／名詞

[た形／なかった形]＋ら 如果～的話

動	言います（說）	→ 酔って[い]ないって言ったら*	（如果說「沒醉」的話）
い	寒い（寒冷）	→ 寒かったら	（如果很冷的話）
な	元気（な）（有精神）	→ 元気だったら	（如果有精神的話）
名	土曜日（星期六）	→ 土曜日だったら	（如果是星期六的話）

中譯

太郎：我沒有醉啦～。我酒量很好的！

花子：你醉了，對不對？你都酩酊大醉了，不是嗎？

太郎：吵死了！給我閉嘴！我說「沒醉」的話，就是沒醉！

花子：最吵的是你，對不對？

MP3 083

你真的是講不聽！

わからず屋（や）！

わからず屋　！

↓

不懂事的人！

相關表現

～屋・～虫・～者・～坊　　有～性質的人

～屋 → わからず屋（や）（不懂事的人）、寂（さび）しがり屋（や）（怕寂寞的人）、恥（は）ずかしがり屋（や）（容易害羞的人）

～虫 → 泣（な）き虫（むし）（愛哭鬼）、弱虫（よわむし）（膽小鬼）

～者 → 怠（なま）け者（もの）（懶惰鬼）、お調子者（ちょうしもの）（輕浮的人）

～坊 → 怒（おこ）りん坊（ぼう）（愛生氣的人）、喰（く）いしん坊（ぼう）（愛吃鬼）

用法　對講了好幾次還是不了解的人，可以說這句話。

會話練習

太郎（たろう）：ああ、やばい…。風邪（かぜ）ひいたかも*。

- やばい：糟了
- 風邪ひいたかも：可能感冒了；「風邪をひいたかも」的省略說法

花子（はなこ）：昨日（きのう）、雨（あめ）に濡（ぬ）れたのに すぐに 着替（きか）えないからよ。

- 雨に濡れたのに：被雨淋濕；卻…；「に」表示「動作的對方」；「のに」表示「卻…」
- すぐに：馬上
- 着替えないからよ：因為沒有換衣服；「よ」表示「提醒」

今（いま）から 病院（びょういん）行（い）こうよ。

- 今から：現在
- 病院行こうよ：去醫院吧；「病院に行こうよ」的省略說法；「よ」表示「勸誘」

太郎：えー、面倒くさい。いいよ、寝てれば*治るでしょ。

什麼～；表示「不滿」的語氣　好麻煩　沒關係啦；「よ」表示「看淡」　睡覺的話，應該會痊癒吧；「寝ていれば治るでしょう」的省略說法

花子：わからず屋！　さっさと病院行ってで薬もらってきなさい！

馬上　去醫院；「病院に行って」的省略說法　給我去拿藥；「薬をもらってきなさい」的省略說法；「なさい」表示「命令表現」

使用文型

動詞／い形容詞／な形容詞／名詞

[　普通形　]＋かも　或許～、有可能～

※「丁寧體文型」為「～かもしれません」；「普通體文型」為「～かもしれない」；「口語」為「～かも」。

動	ひきます（得到（感冒））	→ 風邪[を]ひいたかも*	（可能感冒了）
い	寂しい（寂寞的）	→ 寂しいかも	（或許會很寂寞）
な	便利（な）（方便）	→ 便利かも	（或許會很方便）
名	外国人（外國人）	→ 外国人かも	（或許是外國人）

動詞

[條件形（～ば）]　如果[做]～的話

寝て[い]ます（處於睡覺的狀態）	→ 寝て[い]れば*	（如果睡覺的話）
別れます（分手）	→ 別れれば	（如果分手的話）
買います（買）	→ 買えば	（如果買的話）

中譯　太郎：啊～，糟了…。我可能感冒了。
花子：因為昨天淋雨，卻沒有馬上換衣服的關係啦。現在就去醫院吧。
太郎：什麼～，好麻煩。沒關係啦，睡一覺的話應該就會痊癒了。
花子：你真的是講不聽！你給我馬上去醫院拿藥！

我看錯人了！

見損(みそこ)なったよ！

動詞：看錯人了、估計錯誤（見損ないます⇒た形）　助詞：表示感嘆

見損なった　よ　！
↓
看錯了人！

相關表現

「看錯人」的類似說法

沒想到	→ そんな人(ひと)だとは思(おも)わなかった。	（沒想到是那種人。）
不值得期待	→ 期待(きたい)した私(わたし)がバカだった。	（有所期待的我是笨蛋。）
失望	→ ○○にはがっかりだよ。	（對○○很失望。）

用法 本來以為是好人的人做出不好的事情時，可以說這句話表達怒意。

會話練習

花子(はなこ)：太郎(たろう)、比較思想論(ひかくしそうろん)の単位(たんい)もらえたんだって？
聽說可以拿到學分了；「単位がもらえたんだって」的省略說法
「んだ」表示「強調」；「って」表示「聽說」

サボってばかり*だったのに。
老是翹課，卻…；「のに」表示「卻…」

太郎（たろう）：まあね。後輩（こうはい）に 代返頼（だいへんたの）んでおいた*し、テストも
算是啦；「ね」表示「感嘆」
學弟；「に」表示「動作的對方」
因為採取拜託代替簽到的措施；「代返を頼んでおいたし」的省略說法；「し」表示「列舉理由」

カンペ用意（ようい）したからさ。
因為準備了小抄；「カンペを用意したからさ」的省略說法；「から」表示「原因理由」；「さ」的功能為「調整語調」

花子（はなこ）：まあ、最低（さいてい）！ 見損（みそこ）なったよ！ なんで ちゃんと
哎
差勁
為什麼
好好地

勉強（べんきょう）しないの？
不唸書呢？「の？」表示「關心好奇、期待回答」

太郎（たろう）：だって 今学期（こんがっき） 単位落（たんいお）としたら、
因為
這學期
沒取得學分的話；「単位を落としたら」的省略說法

留年決定（りゅうねんけってい）しちゃうんだもん。
因為很遺憾會留級；「んだ」表示「強調」；「もん」表示「原因」（＝もの）

使用文型

動詞

［て形／名詞］＋ばかり　老是～、光是～

動　サボります（翹課）→サボってばかり*　（老是翹課）

名　テレビ（電視）→テレビばかり見（み）ている　（老是看電視）

動詞

［て形］＋おいた　善後措施（為了以後方便）

頼みます（拜託）→頼（たの）んでおいた*　（採取了拜託的措施）

置きます（放置）→置（わ）いておいた　（採取了放置的措施）

買います（買）→買（か）っておいた　（採取了買的措施）

中譯
花子：太郎，聽說你可以拿到比較思想論的學分了？你老是翹課，卻…。
太郎：算是拿到了啦。因為我拜託學弟代替簽到，考試時也準備了小抄。
花子：哎，真差勁！我看錯人了！你為什麼不好好用功唸書呢？
太郎：因為如果這學期沒拿到學分，我就要留級了。

MP3 085

騙子！
嘘（うそ）つき！

嘘つき ！
↓
騙子！

相關表現

「嘘（うそ）」的相關表現

二枚舌（にまいじた）　（對不同的人有不同的說法、見人說人話，見鬼說鬼話）

裏切り者（うらぎりもの）　（叛徒）

嘘八百（うそはっぴゃく）　（謊話連篇）

詐欺師（さぎし）　（騙子）

狼少年（おおかみしょうねん）　（放羊的小孩、一直說謊失去信用的人）

ホラ吹き（ふ）　（吹牛皮的人）

口から出任せ（くち・でまか）　（信口開河）

用法 對說謊的人所使用的一句話。

會話練習

太郎（たろう）：あ、牛丼（ぎゅうどん）来（き）たよ。さ、遠慮（えんりょ）なく食（た）べて。

来たよ：來囉；「よ」表示「提醒」
さ：表示：呼籲、催促的語氣
遠慮なく：不用客氣
食べて：請吃；口語時「て形」後面可省略「ください」

花子（はなこ）：……。

太郎（たろう）：あれ、どうしたの？

咦？　怎麼了嗎？「の？」表示「關心好奇、期待回答」

花子（はなこ）：私（わたし）の誕生日（たんじょうび）には蟹料理（かにりょうり）の店（みせ）に連（つ）れて行（い）ってくれる*って言（い）った*のに、嘘（うそ）つき！

「に」表示「動作進行時點」；「は」表示「對比（區別）」

螃蟹料理店

為了我會帶我去

說了…，卻…；「って」表示「提示內容」；「のに」表示「卻…」

使用文型

動詞

[て形] ＋ くれる　別人為我 [做] ～

※ 此為「普通體文型」，「丁寧體文型」為「動詞て形 ＋ くれます」。

連れて行きます（帶去）	→ 連（つ）れて行（い）ってくれる*	（別人帶我去）
説明します（說明）	→ 説明（せつめい）してくれる	（別人為我說明）
教えます（告訴）	→ 教（おし）えてくれる	（別人告訴我）

動詞／い形容詞／な形容詞＋[だ]／名詞＋[だ]

[　普通形　] ＋ って言った　說了～

※ 此為「普通體文型」用法，「丁寧體文型」為「～って言いました」。

※「な形容詞」、「名詞」的「普通形-現在肯定形」，有沒有「だ」都可以。

動	連れて行ってくれます（帶我去）	→ 連（つ）れて行（い）ってくれるって言（い）った*	（說了「帶我去」）
い	安い（便宜的）	→ 安（やす）いって言（い）った	（說了「便宜」）
な	簡単（な）（簡單）	→ 簡単（かんたん）[だ]って言（い）った	（說了「簡單」）
名	プレゼント（禮物）	→ プレゼント[だ]って言（い）った	（說了「是禮物」）

中譯

太郎：啊，牛丼來囉。來，不用客氣，請吃。

花子：……。

太郎：咦？怎麼了嗎？

花子：你說過我生日的時候，要帶我去螃蟹料理店的，卻…，騙子！

你這個傢伙！

こんにゃろう！

連體詞：
這個

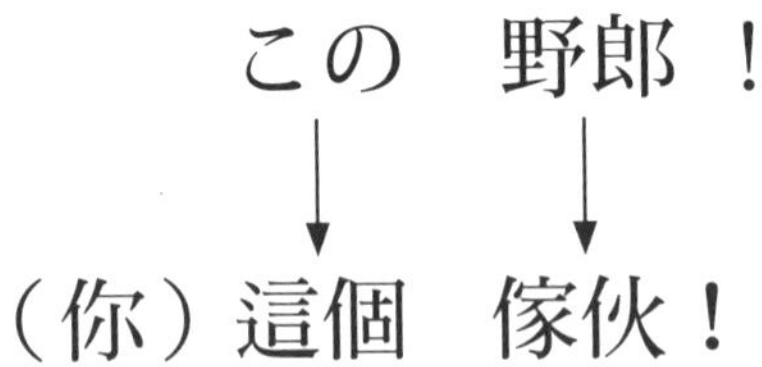

※「この野郎（やろう）！」的「縮約表現」是「こんにゃろう！」，屬於過度的「縮約表現」，不是經常使用。

相關表現

粗魯的罵人的話

※ 僅供參考，因為很粗魯，所以不建議使用。

- 馬鹿野郎（ばかやろう） → 縮約表現：ばっきゃろう！（笨蛋）
- この畜生（ちくしょう） → 縮約表現：こんちきしょう！（可惡）
- おのれは → 縮約表現：おんどりゃあ！（你這個傢伙）

用法 憎惡對方時，就會不自覺地說出這句話。

會話練習

花子（はなこ）：あっ！　ゴキブリ！
蟑螂

太郎（たろう）：え、どこどこ？　あ、いた！
咦？　哪裡？　有了

花子（はなこ）：あ、冷蔵庫（れいぞうこ）の下（した）に 逃（に）げちゃった*。
冰箱下面；「に」表示「歸著點」　逃走了

太郎（たろう）：こんにゃろう！　出（で）てこい*。
給我出來

使用文型

動詞

[て形（～て／～で）]＋ちゃった／じゃった　（無法挽回的）遺憾

※ 此為「動詞て形 ＋ しまった」的「縮約表現」，口語時常使用「縮約表現」。
※ 屬於「普通體文型」，「丁寧體文型」為「動詞て形除去[て／で] ＋ ちゃいました ／ じゃいました」。

逃げます（逃走）→ 逃（に）げちゃった*　（很遺憾逃走了）
忘れます（忘記）→ 忘（わす）れちゃった　（不小心忘記了）
死にます（死亡）→ 死（し）んじゃった　（很遺憾死掉了）

動詞

[て形]＋こい　給我[做]～過來

出ます（出去）→ 出（で）てこい*　（給我出來）
持ちます（拿）→ 持（も）ってこい　（給我拿過來）
走ります（跑步）→ 走（はし）ってこい　（給我跑過來）

中譯
花子：啊！蟑螂！
太郎：咦？在哪裡？在哪裡？啊，有了！
花子：啊，逃到冰箱下面了。
太郎：你這個傢伙！給我出來。

MP3 087

你這個忘恩負義的人！
この恩知（おんし）らず！

連體詞：
這個

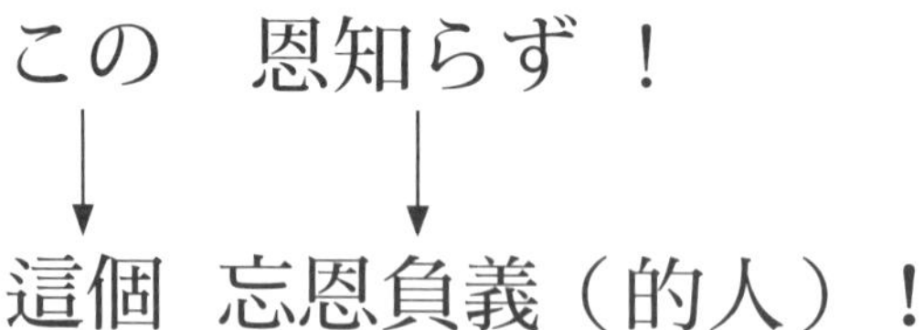

使用文型

動詞
[~~ない~~形] {＋ずに、～ / ＋ぬ＋名詞}　文語否定表現

※「文語」為「古早的說法」，但有些文語現在也有使用。
※「～ずに」的「に」可省略。
※「します」的「文語否定表現」不是「しずに」或「しぬ＋名詞」，而是「せずに」或「せぬ＋名詞」

食べます（吃） → ご飯（はん）を食（た）べないで、出（で）かけます　※一般否定表現
＝ご飯（はん）を食（た）べず[に]、出（で）かけます　※文語否定表現
（沒有吃飯就出門）

予期します（預料） → 予期（よき）しない結果（けっか）となった　※一般否定表現
＝予期（よき）せぬ結果（けっか）となった　※文語否定表現
（變成意想不到的結果）

用法　對於接受恩惠卻沒有表達謝意、或是不打算報恩的人，可以說這句話。

會話練習

太郎（たろう）：次郎（じろう）、ちょっと バイクを一日（いちにち）貸（か）してくれないか*。

稍微　摩托車　願意借給我嗎？

次郎（じろう）：え～、やだよ。

什麼～；表示「不滿」的語氣　不要啦；「よ」表示「看淡」

太郎（たろう）：何（なん）だよ。この前（まえ）は俺（おれ）の車（くるま）を貸（か）してやった*だろう？

什麼嘛；「よ」表示「感嘆」　上次　借你了，對不對？

この恩知（おんし）らず！

使用文型

動詞

[て形] ＋ くれないか　　願意為我 [做] ～嗎？

貸します（借出）→ 貸（か）してくれないか*　（願意借給我嗎？）

直します（修改）→ 直（なお）してくれないか　（願意為我修改嗎？）

持ちます（拿）→ 持（も）ってくれないか　（願意為我拿嗎？）

動詞

[て形] ＋ やった　　為輩分較低的人 [做] ～了

貸します（借出）→ 貸（か）してやった*　（借給輩分較低的人了）

買います（買）→ 買（か）ってやった　（為輩分較低的人買了）

歌います（唱歌）→ 歌（うた）ってやった　（為輩分較低的人唱歌了）

中譯

太郎：次郎，你願意把摩托車借給我一天嗎？

次郎：什麼～，我不要啦。

太郎：什麼嘛。上次我把車借給你了，對不對？你這個忘恩負義的人！

斥責 088

你這個孽障！

この罰当(ばちあた)りめ！

連體詞：這個

接尾辭：表示輕蔑

相關表現

[名詞]＋め　　輕蔑的接尾辭

嘘つき（騙子）	→ この嘘(うそ)つきめ！	（你這個騙子）
こいつ（這個傢伙）	→ こいつめ！	（你這個傢伙）
馬鹿（笨蛋）	→ 馬鹿(ばか)め！	（笨蛋）
人名	→ 山田太郎(やまだたろう)め！	（山田太郎那個傢伙）

用法　對做出不尊重神佛的行為的人，可以說這句話。

會話練習

（神社(じんじゃ)で）
表示：動作進行地點

花子(はなこ)：あ、おみくじ100円(ひゃくえん)だって*。
おみくじ：抽籤
って：表示：提示內容；後面省略了「書いてあります」

太郎：へえ、引いてみたら？*
哦～ 抽看看的話，如何？「引いてみます＋たら」的用法

花子：うん。……わっ、凶だ…。こんなの 要らない。
哇 這種籤；「の」表示「代替名詞」，等同「おみくじ」 不要

（ぐちゃぐちゃに 丸める）
亂七八糟；「に」是「ぐちゃぐちゃ」的副詞用法 揉成一團

太郎：この罰当りめ！ 神様に失礼だぞ。
對神明是失禮的；「に」表示「方面」；「ぞ」表示「加強語氣」

使用文型

動詞／い形容詞／な形容詞+だ／名詞+だ

［ 普通形 ］＋って 提示內容（聽說、根據自己所知）

※「な形容詞」、「名詞」的「普通形-現在肯定形」，需要有「だ」再接續。

動	来ます（來）	→ 来るって	（說會來）
い	まずい（難吃的）	→ まずいって	（說很難吃）
な	ハンサム（な）（帥氣）	→ ハンサムだって	（說很帥氣）
名	100円（100日圓）	→ 100円だって*	（說是100日圓）

動詞

［た形］＋ら＋どうですか ［做］～的話，如何？

※「普通體文型」為「動詞た形 ＋ら＋ どう？」。
※「丁寧體文型」為「動詞た形 ＋ら＋ どうですか」。
※ 口語時，可省略「どうですか」。

引いてみます（抽看看）	→ 引いてみたら[どうですか]*	（抽看看的話，如何？）
行きます（去）	→ 歩いて行ったら[どうですか]	（走路去的話，如何？）
掃除します（打掃）	→ 毎日掃除したら[どうですか]	（每天打掃的話，如何？）

中譯 （在神社）
花子：啊，抽籤有寫是100日圓。
太郎：哦～，抽看看的話，如何？
花子：嗯。……哇，是凶…。我不要這種籤。（亂揉成一團）
太郎：你這個孽障！對神明很失禮耶。

斥責
089

MP3 089

呸呸呸！烏鴉嘴。

やめてよ、縁起（えんぎ）でもない。

動詞：停止	補助動詞：請	助詞：	連語：
（やめます⇒て形）	（くださいます⇒命令形［くださいませ］除去［ませ］）（口語時可省略）	表示感嘆	不吉利

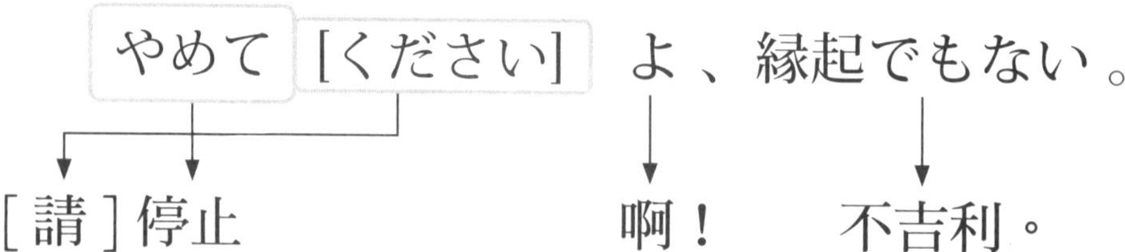

使用文型

動詞

［て形］＋ください　請［做］～

やめます（停止）	→ やめてください	（請停止）
書きます（寫）	→ 書（か）いてください	（請寫）
選びます（選擇）	→ 選（えら）んでください	（請選擇）

用法 對方說出不吉利的話時，可以說這句話。

會話練習

太郎（たろう）：あれ？　また カラスが集（あつ）まってる。この近（ちか）くで誰（だれ）か死（し）ぬんじゃない？*

又／烏鴉／聚集的狀態；「集まっている」的省略說法／這附近／某個人；「か」表示「不特定」／會死掉，是不是？

花子（はなこ）：やめてよ、縁起（えんぎ）でもない。

太郎（たろう）：でも、こんなに集（あつ）まってるのは今（いま）まで見（み）たことない*よ。

可是／這樣／聚集的狀態；「集まっているのは」的省略說法；「の」表示「形式名詞」；「は」表示「對比（區別）」／到目前為止／沒看過耶；「見たことがないよ」的省略說法；「よ」表示「感嘆」

使用文型

動詞／い形容詞／な形容詞+な／名詞+な

[　普通形　] + んじゃない？　～不是嗎？（強調語氣）

※「な形容詞」、「名詞」的「普通形-現在肯定形」，需要有「な」再接續。

動	死にます（死亡）	→ 死（し）ぬんじゃない？*	（會死掉，是不是？）
い	危ない（危險的）	→ 危（あぶ）ないんじゃない？	（很危險，不是嗎？）
な	簡単（な）（簡單）	→ 簡単（かんたん）なんじゃない？	（很簡單，不是嗎？）
名	地震（地震）	→ 地震（じしん）なんじゃない？	（是地震，不是嗎？）

動詞

[た形] + ことがない　沒有[做]過～

※ 口語時，可省略「～たことがない」的「が」。

見ます（看）	→ 見（み）たこと[が]ない*	（沒有看過）
食べます（吃）	→ 食（た）べたこと[が]ない	（沒有吃過）
行きます（去）	→ 行（い）ったこと[が]ない	（沒有去過）

中譯　太郎：咦？烏鴉又聚在一起了。這附近是不是有人會死掉？
花子：呸呸呸！烏鴉嘴。
太郎：可是，到目前為止，沒看過這麼多烏鴉聚在一起啊。

斥責
090

不管怎麼樣，你都說的太超過了。

いくらなんでもそれは言[い]いすぎでしょ。

副詞：無論　名詞（疑問詞）：什麼、任何　助動詞：表示斷定（だ⇒て形）　助詞：表示逆接

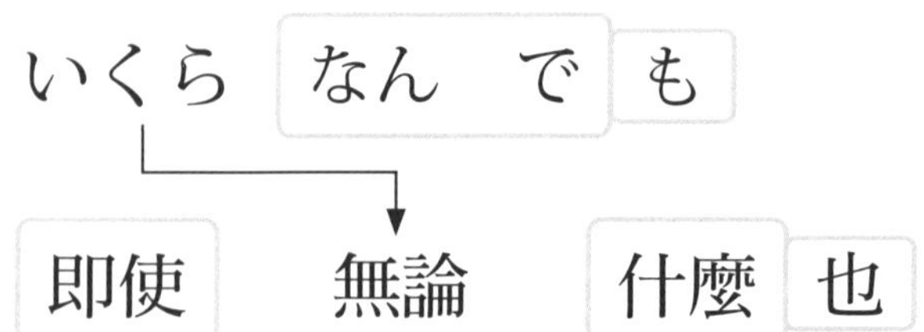

助詞：表示對比（強調）　動詞：説（言います⇒ます形除去［ます］）　後項動詞：太～、過於～（すぎます⇒名詞化：すぎ）　助動詞：表示斷定（です⇒意向形）（口語時可省略う）

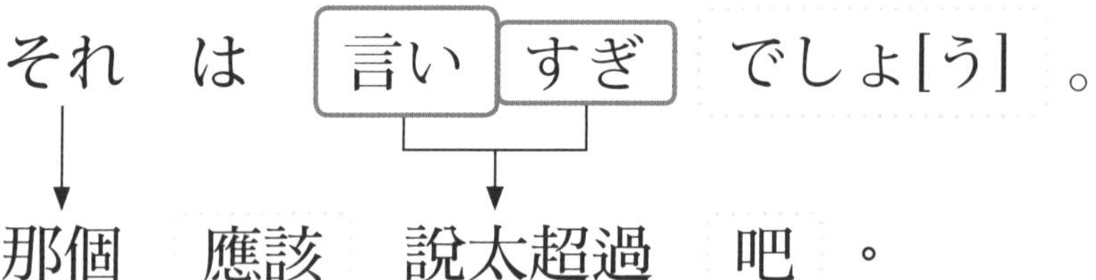

使用文型

動詞　い形容詞　な形容詞
［て形／－~~い~~＋くて／－な＋で／名詞＋で］＋も　即使～，也～

動	失敗します（失敗）	→ 失敗[しっぱい]しても	（即使失敗，也～）
い	怖い（害怕的）	→ 怖[こわ]くても	（即使害怕，也～）
な	好き（な）（喜歡）	→ 好[す]きでも	（即使喜歡，也～）
名	なん（什麼）	→ いくらなんでも	（即使無論什麼，也～）

動詞　い形容詞　な形容詞
[ます形／－い／－な／名詞] + すぎです　太～、過於～

動	言います（說）	→ 言(い)いすぎです	（說太超過）
い	厳しい（嚴格的）	→ 厳(きび)しすぎです	（太嚴格）
な	残念（な）（可惜）	→ 残念(ざんねん)すぎです	（太可惜）
名	いい人（好人）	→ いい人(ひと)すぎです	（太好的人）

動詞／い形容詞／な形容詞／名詞
[　普通形　] + でしょう　應該～吧（推斷）

※ 此為「丁寧體文型」用法，「普通體文型」為「～だろう」。
※「～でしょう」表示「應該～吧」的「推斷語氣」時，語調要「下降」。
　「～でしょう」表示「～對不對？」的「再確認語氣」時，語調要「提高」。

動	負けます（輸）	→ 負(ま)けたでしょう	（應該輸了吧）
い	すごい（厲害的）	→ すごいでしょう	（應該很厲害吧）
な	簡単（な）（簡單）	→ 簡単(かんたん)でしょう	（應該很簡單吧）
名	言いすぎ（說太超過）	→ 言(い)いすぎでしょう	（應該說太超過吧）

用法　對方的批評等發言太過分時，可以說這句話。

會話練習

花子(はなこ)：またお父(とう)さんと喧嘩(けんか)したの？
又／和…吵架了嗎？「と」表示「動作夥伴」；「の？」表示「關心好奇、期待回答」

太郎(たろう)：まあね。親父(おやじ)なんかどっか遠(とお)くへ転勤(てんきん)させられればいいのに。
算是啦；「ね」表示「感嘆」／表示：輕視／某個很遠的地方／被迫調職就好了，卻…

花子(はなこ)：いくらなんでもそれは言(い)いすぎでしょ。あなたのお父(とう)さんでしょう。
…對不對？

太郎(たろう)：わかってるけどさ…。
知道，但是…；「わかっているけどさ」的省略說法；「けど」表示「逆接」；「さ」表示「留住注意」

中譯
花子：你又跟你爸爸吵架了嗎？
太郎：算是啦。老爸要是被迫調職到某個很遠的地方就好了，卻…。
花子：不管怎麼樣，你都說的太超過了。那是你的爸爸對不對？
太郎：我知道，但是…。

斥責
091

MP3 091

都是你的錯！

お前（まえ）のせいだ！

名詞：你（屬於粗魯的說法）	助詞：表示所屬	名詞：表示原因	助動詞：表示斷定（です⇒普通形-現在肯定形）

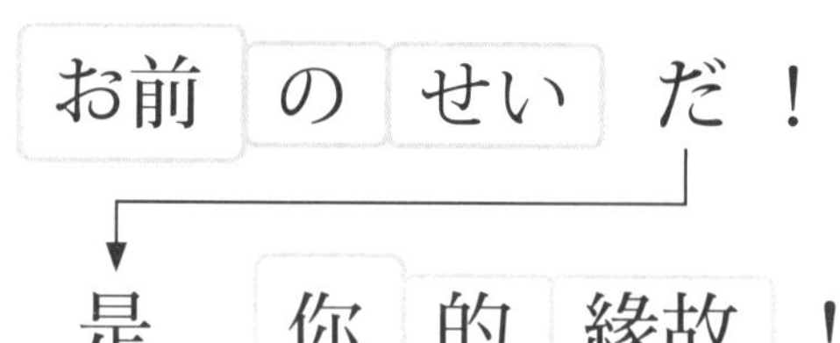

使用文型

動詞／い形容詞／な形容詞＋な／名詞＋の

[普通形]＋せい、～　因為～導致非正面結果

※「な形容詞」的「普通形-現在肯定形」，需要有「な」；「名詞」需要有「の」再接續。

動	遅刻します（遲到）	→ 遅刻（ちこく）したせい	（因為遲到，導致～）
い	寒い（寒冷的）	→ 寒（さむ）かったせい	（因為很冷，導致～）
な	不便（な）（不方便）	→ 不便（ふべん）なせい	（因為不方便，導致～）
名	お前（你）	→ お前（まえ）のせい	（因為你，導致～）

用法 追究責任時，所使用的一句話。女性說法是「あなたのせいよ！」（都是你的錯啦！）。句中的「お前」是非常粗魯的話，親密的人之間才會使用，否則可能破壞感情，要特別注意。

會話練習

太郎：あ～あ、また 単位落としちゃった*よ…。
又　沒取得學分了；「単位を落としちゃったよ」的省略說法；「よ」表示「感嘆」

花子：また？

太郎：お前のせいだ！　テスト前にパソコンの設定なんか
考試前　電腦的設定　之類的

頼んでくるから。
因為你向我拜託過來

花子：何でも そうやって すぐ 人のせいにする*。
不管什麼事都…　那樣做；「て形」表示「手段、方法」　馬上　歸咎於別人

使用文型

動詞

[て形（～て／～で）]＋ちゃった／じゃった　（無法挽回的）遺憾

※ 此為「動詞て形 ＋ しまった」的「縮約表現」，口語時常使用「縮約表現」。
※ 屬於「普通體文型」，「丁寧體文型」為「動詞て形除去[て／で] ＋ ちゃいました ／ じゃいました」。

落とします（沒取得（學分））→ 単位[を]落としちゃった*（很遺憾沒拿到學分）
寝坊します（睡過頭）→ 寝坊しちゃった（不小心睡過頭了）
飲みます（喝）→ 飲んじゃった（不小心喝了）

[名詞]＋の＋せいにする　歸咎於～

人（人）→ 人のせいにする*（歸咎於別人）
病気（生病）→ 病気のせいにする（歸咎於生病）
自分（自己）→ 自分のせいにする（歸咎於自己）

中譯
太郎：啊～啊，又沒拿到學分了…。
花子：又沒拿到？
太郎：都是你的錯！因為考試前你拜託我設定電腦之類的。
花子：你不管什麼事都是那樣做，就馬上歸咎給別人。

斥責
092

MP3 092

你要殺我啊！？

殺（ころ）す気（き）か！？

動詞：殺（殺します⇒辭書形）	名詞：心思、念頭	助詞：表示疑問

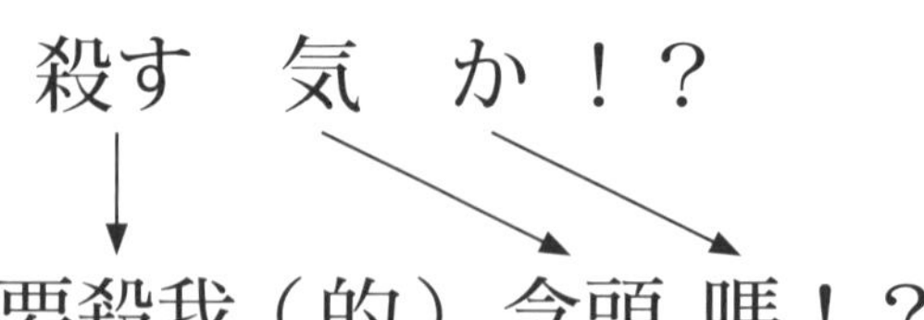

相關文型

動詞

[辭書形] + 気～　有念頭 [做] ～、有意 [做] ～、有～的感覺

勉強します（唸書）	→ 勉強（べんきょう）する気（き）になる	（變成有意願要唸書）
やります（做）	→ やる気（き）がしない	（沒有要做的意願）
忘れています（忘記的狀態）	→ 何（なに）か忘（わす）れている気（き）がする	（有好像忘了什麼事情的感覺）

用法 對做出影響到自己生命安全的事情或危險動作的人，可以說這句話。

會話練習

（お化け屋敷で）
鬼屋　表示：動作進行地點

太郎：押すな*よ。押すなよ…。
不要推啦；「よ」表示「提醒」

花子：わっ！！
哇！！

太郎：ひいいいっ。…おどかすな*よ！　殺す気か！？
受到驚嚇所發出的聲音　不要嚇人啦；「よ」表示「感嘆」

花子：お化け屋敷で死ぬわけないじゃない*。弱虫。
不可能會死，不是嗎？「死ぬわけがないじゃない」的省略說法　膽小鬼

使用文型

動詞

[辭書形]＋な（＝禁止形）　別[做]～、不准[做]～（表示禁止）

押します（推擠）→ 押すな*　（不要推擠）

おどかします（嚇人）→ おどかすな*　（不要嚇人）

叫びます（叫）→ 叫ぶな　（不要叫）

動詞／い形容詞／な形容詞＋な／名詞＋な

[　普通形　]＋わけ[が]ないじゃない　不可能～，不是嗎？

※ 口語時，可省略「～わけがないじゃない」的「が」。

動　死にます（死亡）→ 死ぬわけ[が]ないじゃない*（不可能會死，不是嗎？）

い　安い（便宜的）→ 安いわけ[が]ないじゃない（不可能便宜，不是嗎？）

な　元気（な）（有精神）→ 元気なわけ[が]ないじゃない（不可能有精神，不是嗎？）

名　犯人（犯人）→ 犯人なわけ[が]ないじゃない（不可能是犯人，不是嗎？）

中譯　（在鬼屋）
太郎：不要推啦。不要推啦…。
花子：哇！！
太郎：哇嗚…。不要嚇我啦！你要殺我啊！？
花子：在鬼屋不可能會死的，不是嗎？你這個膽小鬼。

吐槽 093

MP3 093

我早就跟你說了啊。
だから言（い）わんこっちゃない。

接續詞：	動詞：説	名詞：事情
所以	（言います⇒ない形）	（こと⇒普通形-現在否定形）

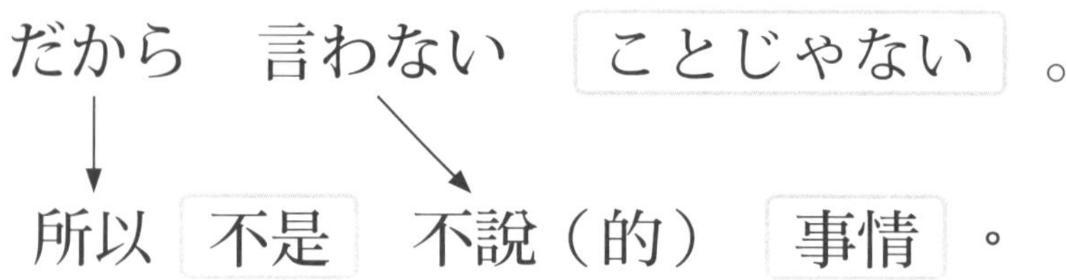

※「言わないことじゃない」的「縮約表現」是「言わんこっちゃない」，屬於過度的「縮約表現」，不是經常使用。

相關表現

言わんこっちゃない　　我不是說過了嗎？

言（い）わんこっちゃない

＝言（い）わないことじゃない　　（不是我沒說過的事）

＝私（わたし）が言（い）ったことだ　　（是我說過的事）

＝私（わたし）の言（い）ったとおりになった　　（結果就像我說過的一樣）

用法 對於之前不聽自己勸告的人，所說的一句話。

會話練習

花子（はなこ）：ああ、なんか熱（ねつ）っぽい*…。風邪（かぜ）かな…。

なんか：總覺得　熱っぽい：好像發燒　風邪かな：是不是感冒呢…；「かな」表示「不太確定是不是這樣呢…」

太郎：だから言わんこっちゃない。寒いのに あんな
很冷，卻…；「のに」表示「卻…」　那樣的

薄着したら 風邪ひいて 当たり前だよ。
如果穿薄的衣服的話　得到感冒；「風邪をひいて」的省略說法；「て形」表示「連接」　是當然的；「よ」表示「看淡」

花子：だって、あの服、まだ あまり着てなかったから。
可是因為　還沒　因為是沒怎麼穿的狀態；「あまり着ていなかったから」的省略說法；「から」表示「原因理由」

太郎：なんだよ、その言い訳。
什麼嘛；「よ」表示「看淡」　藉口

使用文型

動詞

[~~ます~~形／名詞]＋っぽい　有點、好像、容易會～

動	忘れます（忘記）	→ 忘れっぽい	（容易忘記）
名	熱（發燒）	→ 熱っぽい*	（好像發燒）

動詞　い形容詞　な形容詞

あまり＋[ない形／－~~い~~＋くない／－~~な~~＋じゃない]　不怎麼～、沒怎麼～

動	着て[い]ます（穿著的狀態）	→ あまり着て[い]なかった*	（沒怎麼穿的狀態）
い	おいしい（好吃的）	→ あまりおいしくない	（不怎麼好吃）
な	上手（な）（擅長）	→ あまり上手じゃない	（不怎麼擅長）

中譯
花子：啊～，總覺得好像發燒…。是不是感冒呢…。
太郎：我早就跟你說了啊。天氣很冷，卻穿那麼薄的衣服的話，感冒是當然的。
花子：可是，因為那件衣服還沒怎麼穿過。
太郎：什麼嘛。那個藉口。

吐槽
094

MP3 094

那你說要怎麼辦呢！？
じゃ、どうすればいいわけ！？

接續詞：那麼　副詞（疑問詞）：怎麼樣、如何　動詞：做（します⇒條件形）　い形容詞：好、良好　形式名詞：就是說

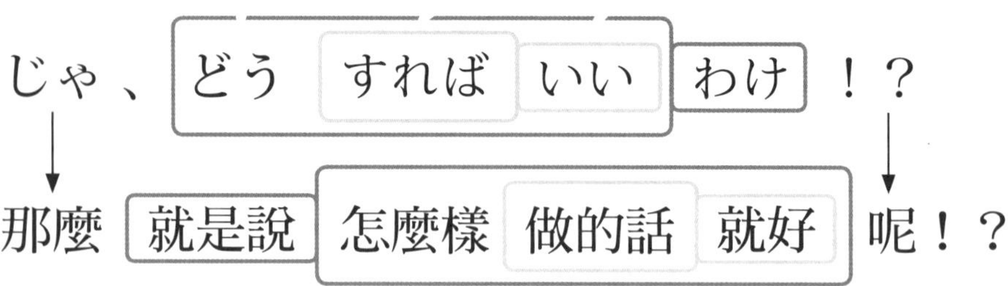

使用文型

[條件形（～ば）／ない形的條件形（なければ）] ＋いい（動詞／動詞）
[做] ～就好了／不 [做] ～就好了

しま す（做）→ どうすればいい（怎麼做就好了）
出て行きます（出去）→ 出て行けばいい（出去就好了）
付き合います（交往）→ 付き合わなければいい（不要交往就好了）

動詞／い形容詞／な形容詞+な／名詞+な

[普通形]+わけです　就是說～、難怪～

※「な形容詞」、「名詞」的「普通形-現在肯定形」，需要有「な」再接續。
※此文型表示「就是說～」，常和「つまり」（也就是說）連用。
※此文型表示「難怪～」，常和「どうりで」（難怪）連用。

動　だまされます（被騙）→ 急（きゅう）に連絡（れんらく）が取（と）れなくなりました。（つまり）私（わたし）はだまされたわけです。
（突然變成無法取得聯絡，就是說我被騙了。）

い　いい（好的）→ じゃ、どうすればいいわけ！？
（那麼，就是說怎麼樣做的話就好呢！？）

な　不自然（な）（不自然）→ A：あの芸能人（げいのうじん）、整形（せいけい）しているらしいよ。
B：（どうりで）顔（かお）が不自然（ふしぜん）なわけだ。
（A：那個藝人好像有整型喔。）
（B：難怪臉是不自然的。）

名　冷戦状態（冷戰狀態）→ 彼女（かのじょ）ともう一週間（いっしゅうかん）も話（はなし）をしていない。冷戦状態（れいせんじょうたい）なわけだ。
（和女朋友已經一個禮拜都沒說話。就是說是冷戰狀態。）

用法　對方說了一大堆，導致自己不知道該怎麼做才好時，可以說這句話反問對方。

（續下頁）

會話練習

（ケーキを作（つく）っている）
蛋糕　正在製作

花子（はなこ）：違（ちが）う違（ちが）う。卵（たまご）を入（い）れる順番（じゅんばん）が違（ちが）うよ。
不對　放進去　順序　不對啊；「よ」表示「感嘆」

太郎（たろう）：じゃ、どうすればいいわけ!?

花子（はなこ）：もう、いいわ。私（わたし）がやるから。あっち行（い）ってて。
真是的　算了；「わ」表示「女性語氣」　表示：宣言　那邊　請去；「行っていてください」的省略說法

太郎（たろう）：何（なん）だよ、手伝（てつだ）えって言（い）う*から手伝（てつだ）ったのに*。
什麼嘛；「よ」表示「感嘆」　因為說「你給我來幫忙」；「って」表示「提示內容」；「から」表示「原因理由」　幫忙了，卻…；「のに」表示「卻…」

使用文型

動詞／い形容詞／な形容詞＋[だ]／名詞＋[だ]

[　普通形　]＋って言う　說～

※「な形容詞」、「名詞」的「普通形-現在肯定形」，有沒有「だ」都可以。

動	手伝います（幫忙）	→ 手伝（てつだ）えって言（い）う*	（說「給我來幫忙」）
い	面白い（有趣的）	→ 面白（おもしろ）いって言（い）う	（說「很有趣」）
な	複雑（な）（複雜）	→ 複雑（ふくざつ）[だ]って言（い）う	（說「很複雜」）
名	来週（下周）	→ 来週（らいしゅう）[だ]って言（い）う	（說「是下周」）

動詞／い形容詞／な形容詞＋な／名詞＋な

[　普通形　]＋のに　～，卻～

※「な形容詞」、「名詞」的「普通形-現在肯定形」，需要有「な」再接續。

動	手伝います（幫忙）	→ 手伝（てつだ）ったのに*	（幫忙了，卻～）
い	おいしい（好吃的）	→ おいしいのに	（好吃，卻～）
な	便利（な）（方便）	→ 便利（べんり）なのに	（方便，卻～）
名	冗談（玩笑）	→ 冗談（じょうだん）なのに	（是玩笑，卻～）

中譯　（正在做蛋糕）
花子：不對不對。把蛋放進去的順序不對啊。
太郎：那你說要怎麼辦呢！？
花子：真是的，算了，我來做好了，你到那邊去。
太郎：什麼嘛！因為你說來幫忙的，我幫忙了你卻…。

筆記頁

空白一頁，讓你記錄學習心得，也讓下一個單元，能以跨頁呈現，方便於對照閱讀。

がんばってください。

（請加油！）

吐槽 095

MP3 095

事到如今你才這麼說，都太遲了。

今更(いまさら)そんなこと言(い)ったって、もう遅(おそ)いよ。

副詞：現在才	連體詞：那樣的	助詞：表示動作作用對象（口語時可省略）	動詞：説（言います⇒た形除去[た]）	助詞：表示逆接假定條件

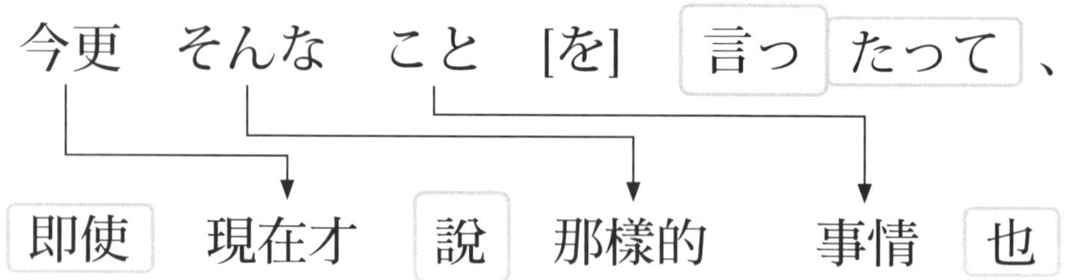

副詞：已經	い形容詞：晚、來不及	助詞：表示看淡

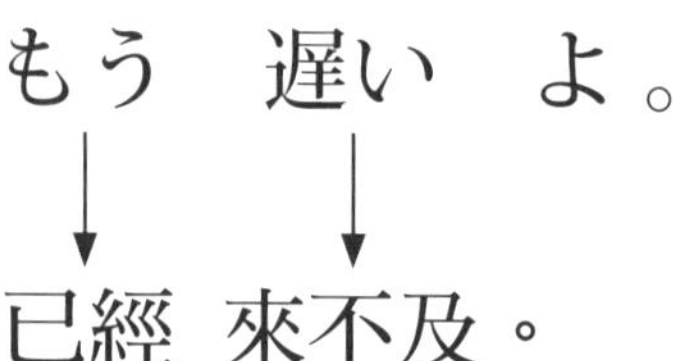

使用文型

動詞　い形容詞　な形容詞

[た形／－い＋く／－な／名詞]＋たって／だって　即使~也

※「動詞濁音的た形」、「な形容詞」、「名詞」要接續「だって」。

動	言います（說）	→ 言(い)ったって	（即使說也～）
動-濁	読みます（讀）	→ 読(よ)んだって	（即使讀也～）
い	高い（貴的）	→ 高(たか)くたって	（即使貴也～）
な	好き（な）（喜歡）	→ 好(す)きだって	（即使喜歡也～）
名	親（父母親）	→ 親(おや)だって	（即使是父母親也～）

用法　告訴對方，在現在這種狀況下說那種話也來不及，所使用的一句話。

會話練習

（メニューを見(み)て）
菜單

太郎(たろう)：うわあ…。このレストラン、値段(ねだん)が他(ほか)の店(みせ)より桁(けた)一(ひと)つ多(おお)いよ…。
哇～ / 餐廳 / 比其他店家 / 位數 / 多一個；「よ」表示「感嘆」

花子(はなこ)：どうする…？　店(みせ)を出(で)ようか*…。
怎麼辦 / 要不要離開店家？「を」表示「離開點」

太郎(たろう)：花子(はなこ)が入(はい)ろうって言(い)ったんじゃないか*。
說了「進去吧」，不是嗎？「って」表示「提示內容」；「ん」等同「の」，表示「強調」

今更(いまさら)そんなこと言(い)ったって、もう遅(おそ)いよ。

花子(はなこ)：ああ、どうしよう…。
怎麼辦

使用文型

動詞
[意向形]＋か　　要不要[做]～？

出ます（出去）	→ 出(で)ようか*	（要不要出去？）
飲みます（喝）	→ 飲(の)もうか	（要不要喝？）
休みます（休息）	→ 休(やす)もうか	（要不要休息？）

動詞／い形容詞／な形容詞＋な／名詞＋な
[　　普通形　　]＋んじゃないか　　～不是嗎？（強調語氣）
※「な形容詞」、「名詞」的「普通形-現在肯定形」，需要有「な」再接續。

動	言います（說）	→ 言(い)ったんじゃないか*	（說了，不是嗎？）
い	おいしい（好吃的）	→ おいしいんじゃないか	（很好吃，不是嗎？）
な	贅沢（な）（奢侈）	→ 贅沢(ぜいたく)なんじゃないか	（很奢侈，不是嗎？）
名	噂（傳聞）	→ 噂(うわさ)なんじゃないか	（是傳聞，不是嗎？）

中譯
（看著菜單）
太郎：哇～。這家餐廳的價格比其他店家多一位數耶…。
花子：怎麼辦…？要離開嗎…？
太郎：是花子說了「進去吧」，不是嗎？事到如今你才這麼說，都太遲了。
花子：啊～，怎麼辦…。

MP3 096

你很敢說耶。

よく言（い）うよ。

副詞： ～得好、很敢～	動詞：說 （言います ⇒辭書形）	助詞： 表示看淡

よく　言う　よ。
↓　↓
（你）很敢　說。

相關表現

罵對方厚臉皮的諷刺說法

よくそんな事（こと）が言（い）えるね。
（你還真敢說那種事啊！）

どんな神経（しんけい）してるの？
（你到底是發什麼神經啊？）

どの面（つら）さげてそんな事（こと）ができるの？
（你有什麼臉去做那種事情？）

※「面（つら）さげて」（擺出臉）是很粗魯的說法，粗魯的原因在於「面（つら）」（臉）。一般而言，「臉」會使用「顔（かお）」這個字，不會使用「面（つら）」。

用法　對方不應該、或是沒有資格說話，卻光明正大地講出口時，可以用這句話批判對方。

會話練習

太郎：また お菓子食べるの？

又　要吃點心嗎？「お菓子を食べる？」的省略說法；「の？」表示「關心好奇、期待回答」

花子：いいの、いいの。私は食べても＊太らない体質だから。

沒關係、沒關係；「の」表示「強調」　即使吃，也…　不會胖　表示：宣言

太郎：よく言うよ。

花子：何よ。ちょっと ぐらい 太ったって＊、あなたには関係ないでしょ。

幹嘛啦？「よ」表示「感嘆」　一點　表示：程度　即使胖也…　對你而言是無關的，對不對？「あなたには関係がないでしょう」的省略說法；「に」表示「方面」；「は」表示「對比（區別）」

使用文型

動詞　い形容詞　な形容詞

［て形／－い＋くて／－な＋で／名詞＋で］＋も　即使～，也～

動	食べます（吃）	→ 食べても＊	（即使吃，也～）
い	安い（便宜的）	→ 安くても	（即使便宜，也～）
な	不便（な）（不方便）	→ 不便でも	（即使不方便，也～）
名	大人（大人）	→ 大人でも	（即使是大人，也～）

動詞　い形容詞　な形容詞

［た形／－い＋く／－な／名詞］＋たって／だって　即使～也

※「動詞濁音的た形」、「な形容詞」、「名詞」要接續「だって」。

動	太ります（胖）	→ 太ったって＊	（即使胖也～）
動-濁	休みます（休息）	→ 休んだって	（即使休息也～）
い	寂しい（寂寞的）	→ 寂しくたって	（即使很寂寞也～）
な	好き（な）（喜歡）	→ 好きだって	（即使喜歡也～）
名	先生（老師）	→ 先生だって	（即使是老師也～）

中譯

太郎：你又要吃點心嗎？

花子：沒關係、沒關係。我是那種即使吃了也不會胖的體質。

太郎：你很敢說耶。

花子：幹嘛啦？即使胖一點，也跟你無關，對不對？

吐槽
097

MP3 097

不要一直吹牛（說些無中生有、無聊的話、夢話）！

バカも休（やす）み休（やす）み言（い）え！

助詞：表示並列　副詞：做一會兒休息一會兒　動詞：說（言います⇒命令形）

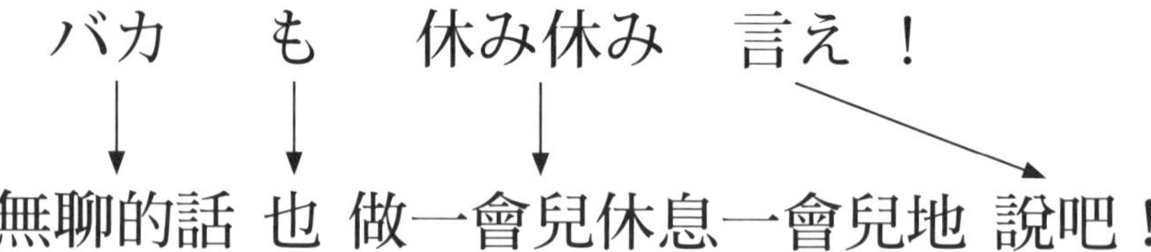

相關表現

「要對方別開玩笑」的相關表現

寝言（夢話）→ 寝言（ねごと）は寝（ね）て言（い）え。
（痴人說夢話！）

冗談（玩笑）→ 冗談（じょうだん）は顔（かお）だけにしてくれ。
（要開玩笑的話，你的臉就夠了，不要再開玩笑了。）
※ 這是很毒舌的說法，還帶有攻擊對方長相的意思。

用法 對方說太多隨便、或是荒唐無稽的事情時，可以用這句話叱責對方。「バカ」（無聊的話）本身即為罵人的詞彙，後面又使用了「言います」（說）的「命令形」，屬於尖銳的、可能破壞感情的用法，要特別注意謹慎使用。

會話練習

太郎（たろう）：将来（しょうらい）、俳優（はいゆう）になりたい*んだけど…。
想要成為演員 ／「んだ」表示「強調」；「けど」表示「前言」，是一種緩折的語氣

父親（ちちおや）：バカも休（やす）み休（やす）み言（い）え！　もっと まともな仕事（しごと）を考（かんが）えなさい*。
更加 ／ 正經 ／ 你給我去考慮

太郎（たろう）：でも、試（ため）してみたい*んだよ。自分（じぶん）の可能性（かのうせい）を。
想要試看看；「んだ」表示「強調」；「よ」表示「感嘆」

父親（ちちおや）：もう 勝手（かって）にしろ。
真是的 ／ 隨便你

使用文型

動詞

[ます形] ＋ たい　　想要 [做] ～

なります（變成）	→ なりたい*	（想要變成）
試してみます（試看看）	→ 試（ため）してみたい*	（想要試看看）
書きます（寫）	→ 書（か）きたい	（想要寫）

動詞

[ます形] ＋ なさい　　命令表現（命令、輔導晚輩的語氣）

考えます（考慮）	→ 考（かんが）えなさい*	（你要去考慮）
働きます（工作）	→ 働（はたら）きなさい	（你要去工作）
勉強します（唸書）	→ 勉強（べんきょう）しなさい	（你要去唸書）

中譯

太郎：我將來想要成為演員…。
父親：不要一直吹牛！你給我去考慮更加正經的工作。
太郎：可是，我想要試試看自己有沒有那種可能性啊。
父親：真是的，隨便你。

痴人說夢話！

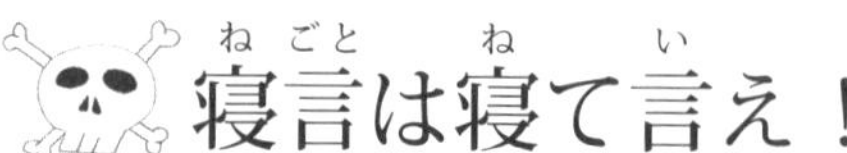

寝言（ねごと）は寝（ね）て言（い）え！

助詞：表示對比（區別）　動詞：睡覺（寝ます⇒て形）（て形表示附帶狀況）　動詞：說（言います⇒命令形）

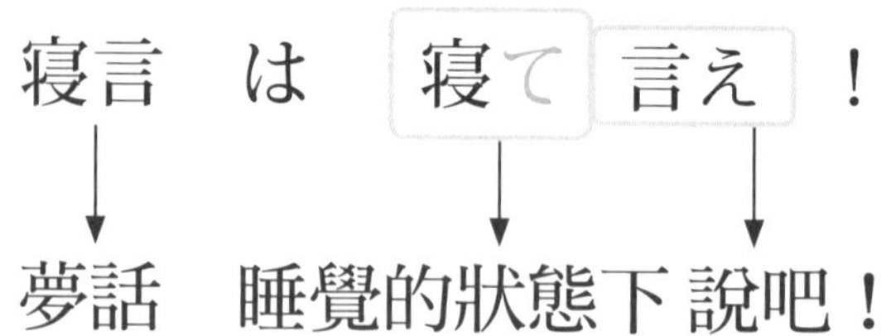

使用文型

動詞

［て形］、～　附帶狀況

寝ます（睡覺）→ 寝（ね）て、言（い）います　（睡覺的狀態下，說）

持ちます（拿）→ 傘（かさ）を持（も）って、出（で）かけます　（帶傘的狀態下，出門）

着ます（穿）→ コートを着（き）て、出（で）かけます　（穿大衣的狀態下，出門）

用法 對於發表不自量力言論的人，可以說這句話來批評對方。對方實際上說的並不是夢話，卻用這種說法批評對方，而且後面又使用了「言います」（說）的「命令形」，屬於尖銳的、可能破壞感情的用法，要特別注意謹慎使用。

會話練習

後輩（こうはい）：先輩（せんぱい）、俺（おれ）って* もしかして 本当（ほんとう）に 俳優（はいゆう）に向（む）いてる と思（おも）いません？

- って：表示：主題（＝は）
- もしかして：也許
- 本当に：真的
- 俳優に向いてる：適合當演員；「俳優に向いている」的省略說法；「に」表示「方面」
- と思いません？：不覺得…嗎？「と」表示「提示內容」

太郎：何言ってんだ。

在說什麼啊？「何を言っているんだ」的省略說法；「んだ」表示「關心好奇、期待回答」

後輩：こっちの角度から見ると*堺雅人にそっくりですよね。

從這個角度 / 看的話，就… / 和…很像對吧？「に」表示「方面」；「よ」表示「提醒」；「ね」表示「期待同意」

太郎：寝言は寝て言え！ どっちかと言うと菅直人だ。

要說是哪一個的話；「か」表示「疑問」；「言う」前面的「と」表示「提示內容」；最後的「と」表示「條件表現」

使用文型

[名詞]＋って　表示主題（＝は）

- 俺（我）→ 俺って*（我…）
- 日本人（日本人）→ 日本人って（日本人…）
- 金閣寺（金閣寺）→ 金閣寺って（金閣寺…）

動詞／い形容詞／な形容詞＋だ／名詞＋だ

[普通形（限：現在形）]＋と、～　條件表現

※「な形容詞」、「名詞」的「普通形-現在肯定形」，需要有「だ」再接續。

- 動　見ます（看）→ 見ると*（看的話，就～）
- い　安い（便宜的）→ 安いと（便宜的話，就～）
- な　必要（な）（必要）→ 必要だと（必要的話，就～）
- 名　イケメン（帥哥）→ イケメンだと（是帥哥的話，就～）

中譯
學弟：學長，你不覺得也許我真的適合當演員嗎？
太郎：你在說什麼啊？
學弟：從這個角度看的話，我和堺雅人很像對吧？
太郎：痴人說夢話！要說像哪一個的話，是像菅直人（日本的前首相）。

吐槽
099

MP3 099

你在痴人說夢話。

何(なに)寝(ね)ぼけたこと言(い)ってんだ。

何	寝ぼけた	こと	言って	(い)る	んだ
名詞（疑問詞）：什麼、任何	動詞：剛睡醒頭腦不清楚（寝ぼけます⇒た形）	助詞：表示動作作用對象（口語時可省略）	動詞：説（言います⇒て形）	補助動詞：（います⇒辭書形）	連語：ん＋だ（此處=んですか，因為有「何」，所以不用加「か」即能表示「疑問」）ん…形式名詞（の⇒縮約表現）だ…助動詞：表示斷定（です⇒普通形-現在肯定形）

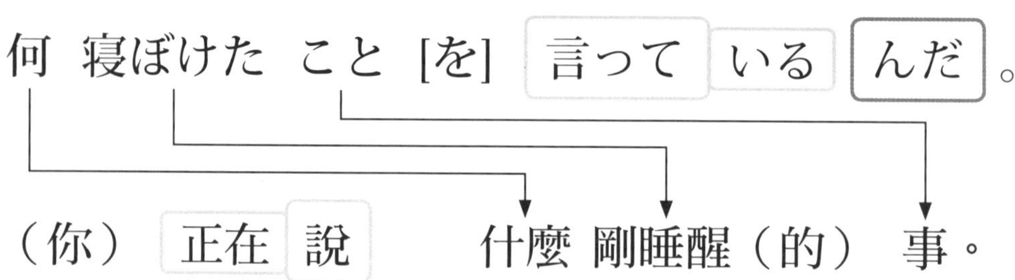

※ 口語時，「ている」的後面如果是「んだ」，可省略「いる」。

使用文型

動詞
[て形] ＋ います　正在 [做] ～

言います（說）	→ 言(い)っています	（正在說）
電話します（打電話）	→ 電話(でんわ)しています	（正在打電話）
飲みます（喝）	→ 飲(の)んでいます	（正在喝）

動詞／い形容詞／な形容詞＋な／名詞＋な
疑問詞 ＋ [普通形] ＋ んだ　關心好奇、期待回答

※ 此為「普通體文型」用法，「丁寧體文型」為「疑問詞＋～んですか」。
※「な形容詞」、「名詞」的「普通形-現在肯定形」，需要有「な」再接續。

動	言っています（正在說）	→ 何寝ぼけたこと[を]言っているんだ （正在說什麼剛睡醒的事啊？）
い	欲しい（想要的）	→ 何が欲しいんだ　（想要什麼呢？）
な	嫌い（な）（討厭）	→ どうして嫌いなんだ　（為什麼討厭呢？）
名	本物（真貨）	→ どれが本物なんだ　（哪一個是真貨呢？）

用法 對說出無法實現、很誇張、或是錯誤想法的事情的人，可以說這句話。

會話練習

（テレビの解説員が自論を述べている）
電視　正在陳述自己的觀點

解説員：世界はまさにグローバル時代であり、私たちも英語をもっと学ばねばなりません*。将来国境はなくなり、人、物、情報が自由に往来する時代となり、多文化社会の到来はもう目の前に…

正是／是全球化時代；「であり」是「であります」的中止形用法／更加／必須學習／消失／變成自由往來的時代；「となり」是「となります」的中止形用法；「と」表示「變化結果」／已經／眼前；「に」表示「存在位置」

太郎：何寝ぼけたこと言ってんだ。文化は別々だから面白いんだよ、世界のどこへ行ってもみんな同じ言葉しゃべって、どこ行っても同じように文化が混在していたら、海外旅行の楽しみがなくなるじゃないか*。

因為不同／有趣；「んだ」表示「強調」；「よ」表示「感嘆」／即使去某個地方，也…／說同樣的語言；「同じ言葉をしゃべって」的省略說法；「て形」表示「附帶狀況」／即使去，也…／同樣地／如果混雜著的話／樂趣／會消失，不是嗎？

使用文型

動詞

[ない形] + ねばなりません　　必須 [做] ～（鄭重說法）

※ 一般說法：動詞ない形 + なければなりません

学びます（學習）	→ 学(まな)ばねばなりません*	（必須學習）
謝ります（道歉）	→ 謝(あやま)らねばなりません	（必須道歉）
返します（歸還）	→ 返(かえ)さねばなりません	（必須歸還）

動詞／い形容詞／な形容詞／名詞

[普通形] + じゃないか　　不是～嗎？

※ 此為「普通體文型」用法，「丁寧體文型」為「～ではありませんか」或「～ではないですか」。

動	なくなります（消失）	→ なくなるじゃないか*	（不是會消失嗎？）
い	危ない（危險的）	→ 危(あぶ)ないじゃないか	（不是很危險嗎？）
な	不便（な）（不方便）	→ 不便(ふべん)じゃないか	（不是不方便嗎？）
名	偽物（仿冒品）	→ 偽物(にせもの)じゃないか	（不是仿冒品嗎？）

中譯　（電視解說員正在陳述自己的觀點）

解說員：世界正處於全球化時代，我們也必須學更多的英文。將來會沒有國境的區別，人、事物、情報會變成自由往來的時代，多元化社會的到來已經是近在眼前…

太郎：你在痴人說夢話。文化因為各不相同，所以才有趣啊。即使到世界各地，大家也都說同樣的語言，即使到任何地方，也同樣地混雜著文化的話，國外旅行的樂趣就會消失，不是嗎？

筆記頁

空白一頁，讓你記錄學習心得，也讓下一個單元，能以跨頁呈現，方便於對照閱讀。

（請加油！）

吐槽
100

MP3 100

不要廢話一堆，做你該做的！

つべこべ言（い）わずにやることやれ！

副詞：說三道四

動詞：說（言います⇒ない形除去[ない]）

助詞：文語否定形

助詞：表示動作方式

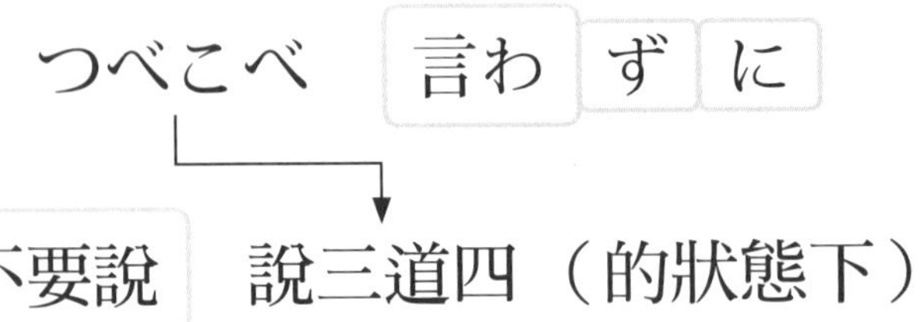

動詞：做（やります⇒辭書形）

助詞：表示動作作用對象（口語時可省略）

動詞：做（やります⇒命令形）

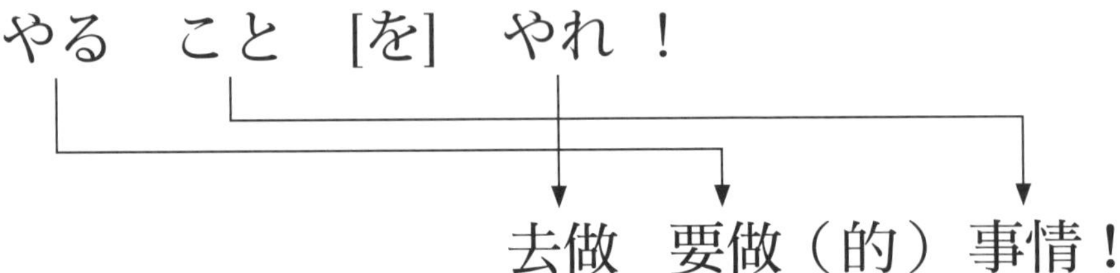

使用文型

動詞

[~~ない~~形]＋ずに、～　　附帶狀況（＝ないで）

言います（說）	→ 言（い）わずに	（在不說的狀態下，～）
読みます（讀）	→ 読（よ）まずに	（在不讀的狀態下，～）
わかります（懂）	→ わからずに	（在不懂的狀態下，～）

用法 對方老是找各種藉口，根本不想做事時，可以說這句話。「つべこべ」（說三道四）屬於負面的詞彙，後面又使用了「やります」（做）的「命令形」，屬於尖銳的、可能破壞感情的用法，要特別注意謹慎使用。

會話練習

（太郎が建設現場でバイトする）
工地現場　打工

監督：太郎、シート張った？
防護布鋪了嗎？「シートを張った？」的省略說法

太郎：いえ、まだです…。
還沒

監督：早くしろよ。資材運べないだろう。
快點去做；「よ」「よ」表示「感嘆」
材料會沒辦法搬運，對不對？「資材が運べないだろう」的省略說法

太郎：でも、張り方を聞いてから*の方がいいかと思って*…。
可是　鋪法　問過之後比較好；「…の方がいい」表示「…的那一方比較好」　以為…；「かと思って」是「かと思います」的「て形」，「て形」表示「原因」；「か」表示「疑問」；「と」表示「提示內容」；

監督：つべこべ言わずにやることやれ！

使用文型

動詞

[て形] ＋ から　[做] ～之後

聞きます（詢問）	→ 聞いてから*	（詢問之後）
結婚します（結婚）	→ 結婚してから	（結婚之後）
相談します（商量）	→ 相談してから	（商量之後）

動詞／い形容詞／な形容詞／名詞

[普通形] ＋ かと思います　以為～

動	留年します（留級）	→ 留年するかと思います	（以為會留級）
い	いい（好的）	→ ～の方がいいかと思います*	（以為…的那一方比較好）
な	便利（な）（方便）	→ 便利かと思います	（以為很方便）
名	外国人（外國人）	→ 外国人かと思います	（以為是外國人）

中譯　（太郎在工地現場打工）
監工：太郎，防護布鋪了嗎？
太郎：不，還沒有…。
監工：快點去做。材料會沒辦法搬運，對不對？
太郎：可是，我以為先問過鋪法再做比較好…。
監工：不要廢話一堆，做你該做的！

又在說些有的沒的了。

また口(くち)から出(で)まかせを…。

副詞：
又、再

助詞：
表示起點

助詞：表示
動作作用對象

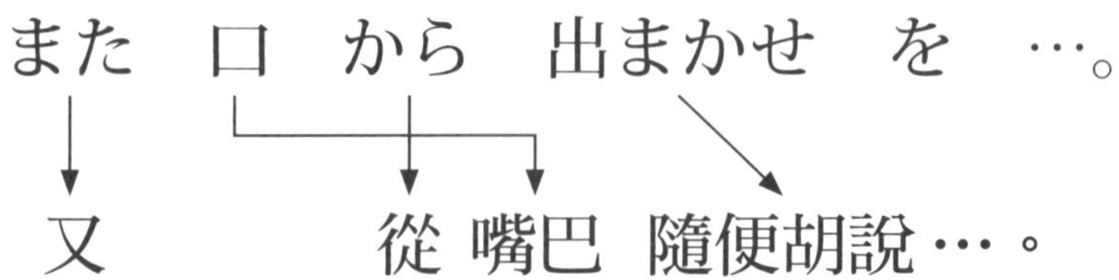

相關表現

「嘘(うそ)」的相關表現

不可能發生	→ そんなうまい話(はなし)があるか。	（怎麼可能有那麼好的事情。）
不會上當	→ そんな話(はなし)には騙(だま)されないぞ。	（我不會被那種話欺騙。）
老是說謊	→ 嘘(うそ)ばっかり	（老是說謊）

用法 對老是說謊的人，可以說這句話。

會話練習

花子(はなこ)：これ、飲(の)むだけで健康(けんこう)に痩(や)せられる薬(くすり)なんだって*。

- 飲むだけで：只是服用；「で」表示「手段、方法」
- 健康に痩せられる：能夠瘦得健康；「に」是「健康」的「副詞用法」
- なんだって：「んだ」表示「強調」；「って」表示「聽說」

太郎(たろう)：そんなうまい話(はなし)があるはずない*よ。

- そんなうまい話：那種好事
- あるはずないよ：不可能有；「あるはずがないよ」的省略說法；「よ」表示「看淡」

花子：運動しなくても 体脂肪が減る んだって* 食事制限も
即使不做運動，也… 減少體脂肪 「んだ」表示「強調」；「って」表示「聽說」 控制飲食

一切必要ない って言ってた。
完全不需要 說了…；「って言っていた」的省略說法；前面的「って」表示「提示內容」

太郎：また口から出まかせを…。そんなの 信じたら だめだよ。
那種話；「の」表示「代替名詞」，等同「話」 如果相信的話 不行喔；「よ」表示「提醒」

使用文型

動詞／い形容詞／な形容詞＋な／名詞＋な

［ 普通形 ］＋んだって 強調＋聽說

※「んだ」表示「強調」；「って」表示「聽說」。
※「な形容詞」、「名詞」的「普通形-現在肯定形」，需要有「な」再接續。

動	減ります（減少）	→ 減るんだって*	（聽說會減少）
い	安い（便宜的）	→ 安いんだって	（聽說很便宜）
な	危険（な）（危險）	→ 危険なんだって	（聽說很危險）
名	薬（藥）	→ 痩せられる 薬なんだって*	（聽說是能夠瘦下來的藥）

動詞／い形容詞／な形容詞＋な／名詞＋の

［ 普通形 ］＋はずがない 不可能～

※「な形容詞」的「普通形-現在肯定形」需要有「な」；「名詞」需要有「の」再接續。
※ 口語時，可省略「～はずがない」的「が」。

動	あります（有）	→ あるはず[が]ない*	（不可能有）
い	おいしい（好吃的）	→ おいしいはず[が]ない	（不可能好吃）
な	暇（な）（空閒）	→ 暇なはず[が]ない	（不可能有空）
名	外国人（外國人）	→ 外国人のはず[が]ない	（不可能是外國人）

中譯
花子：這個，聽說是只要服用就可以瘦得健康的藥。
太郎：不可能有那種好事啦。
花子：聽說即使不運動也可以減少體脂肪。說完全不用控制飲食。
太郎：又在說些有的沒的了。相信那種話的話，是不行的喔。

吐槽 102

MP3 102

不要牽拖啦！

言い訳すんな！

動詞：辯解（言い訳します⇒辭書形）

辭書形＋な⇒禁止形

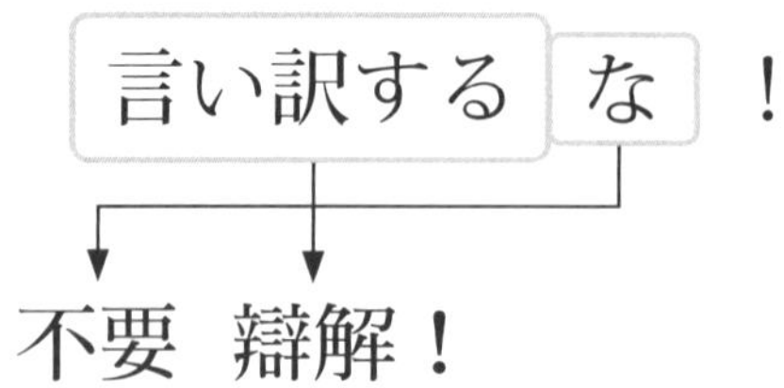

※「言い訳するな」的「縮約表現」是「言い訳すんな」，口語時常使用「縮約表現」。

使用文型

動詞

[辭書形] ＋ な（＝禁止形）　別 [做] ～、不准 [做] ～（表示禁止）

言い訳します（辯解）	→ 言い訳するな	（不要辯解）
座ります（坐）	→ 座るな	（不要坐下）
開けます（打開）	→ 開けるな	（不要打開）

用法 對找藉口企圖迴避責任的人，可以說這句話。

會話練習

父親：なんだ、この成績は？　評価がCばかり じゃないか。

（なんだ：什麼；Cばかり：都是C；じゃないか：…不是嗎？）

太郎：まあ、最近いろいろ 忙しくて*、履修数も多かったし…。

（まあ：是啊；いろいろ：各個方面；忙しくて：因為忙碌；「て形」表示「原因」；履修数も多かったし：上課數目也很多；「し」表示「列舉理由」）

父親：言い訳すんな！　父さんの大学時代は

働きながら*家計を助けて ちゃんと 授業も出て…。

（働きながら家計を助けて：一邊工作，一邊幫忙家計；「て形」表示「附帶狀況」；ちゃんと：好好地；授業も出て：也有去上課；「て形」表示「附帶狀況」）

太郎：はいはい。その話はもう 何度も聞きました。

（はいはい：是、是；その話：那些話；もう：已經；何度も聞きました：聽好多次了）

使用文型

動詞　い形容詞　な形容詞

[て形／－い＋くて／－な＋で／名詞＋で]、～　因為～，所以～

動	寝坊します（睡過頭）	→ 寝坊して	（因為睡過頭，所以～）
い	忙しい（忙碌的）	→ 忙しくて*	（因為忙碌，所以～）
な	大変（な）（辛苦）	→ 大変で	（因為辛苦，所以～）
名	金持ち（有錢人）	→ 金持ちで	（因為是有錢人，所以～）

動詞

[ます形]＋ながら　一邊[做]～，一邊～

働きます（工作）	→ 働きながら*	（一邊工作，一邊～）
話します（說話）	→ 話しながら	（一邊說話，一邊～）
見ます（看）	→ 見ながら	（一邊看，一邊～）

中譯

父親：什麼，這個成績？評價都是C，不是嗎？

太郎：是啊，因為最近忙著各種事情，上課數也很多…。

父親：不要牽拖啦！爸爸的大學時代是一邊工作一邊幫忙家計，也有好好地去上課…。

太郎：是、是。那些話已經聽好多次了。

吐槽
103

你不要裝傻！

しらばっくれんな！

動詞：假裝不知道（しらばっくれます⇒辭書形）

辭書形＋な⇒禁止形

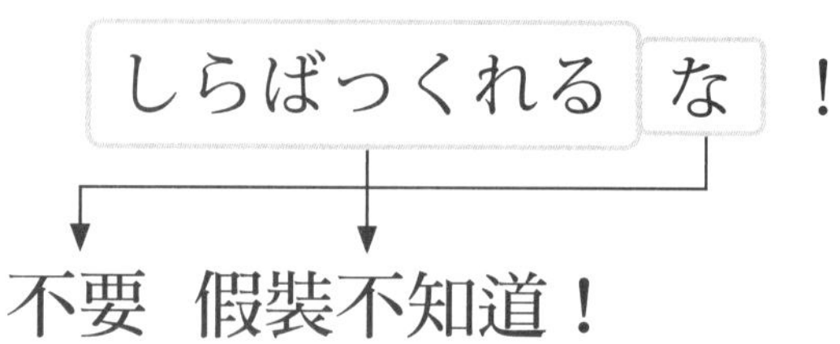

※「しらばっくれるな」的「縮約表現」是「しらばっくれんな」，口語時常使用「縮約表現」。

使用文型

動詞

[辭書形]＋な（＝禁止形）　別[做]～、不准[做]～（表示禁止）

しらばっくれます（假裝不知道）	→ しらばっくれるな	（不要假裝不知道）
言います（說）	→ 言(い)うな	（不要說）
座ります（坐）	→ 座(すわ)るな	（不要坐下）

用法 對佯裝不知情，企圖矇混過去的人，可以說這句話。「しらばっくれます」（假裝不知道）接續「禁止形」屬於尖銳的、可能破壞感情的用法，要特別注意謹慎使用。

會話練習

太郎：おい、次郎、勝手に俺のバイク乗っただろ。

喂　擅自　騎了摩托車，對不對？「バイクを乗っただろう」的省略說法

次郎：え？　乗ってないよー。

沒有騎喔；「乗っていないよー」的省略說法；「よー」表示「感嘆」

太郎：しらばっくれんな！　この前、ガソリン

汽油

満タンにしたばかり*なのに、もう空じゃないか。

剛剛加滿，卻…；「のに」表示「卻…」　已經　空了，不是嗎

次郎：僕じゃないって*。花子ちゃんじゃないの？

表示：強烈主張、輕微不耐煩　不是…嗎？「の？」表示「關心好奇、期待回答」

使用文型

動詞

[た形]＋ばかり　剛剛[做]～

満タンにします（加滿）	→ 満タンにしたばかり*	（剛剛加滿）
起きます（起床）	→ 起きたばかり	（剛剛起床）
入社します（進入公司）	→ 入社したばかり	（剛剛進入公司）

動詞／い形容詞／な形容詞＋だ／名詞＋だ

[　普通形　]＋って　表示強烈主張、輕微不耐煩

※「な形容詞」、「名詞」的「普通形-現在肯定形」，需要有「だ」再接續。

動	やっています（做著的狀態）	→ ちゃんとやっているって	（有好好地做）
い	安い（便宜的）	→ 本当に安いって	（真的很便宜）
な	だいじょうぶ（な）（沒問題）	→ だいじょうぶだって	（沒問題的）
名	僕（我）	→ 僕じゃないって*	（不是我啦）

中譯

太郎：喂，次郎，你擅自騎了我的摩托車，對不對？
次郎：咦？我沒有騎喔。
太郎：你不要裝傻！我之前剛加滿汽油，卻已經空了，不是嗎？
次郎：不是我啦。不是花子騎的嗎？

MP3 104

你的表情好像在說謊。

顔（かお）に嘘（うそ）って書（か）いてあるよ。

助詞：表示動作歸著點　助詞：提示內容　動詞：寫（書きます⇒て形）　補助動詞：（あります⇒辭書形）　助詞：表示提醒

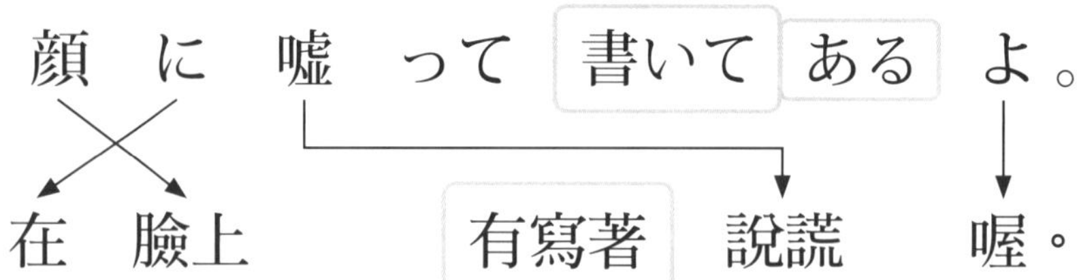

使用文型

他動詞

[て形] + あります　　目前狀態（有目的・強調意圖的）

書きます（寫）	→ 書（か）いてあります	（寫著的狀態）
貼ります（張貼）	→ 貼（は）ってあります	（張貼著的狀態）
冷やします（冰鎮）	→ 冷（ひ）やしてあります	（冰鎮著的狀態）

用法　指責對方說謊時，可以說這句話。

會話練習

花子（はなこ）：昨日（きのう）のバイトの面接（めんせつ）、どうだった？
（バイトの面接：打工的面試；どうだった？：怎麼樣了？）

太郎：あ、あれね。あんまり条件よくない*から、行くの*やめた。

表示：留住注意 ／ 條件不怎麼好；「あんまり条件がよくない」的省略說法 ／ 因為 ／ 放棄要去；「行くのをやめた」的省略說法「の」表示「形式名詞」

花子：顔に嘘って書いてあるよ。面接受けたけど 結局

雖然參加面試了，但是…；「面接を受けたけど」的省略說法；「けど」表示「逆接」 ／ 結果

採用されなかったんでしょ*。

沒有被錄用，對不對？

使用文型

動詞　い形容詞　な形容詞

あんまり＋[ない形／－い＋くない／－な＋じゃない]　不怎麼~、沒怎麼~

※「あんまり」是「あまり」的強調語氣。

動	行きます（去）	→ あんまり行かない	（不怎麼去）
い	よい（好的）	→ あんまり条件[が]よくない*	（條件不怎麼好）
な	好き（な）（喜歡）	→ あんまり好きじゃない	（不怎麼喜歡）

動詞／い形容詞／な形容詞+な／名詞+な

[　普通形　]＋んでしょ？　~對不對？（強調語氣）

※「な形容詞」、「名詞」的「普通形-現在肯定形」，需要有「な」再接續。
※ 此為「~んでしょう」的「省略說法」，口語時常使用「省略說法」。
※「~んでしょう」為「でしょう」的強調語氣。

動	採用されます（被錄用）	→ 採用されなかったんでしょ[う]？*	（沒有被錄用對不對？）
い	辛い（辣的）	→ 辛いんでしょ[う]？	（很辣對不對？）
な	上手（な）（擅長）	→ 上手なんでしょ[う]？	（很擅長對不對？）
名	元カノ（前女友）	→ 元カノなんでしょ[う]？	（是前女友對不對？）

中譯　花子：昨天打工的面試怎麼樣了？
太郎：啊，那個啊。因為條件不怎麼好，我放棄去工作的念頭了。
花子：你的表情好像在說謊。你去參加面試了，但是結果並沒有被錄用，對不對？

MP3 105

我才不會上你的當。

その手(て)には乗(の)らないよ。

連體詞：	助詞：	助詞：	動詞：上當	助詞：
那個	表示方面	表示對比（區別）	（乗ります⇒ない形）	表示感嘆

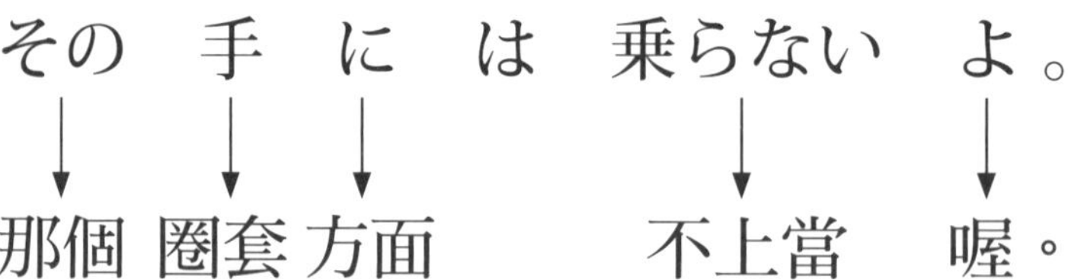

相關表現

各種「手」的用法

具體概念的「手」	→ 手(て)を挙(あ)げる	（舉手）
抽象概念的「手」	→ 手(て)をつける	（著手、開始去做）
立場	→ 買(か)い手(て)が現(あら)われる	（出現買家）
手段、方法	→ 治療(ちりょう)のための手(て)は尽くした	（用盡了治療的方法）

用法 對想用巧妙話術騙人的人，可以說這句話。

會話練習

花子(はなこ)：太郎(たろう)って＊優(やさ)しいよね。本当(ほんとう)に感謝(かんしゃ)してる。

- って：表示：主題（＝は）
- 優しいよね：很溫柔耶；「よ」表示「提醒」；「ね」表示「期待同意」
- 本当に：真的
- 感謝してる：感謝的狀態；「感謝している」的省略說法

太郎（たろう）：なんだよ突然（とつぜん）。
幹嘛啊；「よ」表示「感嘆」

花子（はなこ）：で、ちょっと お願（ねが）いがある んだ* けど。
然後（＝それで）　稍微　有個要求　「んだ」表示「強調」；「けど」表示「前言」，是一種緩折的語氣

太郎（たろう）：ああ、わかった。また デパート行（い）くから*
知道了　又　因為要去百貨公司；「デパートに行くから」的省略說法

荷物持（にもつも）ち係（がかり）でしょう？ その手（て）には乗（の）らないよ。
是（要我當）行李小弟，對不對？

使用文型

[名詞]＋って　表示主題（＝は）

太郎（太郎）	→ 太郎（たろう）って*	（太郎…）
北海道（北海道）	→ 北海道（ほっかいどう）って	（北海道…）
土砂崩れ（土石流）	→ 土砂崩（どしゃくず）れって	（土石流…）

動詞／い形容詞／な形容詞＋だ／名詞＋だ

[　普通形　]＋から　因為～

※「な形容詞」、「名詞」的「普通形-現在肯定形」，需要有「だ」再接續。

動	行きます（去）	→ 行（い）くから*	（因為要去）
い	軽い（輕的）	→ 軽（かる）いから	（因為很輕）
な	便利（な）（方便）	→ 便利（べんり）だから	（因為方便）
名	噂（傳聞）	→ 噂（うわさ）だから	（因為是傳聞）

中譯
花子：太郎很溫柔耶。真的很感謝你。
太郎：幹嘛啊。突然這樣。
花子：然後啊，我有個要求。
太郎：啊～，我知道了。因為你又要去百貨公司，所以要我當行李小弟，對不對？我才不會上你的當。

MP3 106

你很優柔寡斷耶！

煮(に)え切(き)らないなあ、もう！

慣用語：曖昧不明、猶豫不定　助詞：表示感嘆　感嘆詞：真是的、真氣人

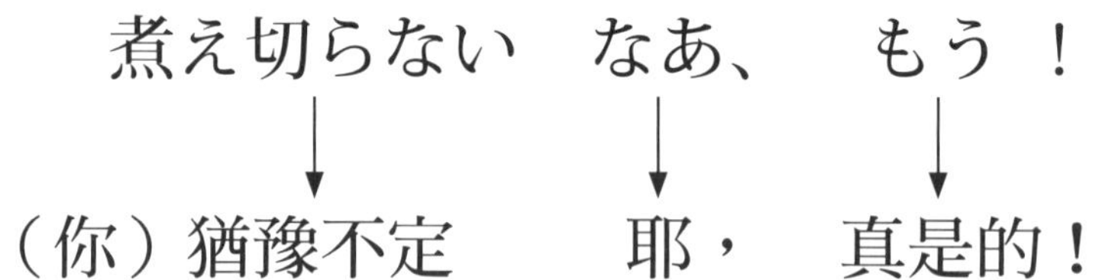

相關表現

對「優柔寡斷的人」所說的話

- **講清楚** → はっきりしてよ。　（講清楚一點。）
- **慢吞吞** → ぐずぐずするな！　（別慢吞吞的！）
- **快決定** → さっさと決(き)めてよ！　（趕快決定吧！）

用法 對方優柔寡斷，遲遲無法決定事情時，可以說這句話。

會話練習

花子(はなこ)：ねえ、美耶(みや)。この前(まえ)、隆夫(たかお)さんに告白(こくはく)されたんでしょ。

- この前：之前
- 隆夫さんに告白されたんでしょ：被…告白了，對不對？「に告白されたんでしょう」的省略說法；「に」表示「動作的對方」

で、どうなったの？*

- で：然後（＝それで）
- どうなったの？：變成怎樣了呢？「の？」表示「關心好奇、期待回答」

美耶（みや）：うん、まあ、嬉（うれ）しいけど…。
まあ：總之　嬉しいけど：高興；「けど」表示「前言」，是一種緩折的語氣

花子（はなこ）：で、ＯＫしたの？*
で：然後（＝それで）　ＯＫしたの？：答應了嗎？

美耶（みや）：え、まあ、ちょっと考（かんが）えてから*…。
え：表示：驚訝　まあ：總之　ちょっと：稍微　考えてから：考慮之後

花子（はなこ）：煮（に）え切（き）らないなあ、もう！

使用文型

動詞／い形容詞／な形容詞＋な／名詞＋な
[　普通形　]＋の？　關心好奇、期待回答

※此為「普通體文型」，「丁寧體文型」為「～んですか」。
※「な形容詞」、「名詞」的「普通形-現在肯定形」，需要有「な」再接續。

動	なります（變成）	→ どうなったの？*	（變成怎樣了呢？）
動	します（做）	→ ＯＫしたの？*	（答應了嗎？）
い	熱い（燙的）	→ 熱（あつ）いの？	（很燙嗎？）
な	好き（な）（喜歡）	→ まだ好（す）きなの？	（還喜歡嗎？）
名	留学生（留學生）	→ 留学生（りゅうがくせい）なの？	（是留學生嗎？）

動詞
[て形]＋から　[做]～之後

考えます（考慮）	→ 考（かんが）えてから*	（考慮之後）
決めます（決定）	→ 決（き）めてから	（決定之後）
予約します（預約）	→ 予約（よやく）してから	（預約之後）

中譯
花子：ㄟ，美耶。你之前被隆夫先生告白了，對不對？然後怎麼樣了？
美耶：嗯，總之我很高興…。
花子：然後，你答應了嗎？
美耶：咦？總之，我要考慮一下後…。
花子：你很優柔寡斷耶！

吐槽 107

MP3 107

你很會差遣人耶。

人(ひと)づかい荒(あら)いなあ。

助詞：表示焦點（口語時可省略）　　い形容詞：粗暴　　助詞：表示感嘆

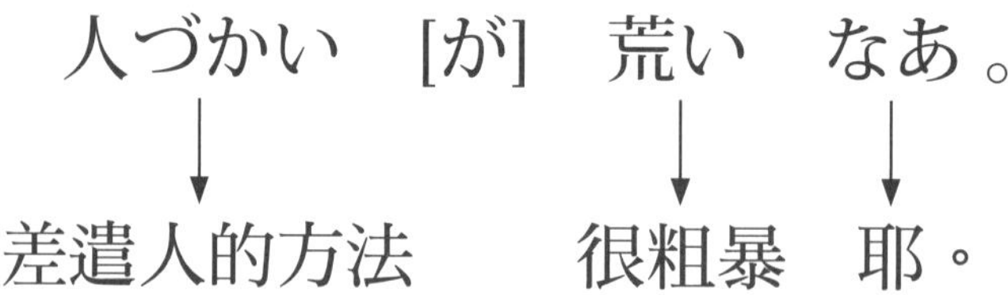

使用文型

[名詞] ＋ が ＋ 荒い　　～很粗暴、～很激烈

人づかい（差遣人的方法）	→ 人(ひと)づかいが荒(あら)い	（差遣人的方法很粗暴）
運転（駕駛）	→ 運転(うんてん)が荒(あら)い	（開車很粗暴） ※ 指常常突然緊急轉彎或緊急煞車等駕駛情況
金づかい（花錢的情況）	→ 金(かね)づかいが荒(あら)い	（花錢的情況很激烈、花錢很浪費）
言葉づかい（用詞）	→ 言葉(ことば)づかいが荒(あら)い	（用詞粗魯）

用法　對像使役牛馬一樣使喚人的人，所使用的一句話。

會話練習

（花子(はなこ)の引(ひ)っ越(こ)し〔搬家〕を手伝(てつだ)う〔幫忙〕）

花子：机はこっちね。それからパソコンの接続もやっておいて*ね。
（こっち：這邊；ね：表示：留住注意；それから：還有；パソコンの接続：電腦的連接設定；やっておいて＊ね：請採取做的措施喔；「やっておきます＋てください＋ね」的用法；「おいて」後面省略了「ください」；「ね」表示「留住注意」）

太郎：はいはい。よいしょっと。
（はいはい：是、是；よいしょっと：嘿咻）

花子：ああ、それから電球を買ってきてくれる？　あと、郵便局へ住所変更の手続きもお願い。
（電球：燈泡；買ってきてくれる？：可以為我買回來嗎？；あと：另外；郵便局：郵局；住所変更の手続き：變更地址的手續；お願い：拜託你）

太郎：人づかい荒いなあ。

使用文型

動詞

[て形]＋おきます　善後措施（為了以後方便）

やります（做）	→ やっておきます*	（採取做的措施）
洗います（清洗）	→ 洗っておきます	（採取清洗的措施）
貯金します（儲蓄）	→ 貯金しておきます	（採取儲蓄的措施）

動詞

[て形]＋ください　請[做]～

※ 丁寧體會話時，為「動詞て形 ＋ ください」。
※ 普通體、口語會話時，省略「ください」。

やっておきます（採取做的措施）	→ やっておいて[ください]*	（請採取做的措施）
言います（說）	→ 言って[ください]	（請說）
入ります（進入）	→ 入って[ください]	（請進入）

中譯（幫忙花子搬家）

花子：桌子放這邊喔。還有，電腦的連接設定也要用好喔。
太郎：是、是。嘿咻。
花子：啊～，還有，你可以為我買燈泡回來嗎？另外，去郵局辦理變更地址的手續也要拜託你。
太郎：你很會差遣人耶。

MP3 108

幫倒忙。（倒添麻煩）

ありがた迷惑（めいわく）だ。

な形容詞：倒添麻煩的好意　　な形容詞語尾：表示斷定（現在肯定形）

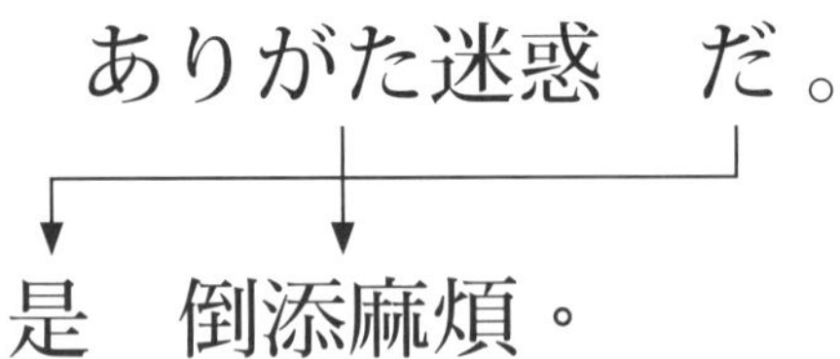

相關表現

「多管閒事」的相關說法

お節介（せっかい）　　（多管閒事）

大（おお）きなお世話（せわ）だ　　（多管閒事）

余計（よけい）なお世話（せわ）だ　　（多管閒事）

用法　對方好意幫忙，對自己來說卻是倒添麻煩時，所使用的一句話。

會話練習

太郎：ああ？　俺(おれ)の携帯(けいたい)になんでデコレーションついてんの？

なんで：為什麼
デコレーション：裝飾
ついてんの？：貼上了呢？「ついてんの？」是「ついているの？」的「縮約表現」；「ついて」前面省略了助詞「が」

花子：あ、私(わたし)の分(ぶん)、余(あま)ったからつけておいた*の。可愛(かわい)いでしょ。

余ったから：因為多出來了；「から」表示「原因理由」
つけておいたの：採取了貼上的措施；「の」表示「強調」
可愛いでしょ：很可愛，對不對？「可愛いでしょう」的省略說法

太郎：ありがた迷惑(めいわく)だ。こんな女々(めめ)しい携帯(けいたい)恥(は)ずかしくて*使(つか)えないよ。

こんな：這麼
女々しい：娘娘腔的
恥ずかしくて：因為難為情；「て形」表示「原因」
使えないよ：無法使用啦；「よ」表示「看淡」

使用文型

動詞

[て形] ＋ おいた　　善後措施（為了以後方便）

つけます（貼上、附上）	→ つけておいた*	（採取貼上的措施了）
片付けます（收拾）	→ 片付(かたづ)けておいた	（採取收拾的措施了）
洗います（清洗）	→ 洗(あら)っておいた	（採取清洗的措施了）

動詞　い形容詞　な形容詞

[て形／－い＋くて／－な＋で／名詞＋で]、～　因為～，所以～

動	寝坊します（睡過頭）	→ 寝坊(ねぼう)して	（因為睡過頭，所以～）
い	恥ずかしい（難為情的）	→ 恥(は)ずかしくて*	（因為難為情，所以～）
な	下手（な）（笨拙）	→ 下手(へた)で	（因為笨拙，所以～）
名	受験生（考生）	→ 受験生(じゅけんせい)で	（因為是考生，所以～）

中譯
太郎：啊～？我的手機為什麼貼上裝飾了呢？
花子：啊，因為我有多出來的，所以幫你貼上去了。很可愛，對不對？
太郎：幫倒忙。這麼娘娘腔的手機太難為情了，所以我無法使用啦！

吐槽 109

MP3 109

只顧自己享受，好自私哦。

自分（じぶん）だけずるいよ。

助詞：只是～而已、只有　　い形容詞：狡猾、不公平　　助詞：表示感嘆

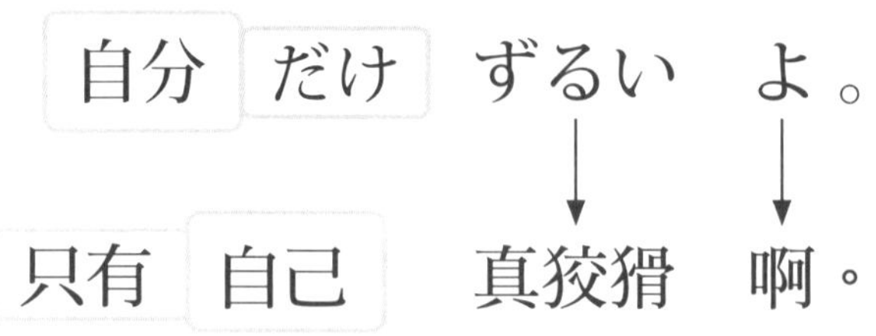

自分 だけ ずるい よ。

只有 自己 真狡猾 啊。

※「だけ」的後面省略了自己獨享的好事，例如「いい思（おも）いをして」（享受），或「おいしい物（もの）を食（た）べて」（吃好吃的東西）等等。

使用文型

動詞／い形容詞／な形容詞＋な／名詞

[　　普通形　　] ＋ だけ　只是～而已、只有

※「な形容詞」的「普通形-現在肯定形」，需要有「な」再接續。

動	飲みます（喝）	→ 飲（の）んだだけ	（只是喝了而已）
い	大きい（大的）	→ 大（おお）きいだけ	（只是大而已）
な	親切（な）（親切）	→ 親切（しんせつ）なだけ	（只是親切而已）
名	自分（自己）	→ 自分（じぶん）だけ	（只有自己）

用法 好事被獨佔時，可以用這句話表示抗議。

會話練習

太郎（たろう）：あ、ハーゲンダッツ！ 僕（ぼく）にもちょうだい！

哈根達斯　　也給我；「に」表示「動作的對方」；「も」表示「也」

花子（はなこ）：だめー。

不行

太郎（たろう）：自分（じぶん）だけずるいよ。少（すこ）しぐらい 分（わ）けてくれ*たって*…。

一點點；「ぐらい」表示「微不足道」　　即使分給我也（可以不是嗎？）；「分けてくれる＋たって」的用法；後面省略了「いいじゃないか」

使用文型

動詞

[て形]＋くれる　　別人為我[做]～

※ 此為「普通體文型」，「丁寧體文型」為「動詞て形 ＋ くれます」。

分けます（分）	→ 分（わ）けてくれる*	（別人分給我）
教えます（告訴）	→ 教（おし）えてくれる	（別人告訴我）
紹介（介紹）	→ 紹介（しょうかい）してくれる	（別人為我介紹）

動詞　い形容詞　な形容詞

[た形／－い＋く／－な／名詞]＋たって／だって　即使～也

※「動詞濁音的た形」、「な形容詞」、「名詞」要接續「だって」。

動	分けてくれます（分給我）	→ 分（わ）けてくれたって*　（即使分給我也～）
動-濁	飲みます（喝）	→ いくら飲（の）んだって一律（いちりつ）1000円（せんえん）ですよ（即使喝多少，也一律是1000日圓）
い	高い（貴的）	→ 高（たか）くたって買（か）います　（即使貴也要買）
な	ハンサム（な）（帥氣）	→ ハンサムだって、仕事（しごと）には関係（かんけい）がない（即使帥氣，和工作也沒有關係）
名	おばさん（阿姨）	→ おばさんだって恋（こい）がしたいのよ（即使是阿姨也想要談戀愛啊）

中譯
太郎：啊，哈根達斯！我也要！
花子：不行。
太郎：只顧自己享受，好自私哦。即使分一點給我，也…（可以不是嗎？）。

諷刺
110

MP3 110

有嘴說別人，沒嘴說自己，你很敢講喔。

自分(じぶん)のことは棚(たな)に上(あ)げて、よく言(い)うよ。

の	は	棚に上げて	よく	言う	よ
助詞：表示所屬	助詞：表示對比（區別）	連語：置之不理（棚に上げます的て形）（て形表示附帶狀況）	副詞：～得好、很敢～	動詞：說（言います⇒辭書形）	助詞：表示看淡

自分 の こと は 棚に上げて 、よく 言う よ。
↓ ↓ ↓ ↓ ↓
自己 的 事情 置之不理的狀態下 ，很敢 說。

使用文型

動詞
［て形］、～　附帶狀況

棚に上げます（置之不理）→ 棚(たな)に上(あ)げてよく言(い)うよ（置之不理的狀態下，很敢說）

見ます（看）→ 目(め)を見(み)て話(はな)してください（看著眼睛的狀態下，請說）

開きます（打開）→ 心(こころ)を開(ひら)いて、交流(こうりゅう)します（敞開胸懷的狀態下，交流）

用法 對方縱容自身的言行舉止，卻嚴格要求他人時，可以說這句話。

會話練習

花子(はなこ)：太郎(たろう)、またフェースブックでこそこそ知(し)らない女(おんな)と
Facebook　偷偷摸摸　和陌生的女人；「と」表示「動作夥伴」

チャットしてるでしょ。
聊天了，對不對？「チャットしているでしょう」的省略說法

太郎（たろう）：え？　別（べつ）に授業（じゅぎょう）の発表（はっぴょう）の打（う）ち合（あ）わせしてるだけ*だよ。

沒什麼特別　　只是商量而已啊；「打ち合わせしているだけだよ」的省略說法；「よ」表示「看淡」

花子（はなこ）：嘘（うそ）ばかり。これだから男（おとこ）は信（しん）じられないのよ。

老是說謊　　因為這樣，所以…　　無法相信；「の」表示「強調」；「よ」表示「感嘆」

太郎（たろう）：自分（じぶん）のことは棚（たな）に上（あ）げてよく言（い）うよ。自分（じぶん）だって

表示：並列（＝も）

LINEでこそこそやってるくせに。

表示：動作進行地點　　明明做了，卻…「やっているくせに」的省略說法

使用文型

動詞／い形容詞／な形容詞＋な／名詞

[　普通形　]＋だけ　只是～而已、只有

※「な形容詞」的「普通形-現在肯定形」，需要有「な」再接續。

動	打ち合わせして[い]ます（商量的狀態）	→ 打（う）ち合（あ）わせして[い]るだけ*	（只是商量而已）
い	大きい（大的）	→ 大（おお）きいだけ	（只是大而已）
な	きれい（な）（漂亮）	→ きれいなだけ	（只是漂亮而已）
名	一周（一星期）	→ 一周（いっしゅう）だけ	（只有一星期）

動詞／い形容詞／な形容詞＋な／名詞＋の

[　普通形　]＋くせに　明明～，卻～

※「な形容詞」的「普通形-現在肯定形」，需要有「な」再接續；「名詞」需要有「の」再接續。

動	やって[い]ます（做的狀態）	→ やって[い]るくせに*	（明明處於做的狀態，卻～）
い	安い（便宜的）	→ 安（やす）いくせに	（明明很便宜，卻～）
な	静か（な）（安靜）	→ 静（しず）かなくせに	（明明很安靜，卻～）
名	学生（學生）	→ 学生（がくせい）のくせに	（明明是學生，卻～）

中譯　花子：太郎，你又在Facebook上偷偷摸摸地和陌生的女人聊天了，對不對？
太郎：咦？我們沒特別怎樣，只是商量上課發表的內容啊。
花子：你老是說謊。因為這樣，所以我才無法相信男人啊。
太郎：有嘴說別人，沒嘴說自己，你很敢講喔。明明你自己也在LINE上面偷偷摸摸地和別人聯絡，卻…。

MP3 111

想看一看你的爸媽。（＝真不知道你爸媽怎麼教的。）

親(おや)の顔(かお)が見(み)てみたい。

親の顔	が	見て	み	たい	。
	助詞：表示所屬	助詞：表示焦點	動詞：看（見ます⇒て形）	補助動詞：[做]～看看（みます⇒ます形除去[ます]）	助動詞：表示希望

親の顔が見てみたい。

想要 看見 看看 （你）父母親的臉。

使用文型

動詞
[て形] ＋ みます　[做] ～看看

- 見ます（看）→ 見(み)てみます（看一看）
- 書きます（寫）→ 書(か)いてみます（寫看看）
- 飲みます（喝）→ 飲(の)んでみます（喝看看）

動詞
[~~ます~~形] ＋ たい　想要 [做] ～

- 見てみます（看一看）→ 見(み)てみたい（想要看一看）
- 泣きます（哭泣）→ 泣(な)きたい（想要哭泣）
- 旅行します（旅行）→ 旅行(りょこう)したい（想要旅行）

用法 用「怎麼教育出這種人」的質問來諷刺對方的行為。這句話意指對方的父母沒有好好教導，屬於尖銳的、可能破壞感情的話，要特別注意謹慎使用。

會話練習

（レストランで）
餐廳

太郎：うるさいなあ、あの高校生のグループ。
真吵啊；「なあ」表示「感嘆」　高中生　團體

花子：そうね。周りが見えてない*の*よ、きっと。
對啊；「ね」表示「表示同意」　周圍　看不見的狀態；「見えていないのよ」的省略說法；「の」表示「強調」；「よ」表示「感嘆」　一定

太郎：まったく、親の顔が見てみたいよ。
真是的　表示：感嘆

使用文型

動詞

[て形] ＋ いない　目前不是～的狀態

※ 此為「普通體文型」，「丁寧體文型」為「動詞て形 ＋ いません」。
※ 口語時，通常採用「普通體文型」說法，並可省略「動詞て形 ＋ いない」的「い」。

見えます（看得見）	→ 見えて[い]ない*	（目前不是看得見的狀態）
使います（使用）	→ 使って[い]ない	（目前不是使用的狀態）
結婚します（結婚）	→ 結婚して[い]ない	（目前不是已婚的狀態）

動詞／い形容詞／な形容詞＋な／名詞＋な

[　普通形　] ＋ の　強調

※ 此為「口語説法」，「普通體文型」為「～んだ」，「丁寧體文型」為「～んです」。
※「な形容詞」、「名詞」的「普通形-現在肯定形」，需要有「な」再接續。

動	見えて[い]ます（看不見的狀態）	→ 見えて[い]ないの*	（看不見的狀態）
い	安い（便宜的）	→ 安いの	（很便宜）
な	安全（な）（安全）	→ 安全なの	（很安全）
名	外国人（外國人）	→ 外国人なの	（是外國人）

中譯　（在餐廳）
太郎：真吵啊，那個高中生團體。
花子：對啊。一定沒有注意到周圍的人。
太郎：真是的，想看一看他們的爸媽。

MP3 112

色狼！

スケベ！

スケベ ！

色狼！

相關表現

罵人「好色」的說法

スケベ！ （色狼！）

ドスケベ （大色狼！）
（「ド」是表示加強程度的接頭辭）

痴漢（ちかん）！ （色狼！）

変態（へんたい）！ （變態！）

H（エッチ）！ （很色！）

セクハラ！ （性騷擾！）

用法 很生氣男性碰觸到自己的身體時，可以用這句話叱責對方。

會話練習

太郎（たろう）：ほら、早（はや）く 行（い）こう。（お尻（しり）を叩（たた）く）
ほら：引起對方注意的感嘆詞　早く：快點　行こう：去吧　お尻を叩く：拍打屁股

花子（はなこ）：スケベ！

太郎：なんだよ。減るもんじゃな＊し＊。
什麼嘛；「よ」表示「感嘆」
因為本來就不會減損；「減るものじゃない＋し」的縮約表現＋省略說法；「し」表示「列舉理由」

花子：「親しき仲にも礼儀あり」って言うでしょ。気安く触らないで。
有句話說「親密的夥伴之間也有禮儀」，對不對？「って」表示「提示內容」
隨便
請不要觸碰；口語時「ないで」後面可省略「ください」

使用文型

動詞

[辭書形]＋ものじゃない　本來就不是～

※口語時，「もの」通常會採用「縮約表現」，變成「もん」。
※上方會話句因為後面接續「し」，所以省略了「～ものじゃない」的「い」。

減ります（減損）→ 減るものじゃない。＊（本來就不會減損。）

入ります（進入）→ 昔、男性は厨房に入るものじゃないと言われていた。
（早期，有所謂「男性不應該進入廚房」的說法。）

無理をします（勉強）→ そんな無理をするものじゃない。たまには休んだ方がいい。
（本來就不用那麼勉強，偶爾休息比較好。）

動詞／い形容詞／な形容詞＋だ／名詞＋だ

[普通形]＋し　列舉理由

※「な形容詞」、「名詞」的「普通形-現在肯定形」，需要有「だ」再接續。

動	負けます（輸）	→ 負けたし	（因為輸了）
い	寒い（寒冷的）	→ 寒いし	（因為很冷）
な	下手（な）（笨拙）	→ 下手だし	（因為笨拙）
名	もの（形式名詞）	→ 減るものじゃないし＊	（因為本來就不會減損）

中譯
太郎：喂，快點去吧。（拍拍屁股）
花子：色狼！
太郎：什麼嘛。本來就不會有什麼減損。
花子：俗話說「親密的夥伴之間也有禮儀」，對不對？你不要隨便碰我。

MP3 113

叛徒！

裏切り者（うらぎりもの）！

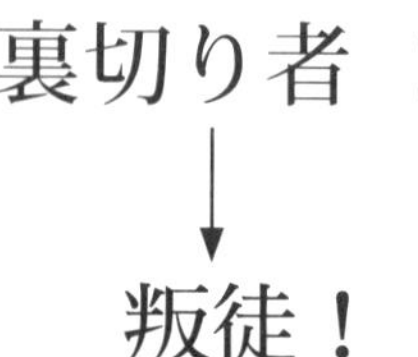

裏切り者　！

↓

叛徒！

相關表現

「罵人」的相關表現

欺騙	→ 嘘（うそ）つき！	（騙子！）
沒人性	→ 人（ひと）でなし！	（泯滅人性！）
背叛	→ よくも裏切（うらぎ）ったな！	（很敢背叛別人啊！）

用法 對背叛約定等事情的人，可以說這句話。「裏切り者」（叛徒）是很強烈的罵人詞彙，可能破壞彼此感情，要特別注意謹慎使用。

會話練習

太郎（たろう）：花子（はなこ）！　先輩（せんぱい）が書（か）いた去年（きょねん）のレポートを丸写（まるうつ）しした

學長 ／ 去年所寫的報告 ／ 整個照抄

こと先生（せんせい）にチクッただろう？

向…告密了，對不對？「に」表示「動作的對方」

花子（はなこ）：そうよ。だって事実（じじつ）でしょう？

對啊；「よ」表示「看淡」 ／ 因為 ／ 是事實，對不對？

太郎（たろう）：裏切り者（うらぎりもの）！　もし　単位落（たんいお）としたら＊　どうしてくれるんだよ。

もし：如果
単位落としたら：沒有取得學分的話；「単位を落としたら」的省略說法
どうしてくれるんだよ：要如何為我處理啊？；「んだ」表示「關心好奇、期待回答」；「よ」表示「感嘆」

花子（はなこ）：自業自得（じごうじとく）でしょ。　最初（さいしょ）から　まじめに　やればいい＊　だけじゃない。

自業自得でしょ：是自作自受，對不對？「自業自得でしょう」的省略說法
最初から：從一開始
まじめに：認真地
やればいい：做的話就好了
だけじゃない：只要…不是嗎？

使用文型

動詞／い形容詞／な形容詞／名詞

[　た形／なかった形　]＋ら　如果～的話

動	落とします（沒取得（學分））	→ 単位（たんい）[を]落（お）としたら＊	（如果沒取得學分的話）
い	眠い（想睡的）	→ 眠（ねむ）かったら	（如果想睡的話）
な	複雑（な）（複雜）	→ 複雑（ふくざつ）だったら	（如果複雜的話）
名	半額（半價）	→ 半額（はんがく）だったら	（如果是半價的話）

動詞

[條件形（～ば）]＋いい　[做]～就可以了、[做]～就好了

※ 此為「普通體文型」用法，「丁寧體文型」為「動詞條件形（～ば）＋いいです」。

やります（做）	→ やればいい＊	（做就好了）
言います（說）	→ 正直（しょうじき）に言（い）えばいい	（老實說就好了）
運動します（運動）	→ 運動（うんどう）すればいい	（運動就好了）

中譯
太郎：花子！你向老師告密說我照抄學長去年所寫的報告，對不對？
花子：對啊。因為是事實，對不對？
太郎：叛徒！如果我沒有拿到學分的話，你要如何處理？
花子：是你自作自受對不對？只要你一開始認真做就好了，不是嗎？

可惡！

チクショー！

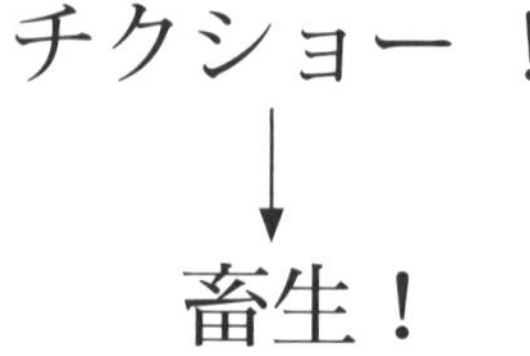

相關表現

「不服輸、遭遇困難時」的發洩說法

畜生	→ チクショー！	（畜生！）
	→ こんチクショー！	（你這個畜生！）
狗屎	→ くそ！	（狗屎！）
	→ なにくそ！	（算什麼狗屎！）

用法 生氣時，可以說這句話來表達怒意。大多使用於自言自語的時候。

會話練習

太郎（たろう）：あっ！

花子（はなこ）：どうしたの？*
怎麼了嗎？

太郎（たろう）：宝（たから）くじの当選番号（とうせんばんごう）、あと一（ひと）つ合（あ）っていれば* 1万円当（いちまんえんあた）ってた…。チクショー！

彩券　中獎號碼　再～　對中一個的話　中一萬日圓；「1万円が当たっていた」的省略說法；用過去形表示和事實相反的假想

花子（はなこ）：太郎（たろう）はほんと くじ運（うん）がないよね。

真的　沒有偏財運耶；「よ」表示「提醒」；「ね」表示「期待同意」

使用文型

動詞／い形容詞／な形容詞＋な／名詞＋な

[普通形]＋の？　關心好奇、期待回答

※ 此為「普通體文型」，「丁寧體文型」為「～んですか」。
※「な形容詞」、「名詞」的「普通形-現在肯定形」，需要有「な」再接續。

動	どうします（怎麼了）	→ どうしたの？*	（怎麼了嗎？）
い	つまらない（無聊的）	→ つまらないの？	（無聊嗎？）
な	きれい（な）（乾淨）	→ きれいなの？	（乾淨嗎？）
名	金持ち（有錢人）	→ 金持（かねも）ちなの？	（是有錢人嗎？）

動詞

[條件形（～ば）]　如果 [做] ～的話

合っています（符合的狀態）	→ あと一（ひと）つ合（あ）っていれば*	（如果再符合一個的話）
待ちます（等）	→ 待（ま）てば	（如果等待的話）
行きます（去）	→ 行（い）けば	（如果去的話）

中譯
太郎：啊！
花子：怎麼了嗎？
太郎：彩券的中獎號碼如果再中一個的話，就會得到一萬日圓…。可惡！
花子：太郎真的沒有偏財運耶。

MP3 115

滾出去！

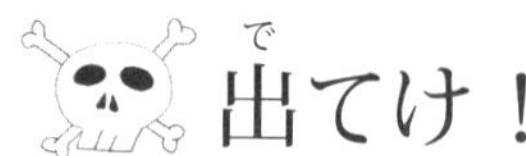

出(で)てけ！

動詞：出去
（出ます⇒て形）

補助動詞：
（行きます⇒命令形）
（口語時可省略い）

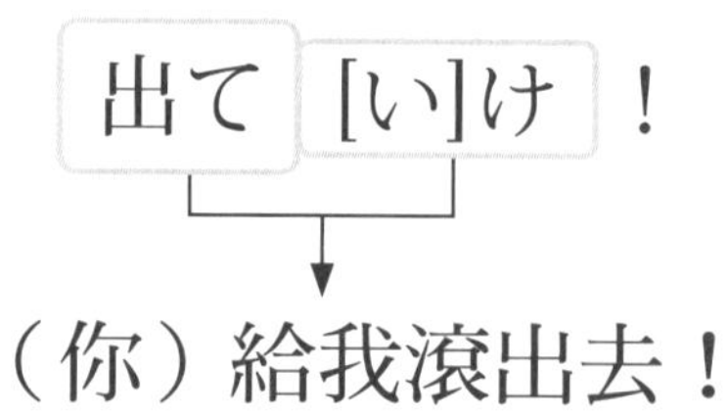

（你）給我滾出去！

使用文型

動詞

[て形]＋いきます　動作和移動（做～，再去）

出ます（出去）	→ 出(で)ていきます	（出去）
寄ります（順路）	→ 寄(よ)っていきます	（順路過去之後再走）
飲みます（喝）	→ 飲(の)んでいきます	（喝了再去）

用法　希望對方離開時，可以說這句話。「出ていきます」（出去）接續「命令形」，屬於尖銳的、可能破壞感情的用法，要特別注意謹慎使用。

會話練習

花子(はなこ)：何(なに)読(よ)んでるの？　見(み)せて見(み)せて。

何読んでるの？：正在讀什麼呢？「何を読んでいるの？」的省略說法；「の？」表示「關心好奇、期待回答」

見せて：給我看

太郎：あっ、勝手に部屋に入ってこないで*よ！

擅自 / 請不要進來啦；口語時「ないで」後面可省略「ください」；「よ」表示「感嘆」

花子：何それ、『女性の心をつかむ３０の方法』？

那是什麼？ / 抓住

はっは、そんな本読んでるんだ。

哈哈 / 讀那種書的狀態；「そんな本を読んでいるんだ」的省略說法；「んだ」表示「強調」

太郎：勝手に見るな*よ。出てけ！

不要看啦；「よ」表示「感嘆」

使用文型

動詞

[ない形]＋で＋ください　　請不要[做]～

※ 丁寧體會話時為「動詞ない形 ＋ で ＋ ください」。
※ 普通體、口語會話時，省略「ください」。

入ってきます（進來）	→ 入ってこないで[ください]*	（請不要進來）
怒ります（生氣）	→ 怒らないで[ください]	（請不要生氣）
書きます（寫）	→ 書かないで[ください]	（請不要寫）

動詞

[辭書形]＋な（＝禁止形）　別[做]～、不准[做]～（表示禁止）

見ます（看）	→ 見るな*	（不要看）
取ります（拿）	→ 取るな	（不要拿）
読みます（讀）	→ 読むな	（不要讀）

中譯
花子：你在讀什麼呢？給我看給我看。
太郎：啊，不要擅自進來人家房間啦。
花子：那是什麼？『抓住女人心的30種方法』？哈哈，你在看那種書。
太郎：不要擅自偷看啦。滾出去！

咒罵
116

MP3 116

活該。
ざまあみろ。

助詞：表示
動作作用對象
（此句通常省略を）

動詞：看
（見ます⇒命令形）

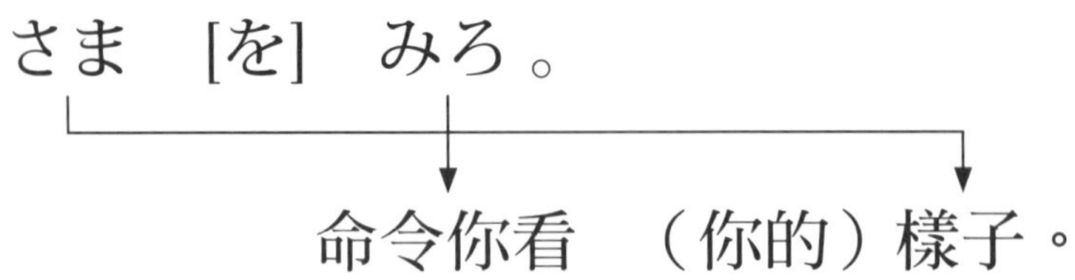

※「さまをみろ」的「縮約表現」是「ざまみろ」，口語時常使用「縮約表現」。
※「ざま」變成長音的「ざまあ」是「加強語氣」的用法。

相關表現

罵對方「活該」的各種說法

自業自得(じごうじとく)だ。（自作自受。）

墓穴(ぼけつ)を掘(ほ)ったな。（自掘墳墓。）

当然(とうぜん)の報(むく)いだ。（應得的報應。）

それ見(み)たことか。（你看，我之前不是警告過你了嗎？）

用法 討厭的人遇到不幸的事情，可以用這句話表達幸災樂禍的心情。

會話練習

太郎(たろう)：はっは、あの芸能人(げいのうじん)、番組降板(ばんぐみこうばん)だって*さ。

はっは：哈哈
芸能人：藝人
番組降板だってさ：說是節目被換掉；「って」表示「提示內容」；「さ」表示「留住注意」

花子：え？　不倫がばれたっていう？
外遇曝光了　說是…；等同「という」

太郎：そうそう。ざまあみろ。
是啊

花子：そうね、番組で家族の大切さとか言ってたくせに*ね。
對啊；「ね」表示「表示同意」　在節目上；「で」表示「動作進行地點」　重要性　之類的　明明說過了，卻…；「言っていたくせにね」的省略說法；「ね」表示「感嘆」

使用文型

動詞／い形容詞／な形容詞+だ／名詞+だ

[　普通形　]＋って　提示內容（聽說、根據自己所知）

※「な形容詞」、「名詞」的「普通形-現在肯定形」，需要有「だ」再接續。

動	買います（買）	→ 買ったって	（說買了）
い	忙しい（忙碌的）	→ 忙しいって	（說很忙碌）
な	きれい（な）（乾淨）	→ きれいだって	（說很乾淨）
名	番組降板（節目被換掉）	→ 番組降板だって*	（說是節目被換掉）

動詞／い形容詞／な形容詞＋な／名詞＋の

[　普通形　]＋くせに　明明～，卻～

※「な形容詞」的「普通形-現在肯定形」，需要有「な」再接續；「名詞」需要有「の」再接續。

動	言って[い]ます（處於說的狀態）	→ 言って[い]たくせに*	（明明說過了，卻～）
い	小さい（小的）	→ 小さいくせに	（明明很小，卻～）
な	にぎやか（な）（熱鬧）	→ にぎやかなくせに	（明明很熱鬧，卻～）
名	金持ち（有錢人）	→ 金持ちのくせに	（明明是有錢人，卻～）

中譯　太郎：哈哈，那個藝人的節目說是被換掉了。
花子：咦？說是外遇曝光了？
太郎：是啊、是啊。活該。
花子：對啊。明明在節目上說過家人的重要性之類的，卻…。

現世報了，活該。

罰(ばち)が当(あ)たったんだよ。ざまあ見(み)ろ。

罰	が	当たった	んだ	よ	ざまあ	[を]	見ろ
	助詞：表示焦點	動詞：遭受（当たります⇒た形）	連語：ん+だ=んです的普通體 ん…形式名詞（の⇒縮約表現） だ…助動詞：表示斷定（です⇒普通形-現在肯定形）	助詞：表示感嘆		助詞：表示動作作用對象（此句通常省略を）	動詞：看（見ます⇒命令形）

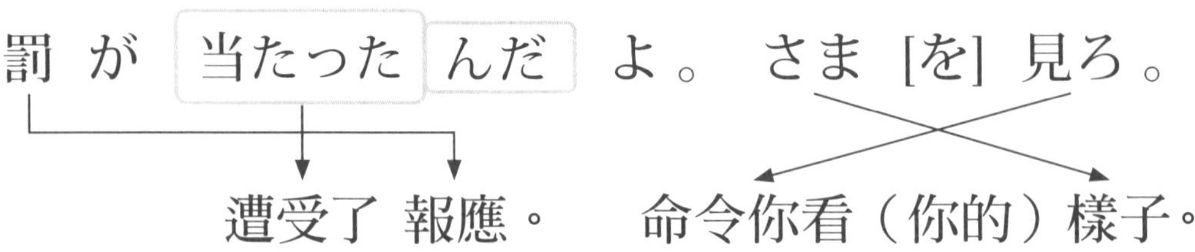

※「さまを見ろ」的「縮約表現」是「ざま見ろ」，口語時常使用「縮約表現」。
※「ざま」變成長音的「ざまあ」是「加強語氣」的用法。

使用文型

動詞／い形容詞／な形容詞+な／名詞+な

[普通形] + んです　強調

※ 此為「丁寧體文型」用法，「普通體文型」為「～んだ」，口語說法為「～の」。
※「な形容詞」、「名詞」的「普通形-現在肯定形」，需要有「な」再接續。

動	当たります（遭受）	→ 罰(ばち)が当(あ)たったんです	（遭受了報應）
い	忙しい（忙碌的）	→ 忙(いそが)しいんです	（很忙碌）
な	好き（な）（喜歡）	→ 好(す)きなんです	（很喜歡）
名	限定品（限量商品）	→ 限定品(げんていひん)なんです	（是限量商品）

用法 表示是對方以前所做壞事的報應，可以說這句話。

會話練習

花子（はなこ）：あの芸能人（げいのうじん）、株（かぶ）で大損（おおぞん）したんだって*。

藝人　股票；「で」表示「原因」　聽說損失慘重；

太郎（たろう）：サラリーマンを馬鹿（ばか）にしてた*あの芸能人（げいのうじん）？

上班族　把…當白痴看；「～を馬鹿にしていた」的省略說法

花子（はなこ）：そうそう。

是啊

太郎（たろう）：罰（ばち）が当（あ）たったんだよ、ざまあ見（み）ろ。

使用文型

動詞／い形容詞／な形容詞+な／名詞+な

[普通形] + んだって　強調+聽說

※「んだ」表示「強調」；「って」表示「聽說」。
※「な形容詞」、「名詞」的「普通形-現在肯定形」，需要有「な」再接續。

動	大損します（損失慘重）	→ 大損（おおぞん）したんだって*	（聽說損失慘重）
い	まずい（難吃的）	→ まずいんだって	（聽說很難吃）
な	大変（な）（辛苦）	→ 大変（たいへん）なんだって	（聽說很辛苦）
名	恋人同士（情侶關係）	→ 恋人同士（こいびとどうし）なんだって	（聽說是情侶關係）

[名詞（某人）] + を + 馬鹿にしていた　把～當白痴看

※ 口語時，可省略「～を馬鹿にしていた」的「い」。

サラリーマン（上班族）	→ サラリーマンを馬鹿（ばか）にして[い]た*	（把上班族當白痴看）
他の人（其他人）	→ 他（ほか）の人（ひと）を馬鹿（ばか）にして[い]た	（把其他人當白痴看）
私（我）	→ 私（わたし）を馬鹿（ばか）にして[い]た	（把我當白痴看）

中譯　花子：聽說那個藝人因為股票的緣故損失慘重。
太郎：把上班族當白痴看的那個藝人？
花子：是啊、是啊。
太郎：現世報了，活該。

MP3 118

你真的是泯滅人性！

この、人（ひと）でなし！

連體詞：
這個

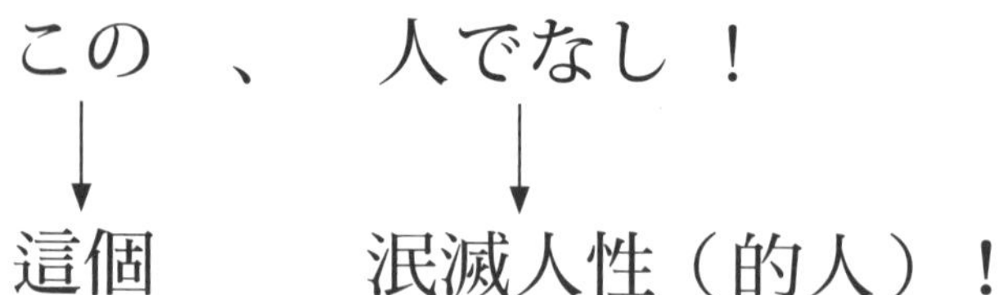

相關表現

「批評人」的類似表現

懶惰無用	→ ろくでなし（懶惰沒有用的人）
經濟能力差	→ 甲斐性（かいしょう）なし（經濟上不可靠的人、經濟上沒有生活能力的人）
米蟲	→ 穀潰（ごくつぶ）し（米蟲）

用法 對身為人卻做出最惡劣的行為的人，所說的一句話。句中的「人でなし」（泯滅人性）是很強烈的罵人詞彙，可能破壞彼此感情，要特別注意謹慎使用。

會話練習

花子：ちょっと、私の日記から勝手にポエムを
喂　表示：起點　擅自　詩

ブログに載せたでしょ。
刊登在部落格，對不對？「ブログに載せたでしょう」的省略說法；「に」表示「歸著點」

太郎：だって、おかしくて*さ。
因為　因為很可笑；「て形」表示「原因」；「さ」表示「輕微斷定」

花子：この、人でなし！　プライバシーって*観念がないの？
隱私權　沒有所謂的…觀念嗎？「って」等同「という」；「の？」表示「關心好奇、期待回答」

使用文型

動詞　い形容詞　な形容詞

[て形／－い＋くて／－な＋で／名詞＋で]、～　因為～，所以～

動	遅刻します（遲到）	→ 遅刻して	（因為遲到，所以～）
い	おかしい（可笑的）	→ おかしくて*	（因為很可笑，所以～）
な	有名（な）（有名）	→ 有名で	（因為很有名，所以～）
名	地震（地震）	→ 地震で	（因為是地震，所以～）

[名詞A]＋っていう＋[名詞B]　所謂名詞A的名詞B

※「っていう」等同「という」，「と」表示「提示內容」，「いう」的功用是接續名詞。
※可省略「いう」。

プライバシー（隱私權）、観念（觀念）	→ プライバシーって[いう]観念*	（所謂隱私權的觀念）
コンサルタント（顧問）、仕事（工作）	→ コンサルタントって[いう]仕事	（所謂顧問的工作）
アベノミクス（安倍經濟）、政策（政策）	→ アベノミクスって[いう]政策	（所謂安倍經濟的政策）

中譯
花子：喂，你擅自把我日記裡的詩刊登在部落格上，對不對？
太郎：因為我覺得很可笑啊。
花子：你真的是泯滅人性！你沒有隱私權的觀念嗎？

MP3 119

你會不得好死。

畳(たたみ)の上(うえ)で死(し)ねると思(おも)うなよ！

畳	の	上	で	死ねる	と	思う	な	よ
	助詞：表示所在		助詞：表示動作進行地點	動詞：死（死にます⇒可能形［死ねます］的辭書形）	助詞：表示提示內容	動詞：以為（思います⇒辭書形）	辭書形＋な⇒禁止形	助詞：表示提醒

畳 の 上 で 死ねる と **思う** **な** よ！

不要 **以為** 可以死 在 榻榻米 的上面！

使用文型

動詞／い形容詞／な形容詞+だ／名詞+だ

［ 普通形 ］＋と＋思います　覺得～、認為～、猜想～、以為～

※「な形容詞」、「名詞」的「普通形-現在肯定形」，需要有「だ」再接續。

- 動　死ねます（可以死）→ 畳(たたみ)の上(うえ)で死(し)ねると思(おも)います（以為可以死在榻榻米上）
- い　面白い（有趣的）→ 面白(おもしろ)いと思(おも)います（覺得很有趣）
- な　暇（な）（空閒）→ 暇(ひま)だと思(おも)います（覺得很閒）
- 名　無料（免費）→ 無料(むりょう)だと思(おも)います（以為是免費）

動詞

［辭書形］＋な（＝禁止形）　別［做］～、不准［做］～（表示禁止）

- 思います（以為）→ 思(おも)うな（不要以為）
- 入ります（進入）→ 入(はい)るな（不要進入）
- 見ます（看）→ 見(み)るな（不要看）

用法　罵對方將來不會壽終正寢時的說法。這是強烈詛咒對方的用語，要特別注意謹慎使用。

會話練習

太郎：花子！　誰だ、その男は！？

花子：え、あ、この人は…その…。

咦？　表示：主題　那個

太郎：隆夫じゃないか*！　お前、人の彼女に手を出して

不是…嗎？　你；粗魯的說法　別人的女朋友；「に」表示「方面」　出手；「て形」表示「動作順序」

畳の上で死ねると思うなよ！

花子：キャー、私のために*喧嘩はやめてー！　……はっ……夢か…。

呀～　為了我　打架；「は」表示「對比（區別）」　請停止；「やめてください」的省略說法；「て」後面的長音表示「加強語氣」　是夢啊；「か」表示「感嘆」

使用文型

動詞／い形容詞／な形容詞／名詞

[　普通形　] ＋ じゃないか　不是～嗎？（反問）

動	言います（說）	→ この前言ったじゃないか	（之前不是說過了嗎？）
い	危ない（危險的）	→ 危ないじゃないか	（不是很危險嗎？）
な	元気（な）（有精神）	→ 元気じゃないか	（不是很有精神嗎？）
名	隆夫（隆夫）	→ 隆夫じゃないか*	（不是隆夫嗎？）

動詞

[辭書形／名詞 ＋ の] ＋ ために、～　為了～

※ 可省略「に」。

動	勝ちます（贏）	→ 勝つため[に]	（為了贏）
名	私（我）	→ 私のため[に]*	（為了我）

中譯
太郎：花子！那個男人是誰！？
花子：咦？啊，這個人…那個…。
太郎：不是隆夫嗎？你對別人的女朋友出手，你會不得好死。
花子：呀～，不要為了我打架～！……呼……原來是夢啊…。

MP3 120

你活著不覺得可恥嗎？

生きてて恥ずかしくないの？

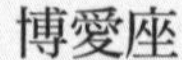

動詞：活 （生きます ⇒て形）	補助動詞： （います⇒て形） （口語時可省略い）	い形容詞：害臊 （恥ずかしい ⇒現在否定形-くない）	形式名詞： （～んですか的 口語說法）

生きて	[い]て	恥ずかしくない	の？
目前是 存活 的狀態		↓ 不害臊	↓ 嗎？

使用文型

動詞

[て形] + います　目前狀態

生きます（存活）→ 生きています　（目前是存活的狀態）

死にます（死亡）→ 死んでいます　（目前是死掉的狀態）

乾きます（乾燥）→ 乾いています　（目前是乾燥的狀態）

動詞／い形容詞／な形容詞+な／名詞+な

[　普通形　] + んですか　關心好奇、期待回答

※ 此為「丁寧體文型」用法，「普通體文型」為「～の？」。
※「な形容詞」、「名詞」的「普通形-現在肯定形」，需要有「な」再接續。

動　遅れます（遲到）→ 遅れたんですか　（遲到了嗎？）

い　恥ずかしい（害臊的）→ 恥ずかしくないんですか　（不害臊嗎？）

な　貧乏（な）（貧窮）→ 貧乏なんですか　（貧窮嗎？）

名　知り合い（熟人）→ 知り合いなんですか　（是熟人嗎？）

用法　要別人懂得羞恥時，所說的一句話。這是連對方活著這件事都要批評的用語，可能破壞感情，要特別注意謹慎使用。

會話練習

太郎（たろう）：あー！　あー！

花子（はなこ）：どうしたの？*
怎麼了嗎？

太郎（たろう）：単位（たんい）落（お）とした…。留年決定（りゅうねんけってい）だ…。
沒有取得學分；「単位を落とした」的省略說法
確定留級

花子（はなこ）：はあ？　ちょっともう！　生（い）きてて恥（は）ずかしくないの？
蛤～？
真是的

使用文型

動詞／い形容詞／な形容詞＋な／名詞＋な

[　普通形　]＋の？　關心好奇、期待回答

※ 此為「普通體文型」用法，「丁寧體文型」為「～んですか」。
※「な形容詞」、「名詞」的「普通形-現在肯定形」，需要有「な」再接續。

動	どうします（怎麼了）	→ どうしたの？*	（怎麼了嗎？）
い	いい（好的）	→ いいの？	（好嗎、可以嗎？）
な	親切（な）（親切）	→ 親切（しんせつ）なの？	（親切嗎？）
名	受験生（考生）	→ 受験生（じゅけんせい）なの？	（是考生嗎？）

「落とす」的相關用法

生命	→ 命（いのち）を落（お）とす	（喪命）
速度	→ スピードを落（お）とす	（減速）
汚垢	→ 汚（よご）れを落（お）とす	（去污）

中譯
太郎：啊～！啊～！
花子：怎麼了嗎？
太郎：沒有拿到學分…。確定留級…。
花子：蛤～？真是的！你活著不覺得可恥嗎？

MP3 121

你給我差不多一點！

いい加減（かげん）にしろ！

な形容詞：馬馬虎虎
（いい加減⇒副詞用法）

動詞：做
（します⇒命令形）
（此處為「命令形」，但表示「禁止」）

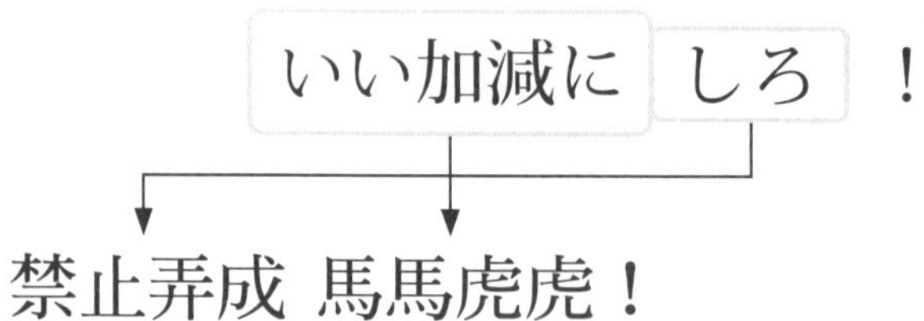

※「命令形」除了要求對方做某個動作，有時候也可以用來表示「禁止」。

使用文型

動詞　い形容詞　な形容詞

[辭書形＋ように／－い＋く／－な＋に／名詞＋に]＋します
決定要～、做成～、決定成～

動	掃除します（打掃）	→ 毎日掃除（まいにちそうじ）するようにします	（決定要（盡量）每天打掃）
い	冷たい（冷的）	→ 冷（つめ）たくします	（要弄成冷的）
な	いい加減（な）（馬馬虎虎）	→ いい加減（かげん）にします	（要弄成馬馬虎虎）
名	半分（一半）	→ 半分（はんぶん）にします	（決定成一半）

動詞

[命令形]　用「命令形」表示「禁止」

※「命令形」除了要求對方做某個動作，有時候也可以用來表示「禁止」。

いい加減にします（弄成馬馬虎虎）	→ いい加減（かげん）にしろ	（你給我弄成馬馬虎虎→不准弄成馬馬虎虎）
嘘[を]つきます（說謊）	→ 嘘（うそ）[を]つけ	（你給我說謊→不准說謊）
～てみます（做～看看）	→ もう一度言（いちどい）ってみろ	（你給我再說一次看看→不准再說一次看看）

用法　再也無法忍受對方的言行舉止時，可以說這句話。

會話練習

（深夜遅く自宅で友達と騒いでいる）
很晚的時刻 自己家裡 和…正在喧鬧；「と」表示「動作夥伴」

太郎：乾杯～！ ウェーイ。
嘿

父親：太郎、ちょっとこっち来い。
稍微 過來這裡

太郎：何だよ。盛り上がってるのに*。
幹嘛啦；「よ」表示「看淡」 氣氛熱烈的狀態，卻…；「盛り上がっているのに」的省略說法

父親：……いい加減にしろ！ 何時だと思ってるんだ*。
你以為是幾點？「何時だと思っているんだ」的省略說法；「と」表示「提示內容」；「んだ」表示「關心好奇、期待回答」

近所の迷惑も考えろ！
附近鄰居的困擾 你給我思考

使用文型

動詞／い形容詞／な形容詞＋な／名詞＋な
[普通形]＋のに ～，卻～

※「な形容詞」、「名詞」的「普通形-現在肯定形」，需要有「な」再接續。

動	盛り上がって[い]ます（氣氛熱烈的狀態）	→ 盛り上がって[い]るのに*（氣氛熱烈的狀態，卻～）
い	忙しい（忙碌的）	→ 忙しいのに （忙碌，卻～）
な	にぎやか（な）（熱鬧）	→ にぎやかなのに（熱鬧，卻～）
名	子供（小孩子）	→ 子供なのに （是小孩子，卻～）

中譯 （深夜很晚時和朋友在家裡喧鬧）

太郎：乾杯～！嘿。
父親：太郎，你過來這裡一下。
太郎：幹嘛啦。氣氛很熱烈，卻…。
父親：……你給我差不多一點！你以為現在幾點？你給我想想會不會造成附近鄰居的困擾。

MP3 122

你給我記住！

覚（おぼ）えてろよ！

動詞：記住（覚えます⇒て形）

補助動詞：（います⇒命令形）（口語時可省略い）

助詞：表示感嘆

使用文型

動詞

[て形]＋います　目前狀態

覚えます（記住）	→ 覚（おぼ）えています	（目前是記住的狀態）
届きます（送達）	→ 届（とど）いています	（目前是已經送達的狀態）
知ります（知道）	→ 知（し）っています	（目前是知道的狀態）

用法 結果不符合自己所想時，丟給對方的一句話。

會話練習

（本屋で 買い物して 車に戻る）

在書店　購物；「て形」表示「動作順序」　回到車上；「に」表示「到達點」

花子：あっ、駐禁の紙貼られてる。だから 言ったじゃない。

被貼了「違規停車」的紙；「駐禁の紙が貼られている」的省略說法　所以　（我）說了，不是嗎？

ちゃんとした 所に止めなさい*って。

適當的　地方　你要去停放　表示：提示內容（＝と）

太郎：くっそー。警察め。覚えてろよ！

可惡　表示：表示輕蔑的接尾辭

花子：規則は規則でしょ。あなたが悪いのよ。

是規定，對不對？「規則でしょう」的省略說法　是你不好；「が」表示「焦點」；「の」表示「強調」；「よ」表示「感嘆」

使用文型

動詞
[~~ます~~形] ＋ なさい　命令表現（命令、輔導晚輩的語氣）

止めます（停放）	→ 止めなさい*	（你要去停放）
書きます（寫）	→ 書きなさい	（你要去寫）
勉強します（唸書）	→ 勉強しなさい	（你要去唸書）

中譯（在書店購物後回到車上）

花子：啊，被貼上「違規停車」的告示了。所以我不是說了嗎？要你在適當的地方停車。

太郎：可惡！臭警察。你給我記住！

花子：規定就是規定，對不對？是你不好啊。

MP3 123

你剛剛講的話，再給我說一次試試看！

今(いま)の言葉(ことば)、もういっぺん言(い)ってみろ！

助詞：表示所屬	副詞：再	名詞（數量詞）：一次	動詞：說（言います⇒て形）	補助動詞：[做]～看看（みます⇒命令形）（此處為「命令形」，但表示「禁止」）

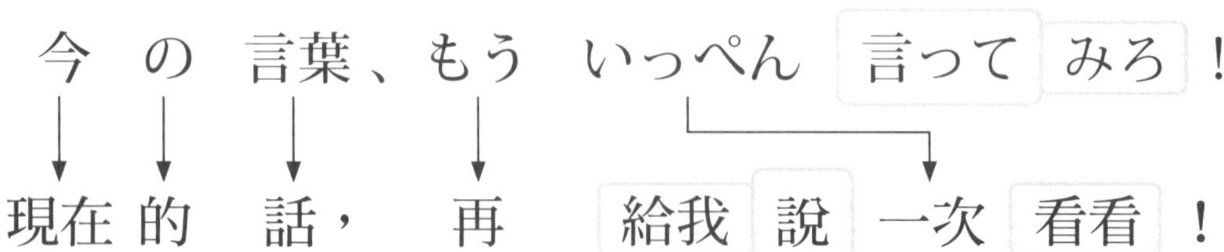

※「命令形」除了要求對方做某個動作，有時候也可以用來表示「禁止」。

使用文型

動詞

[て形]＋みます　[做]～看看

言います（說）→ 言(い)ってみます（說看看）

使います（使用）→ 使(つか)ってみます（使用看看）

押します（按壓）→ 押(お)してみます（按看看）

用法 很生氣對方說了讓人絕對無法原諒的話時，可以說這句話。此為吵架的最後通牒的用法，講完這句話的下一步可能就是面臨打架的情況，要特別注意謹慎使用。

會話練習

父親(ちちおや)：太郎(たろう)、将来(しょうらい)の就職(しゅうしょく)どうするんだ。

就職：找工作　どうするんだ：打算怎麼做？「んだ」表示「關心好奇、期待回答」

太郎(たろう)：ええ？ まだ早(はや)いよ。三年生(さんねんせい)になったばかり*だし。

ええ？：咦～？　まだ早いよ：還早啦；「よ」表示「看淡」　三年生になったばかりだし：因為才剛成為三年級的學生；「動詞た形＋ばかり」表示「剛剛做～」；「し」表示「列舉理由」

父親（ちちおや）：何（なに）がやりたい とか、何（なに）に興味（きょうみ）ある とか、

想要做什麼；「が」表示「焦點」　之類的　對什麼有興趣；「何に興味がある」的省略說法；「に」表示「方面」　之類的

そういうのはないのか。

那樣的事情，沒有嗎？「のは」的「の」表示「形式名詞」；「は」表示「主題」；「のか」（＝んですか）表示「關心好奇、期待回答」

太郎（たろう）：まだないよ。でも、親父（おやじ）みたい*なサラリーマン

還沒有啦；「よ」表示「看淡」　但是　像老爸一樣的上班族

だけは やりたくないなあ。

只有；「は」表示「對比（區別）」　不想做；「なあ」表示「感嘆」

父親（ちちおや）：何（なん）だと！ 今（いま）の言葉（ことば）、もういっぺん言（い）ってみろ！

你說什麼！「と」表示「提示內容」

使用文型

動詞

［た形］＋ばかり　剛剛［做］～

なります（變成）	→ 三年生（さんねんせい）になったばかり*	（剛剛成為三年級的學生）
買います（買）	→ 買（か）ったばかり	（剛剛買）
起きます（起床）	→ 起（お）きたばかり	（剛剛起床）

動詞／い形容詞／な形容詞／名詞

［　普通形　］＋みたい （推斷、舉例、比喻）好像～

動	見ています（正在看）	→ 夢（ゆめ）を見（み）ているみたい	（好像在做夢一樣）	〈比喻〉
い	甘い（甜的）	→ 甘（あま）いみたい	（好像很甜）	〈推斷〉
な	危險（な）（危險）	→ 危険（きけん）みたい	（好像很危險）	〈推斷〉
名	親父（老爸）	→ 親父（おやじ）みたいなサラリーマン*	（像老爸一樣的上班族）	〈舉例〉

中譯
父親：太郎，將來找工作的事情打算怎麼做？
太郎：咦～？還早啦。因為我才剛成為三年級的學生。
父親：想要做什麼之類的、對什麼有興趣之類的，你沒有那樣的事情嗎？
太郎：還沒有啦。但是，我唯一不想做的就是像老爸一樣的上班族啊。
父親：你說什麼！你剛剛講的話，再給我說一次試試看！

 MP3 124

有種你試試看啊！

やれるもんならやってみろ！

動詞：做 （やります ⇒可能形 [やれます] 的 辭書形）	連語： 若能～的話	動詞：做 （やります ⇒て形）	補助動詞：[做] ～看看 （みます⇒命令形）

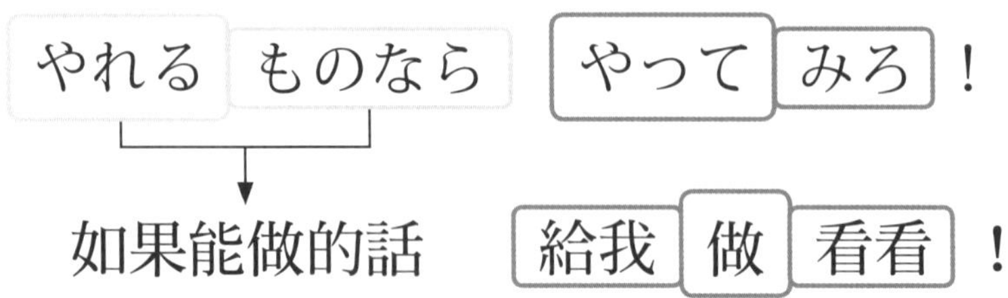

※「もの」的「縮約表現」是「もん」，口語時常使用「縮約表現」。

使用文型

動詞

[辭書形] ＋ ものなら　　如果能 [做] ～的話

※「ものなら」的前面大多接續「動詞可能形的辭書形」。

- **やれます（可以做）** → やれるものならやってみろ！
  （如果可以做的話，你給我做看看！）
- **行けます（可以去）** → 世界一周旅行に行けるものなら、行ってみたい。
  （如果可以去環遊世界的話，想要去看看。）
- **辞められます（可以辭職）** → 辞められるものなら、今すぐこの仕事を辞めたい。
  （如果可以辭職的話，想要現在馬上辭掉這份工作。）

動詞

[て形] ＋ みます　　[做] ～看看

- **やります（做）** → やってみます　　（做看看）
- **聞きます（詢問）** → 聞いてみます　　（問看看）

用法　對方只是說大話，沒有實際行動時，可以說這句話挑釁對方。

會話練習

花子：やっぱり 他の女と 遊びに行ってたのね！ 許せない！

- やっぱり：果然
- 他の女と：和其他女人；「と」表示「動作夥伴」
- 遊びに行ってたのね：去玩了，對吧；「遊びに行っていたのね」的省略說法；「の」表示「強調」；「ね」表示「再確認」
- 許せない：無法原諒

太郎：もう うんざりなんだ。誰と遊ぼうと* おれの勝手だろ！

- もう：已經
- うんざりなんだ：很厭煩；「んだ」表示「強調」；前面是「副詞」，需要有「な」再接續
- 誰と遊ぼうと：不管和誰玩，也…
- おれの勝手だろ：是我的自由，對不對！「おれの勝手だろう！」的省略說法

花子：殺してやる*！

- 殺してやる：要殺你

太郎：やれるもんならやってみろ！ うわー！………はっ…夢か…。

- うわー：哇～
- 夢か：是夢啊；「か」表示「感嘆」

使用文型

動詞

[意向形] ＋ と、～　不管 [做] ～，也～、無論 [做] ～，也～

遊びます（玩）	→ 誰と遊ぼうとおれの勝手だろ！* （不管和誰玩，也是我的自由，對不對！）
言われます（被～說）	→ 何と言われようと、私は彼女と結婚します。 （不管被說什麼，我也會和女朋友結婚。）
払います（支付）	→ いくら払おうと、あなたには売りません。 （無論付多少錢，我也不會賣給你。）

動詞

[て形] ＋ やる　為輩分較低的人 [做] ～

※「動詞て形 ＋ やる」除了表達「為輩分較低的人做某個動作」之外，有時候也帶有將對方視為「輩分低」的語感，如上方會話句的用法。

殺します（殺）	→ 殺してやる*	（我要殺你！）
殴ります（揍）	→ 殴ってやる	（我要揍你！）

中譯

花子：你果然是和其他的女人去玩了，對吧！不可原諒！
太郎：我已經厭煩了。不管我和誰玩，也是我的自由，對不對！
花子：我要殺了你！
太郎：有種你試試看啊！哇～！………啊…原來是夢啊…。

MP3 125

你要跟我打架嗎？

やんのか？　コラァ。

動詞：做（やります⇒辭書形）	形式名詞：（～んです的口語説法）	助詞：表示疑問	感嘆詞：喂！

やる　の　か　？　コラァ。

要做　嗎　？　喂！

※「やるのか」的「縮約表現」是「やんのか」，口語時常使用「縮約表現」。

使用文型

動詞／い形容詞／な形容詞＋な／名詞＋な

[　普通形　]＋んですか　關心好奇、期待回答

※ 此為「丁寧體文型」用法，「普通體文型」為「～の？」。
※「な形容詞」、「名詞」的「普通形-現在肯定形」，需要有「な」再接續。
※ 主題句的「のか」屬於「男性語氣」。

動	やります（做）	→ やるんですか	（要做嗎？）
い	痛い（疼痛的）	→ 痛（いた）いんですか	（痛嗎？）
な	新鮮（な）（新鮮）	→ 新鮮（しんせん）なんですか	（新鮮嗎？）
名	喧嘩（吵架）	→ 喧嘩（けんか）なんですか	（是吵架嗎？）

用法　這是發生口角準備打架之前，經常使用的一句話。句中的「コラァ」較為粗魯，盡量不要用到這句話是最好的。

會話練習

不良（ふりょう）：何（なに）じろじろ見（み）てんだよ。

盯著我看什麼？「何をじろじろ見ているんだよ」的省略說法；
「んだ」表示「關心好奇、期待回答」；「よ」表示「感嘆」

太郎（たろう）：は？　お前（まえ）ら　なんか　見（み）てないよ。

は？：蛤？
お前ら：你們；粗魯的說法
なんか：這種（表示：不屑）
見てないよ：沒有看的狀態；「見ていないよ」的省略說法；「よ」表示「看淡」

不良（ふりょう）：やんのか？　コラァ。

太郎（たろう）：あ、すみません。ごめんなさい。許（ゆる）してください*。

すみません：對不起
ごめんなさい：對不起
許してください：請原諒

使用文型

動詞

[て形] + ください　　請 [做] ～

※ 丁寧體會話時為「動詞て形 + ください」。
※ 普通體、口語會話時，省略「ください」。

許します（原諒）	→ 許（ゆる）して[ください]*	（請原諒）
取ります（拿）	→ 取（と）って[ください]	（請拿）
開けます（打開）	→ 開（あ）けて[ください]	（請打開）

「すみません」vs.「ごめんなさい」的差別

すみません　→ 表示：對不起、不好意思、感謝、請問。用法很廣泛，適用於正式場合。

ごめんなさい → 表示：對不起。是比較口語的用詞。
※ 另外，「ごめんください」是在別人家門口喊「有人在嗎？」的意思，沒有「道歉」的意思，請注意使用。

中譯
不良少年：你盯著我看什麼啊！
太郎：蛤？我沒有看你們啊。
不良少年：你要跟我打架嗎？
太郎：啊，對不起。對不起。請原諒我。

挑釁&警告
126

MP3 126

這世上可沒那麼容易。

世(よ)の中(なか)そんなに甘(あま)くないよ。

副詞： 那麼	い形容詞：容易、簡單 （甘い ⇒現在否定形-くない）	助詞： 表示提醒

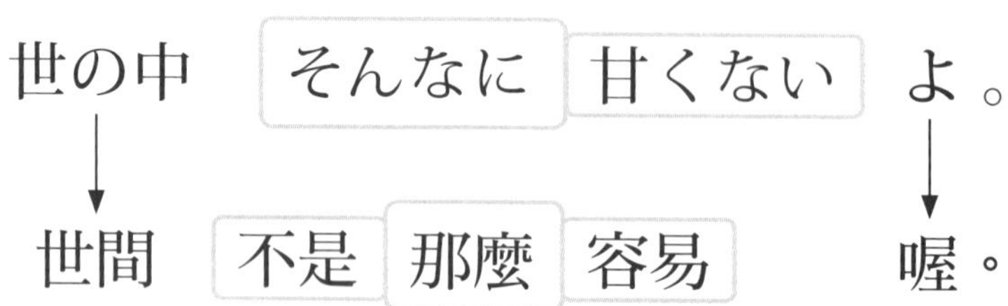

使用文型

そんなに ＋ [否定表現]　　沒有那麼～、不是那麼～

動	怒ります（生氣）	→ そんなに怒(おこ)らないでください	（請不要那麼生氣）
い	甘い（容易）	→ そんなに甘(あま)くない	（不是那麼容易）
な	簡単（簡單）	→ そんなに簡単(かんたん)じゃない	（不是那麼簡單）

用法　對於認為事情會簡單地按照自身想法運作的人，所使用的一句話。

會話練習

太郎：あーあ、何もしないでお金稼ぐ方法ないかなあ。

何もしないで：什麼都不做的狀態下；「～ないで」表示「附帶狀況」
お金稼ぐ：賺錢；「お金を稼ぐ」的省略說法
方法ないかなあ：是不是有…方法呢？「方法がないかなあ」的省略說法；「かなあ」表示「不太確定是不是這樣呢…」

花子：世の中そんなに甘くないよ。

太郎：新薬の実験台になるバイトやってみよう*かな。

新薬の実験台：新藥物的白老鼠
になる：變成…；「に」表示「變化結果」
バイト：打工
やってみよう：做看看吧
かな：表示：不太確定是不是這樣呢…

花子：やめときな*よ、そんな仕事。

やめときなよ：你給我採取放棄的措施；「やめておく」的縮約表現[やめとく]＋「なさい」的用法，口語時省略「なさい」的「さい」；「よ」表示「感嘆」
そんな：那種

使用文型

動詞

[て形]＋みよう　[做]～看看吧

やります（做）	→ やってみよう*	（做看看吧）
飲みます（喝）	→ 飲んでみよう	（喝看看吧）
聞きます（詢問）	→ 聞いてみよう	（問看看吧）

動詞

[て形（～て／～で）]＋ときなさい／どきなさい

善後措施（為了以後方便）＋命令表現（命令、輔導晚輩的語氣）

※ 此為「動詞て形 ＋ おく」的「縮約表現」[～とく／～どく]再接續「なさい」的用法，口語時常省略「さい」。

やめます（放棄）	→ やめときな[さい]*	（你要採取放棄的措施）
見ます（看）	→ 見ときな[さい]	（你要採取看的措施）
読みます（閱讀）	→ 読んどきな[さい]	（你要採取讀的措施）

中譯

太郎：啊～啊，是不是有那種什麼事都不做就有錢賺的方法呢？
花子：這世上可沒那麼容易。
太郎：我要不要去當新藥物的白老鼠看看呢？
花子：那種工作你不要做喔。

MP3 127

到時候你可不要哭。

あとで吠え面（ほえづら）かくなよ。

副詞：待會、等一下

慣用語：哭喪臉（吠え面をかきます⇒辭書形）（口語時可省略を）

辭書形＋な⇒禁止形

助詞：表示提醒

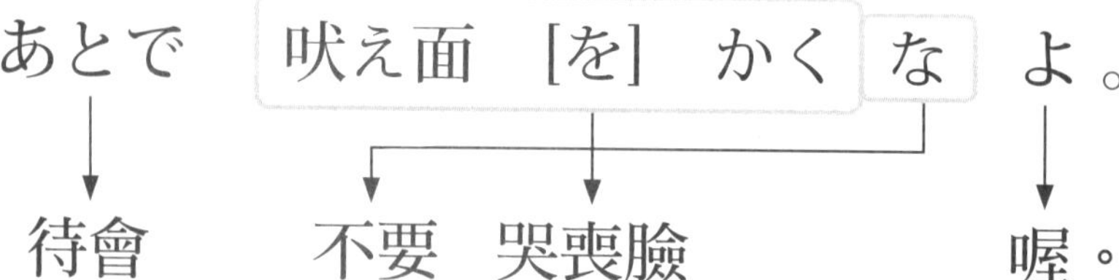

使用文型

動詞

[辭書形]＋な（＝禁止形）　別[做]～、不准[做]～（表示禁止）

吠え面[を]かきます（哭喪臉）	→ 吠え面（ほえづら）[を]かくな	（不要哭喪臉）
見ます（看）	→ 見（み）るな	（不要看）
来ます（來）	→ 来（く）るな	（不要來）

用法　要對方不要事後哭著後悔時，所使用的一句話。多用於比賽前的挑釁。

會話練習

（ビリヤードの話（はなし））
ビリヤード：撞球　話：話題

太郎（たろう）：俺（おれ）の方（ほう）が絶対（ぜったい）うまいね。もう１０年（じゅうねん）やってるし＊。

俺の方が：我這邊比較…　絶対：一定　うまいね：厲害；「ね」表示「主張」　もう：已經　１０年やってるし：因為打了10年；「１０年やっている し」的省略說法；「し」表示「列舉理由」

隆夫：いやいや。俺の方がうまいよ。ここ３年試合で

不、不 / 表示：感嘆 / 這3年 / 在比賽中；「で」表示「動作進行地點」

負けたことない＊。

沒輸過；「負けたことがない」的省略說法

太郎：ほう、なら勝負しようぜ。負けた方が土下座アンド

哦～ / 這樣的話 / 來決勝負吧；「ぜ」表示「男性語氣」 / 輸的那方 / 下跪 / 和（and）

今日の晩飯おごりな。

晚餐請客；「晩飯のおごりな」的省略說法；「な」表示「期待同意」

隆夫：上等だ。あとで吠え面かくなよ。

太好了

使用文型

動詞／い形容詞／な形容詞＋だ／名詞＋だ

[普通形]＋し　列舉理由

※「な形容詞」、「名詞」的「普通形-現在肯定形」，需要有「だ」再接續。

動	やって[い]ます（處於打的狀態）	→ １０年やって[い]るし＊	（因為打了 10 年）
い	辛い（辣的）	→ 辛いし	（因為很辣）
な	得意（な）（擅長）	→ 得意だし	（因為擅長）
名	人気商品（人氣商品）	→ 人気商品だ	（因為是人氣商品）

動詞

[た形]＋ことがない　沒有 [做] 過～

※ 口語時，可省略「～たことがない」的「が」。

負けます（輸）	→ 負けたこと[が]ない＊	（沒有輸過）
行きます（去）	→ 行ったこと[が]ない	（沒有去過）
勝ちます（贏）	→ 勝ったこと[が]ない	（沒有贏過）

中譯　（討論打撞球）

太郎：我一定比較厲害啊。因為我已經打了 10 年了。

隆夫：不、不。我比較厲害啦。這 3 年從來沒有在比賽中輸過。

太郎：哦～，這樣的話，我們來決勝負吧。輸的那一方要下跪，加上今天晚餐請客。

隆夫：太好了。到時候你可不要哭。

MP3 128

你一定會後悔！

後悔（こうかい）するよ！　絶対（ぜったい）に。

動詞：後悔（後悔します⇒辭書形）　助詞：表示提醒　な形容詞：絶對（絶対⇒副詞用法）

後悔する　よ　！　絶対に。
↓ 會後悔！　↓ 絶對。

※ 此為「倒裝句」，原本為「絶対（ぜったい）に後悔（こうかい）するよ」。

相關表現

其他「倒置法（とうちほう）」（倒裝句）的例子

倒置法 → 信（しん）じられない！　そんな事（こと）。　（那種事情真是無法相信。）
（原本為：そんな事（こと）は信（しん）じられない。）

倒置法 → 何（なに）これ？　（這個是什麼？）
（原本為：これは何（なに）？）

倒置法 → やめろ！　そんな話（はなし）をするのは。　（停止討論那種話題！）
（原本為：そんな話（はなし）をするのはやめろ！）

用法　警告對方「一定會後悔」時，可以說這句話。

會話練習

花子（はなこ）：夏休（なつやす）みの海外旅行（かいがいりょこう）どこに行（い）く？

夏休み：暑假
どこに行く？：要去哪裡？「に」表示「目的地」

太郎：え？　海外？　国内で いいじゃん*。
國內；「で」表示「樣態」　不是很好嗎？

花子：学生時代に見聞を広めなかったら*、いつするの？
如果不增廣見聞的話　什麼時候要做呢？「の？」表示「關心好奇、期待回答」

後悔するよ！　絶対に。

太郎：そんなもんかなあ。
是那樣子嗎？「もん」是「もの」的縮約表現；「かなあ」表示「不太確定是不是這樣呢…」

使用文型

動詞／い形容詞／な形容詞／名詞

[　普通形　]＋じゃん　不是～嗎？

※ 此為「～じゃないか」的「縮約表現」。
※ 屬於「普通體文型」，「丁寧體文型」為「～ではありませんか」或「～ではないですか」。

動	言います（說）	→ 言ったじゃん	（不是說了嗎？）
い	いい（好的）	→ 国内でいいじゃん*	（國內不是很好嗎？）
な	元気（な）（有精神）	→ 元気じゃん	（不是很有精神嗎？）
名	彼女（女朋友）	→ 彼女じゃん	（不是女朋友嗎？）

動詞／い形容詞／な形容詞／名詞

[　た形 ／ なかった形　]＋ら　如果～的話

動	広めます（增廣）	→ 見聞を広めなかったら*	（如果不增廣見聞的話）
い	暑い（炎熱的）	→ 暑かったら	（如果很熱的話）
な	好き（な）（喜歡）	→ 好きだったら	（如果喜歡的話）
名	無料（免費）	→ 無料だったら	（如果是免費的話）

中譯
花子：暑假的國外旅行要去哪裡？
太郎：咦？國外？國內不是很好嗎？
花子：如果不在學生時代增廣見聞的話，你什麼時候才要做呢？你一定會後悔！
太郎：有那種事嗎？

MP3 129

我要告你！

訴(うった)えてやる！

動詞：控告
（訴えます
⇒て形）

補助動詞：
（やります
⇒辭書形）

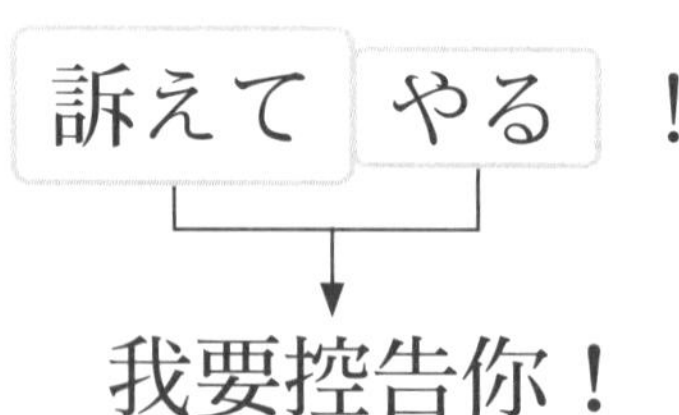

使用文型

動詞

[て形]＋やります　為輩分較低的人[做]～

※「動詞て形＋やります」除了表達「為輩分較低的人做某個動作」之外，有時候也帶有將對方視為「輩分低」的語感，如主題句的用法。

訴えます（控告）	→ 訴(うった)えてやります	（我要控告你）
別れます（分手）	→ 別(わか)れてやります	（我要跟你分手）
死にます（死亡）	→ 死(し)んでやります	（我要死給你看）

用法　表明要訴諸審判時，可以說這句話。

會話練習

花子：ちょっと、私の日記、また勝手に見たでしょ！

喂 / 擅自 / 看了，對不對！「見たでしょう！」的省略說法

太郎：え、だって置いてあった*からさ…。

咦？ / 可是因為 / 處於放置的狀態 / 「から」表示「原因理由」；「さ」表示「留住注意」

花子：プライバシーの侵害よ！ 訴えてやる！

隱私權 / 侵害；「よ」表示「提醒」

太郎：やれるもんなら やってみな*ー。

如果能做的話「やれるものなら」的縮約表現；「～ものなら」表示「若能～的話」 / 你給我做看看；「やってみなさい」的省略說法 句尾的長音表示「加強語氣」

使用文型

他動詞

[て形] ＋ あった　　目前狀態（有目的・強調意圖的）

※ 此為「普通體文型」，「丁寧體文型」為「他動詞て形 ＋ ありました」。

置きます（放置）→ 置いてあった*　（之前是放置的狀態）

書きます（寫）→ 書いてあった　（之前是寫著的狀態）

開けます（打開）→ 開けてあった　（之前是打開著的狀態）

動詞

[て形] ＋ みなさい　　命令別人 [做] ～看看

※ 此為「動詞て形 ＋ みます＋ なさい」的用法，口語時常省略「さい」。

やります（做）→ やってみな[さい]*　（你給我做看看）

頑張ります（努力）→ もう少し頑張ってみな[さい]　（你再努力一點看看）

読みます（閱讀）→ この本を読んでみな[さい]　（你讀這本書看看）

中譯

花子：喂，你又擅自看了我的日記，對不對！
太郎：咦？可是因為就放在那邊啊…。
花子：你侵害我的隱私權！我要告你！
太郎：如果告得成，你就去告給我看啊。

撂狠話 130

隨你便！
勝手(かって)にすれば！

な形容詞：隨便（勝手⇒副詞用法）　動詞：做（します⇒條件形）

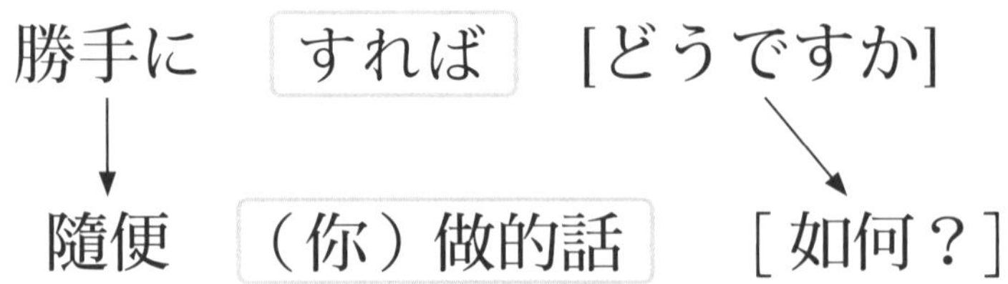

使用文型

動詞
[條件形（～ば）]＋どうですか　[做]～的話，如何？

※ 口語時，可省略「どうですか」。

します（做）	→ 勝手(かって)にすればどうですか	（隨便你做的話，如何？）
運動します（運動）	→ 運動(うんどう)すればどうですか	（運動的話，如何？）
寝ます（睡覺）	→ 早(はや)く寝(ね)ればどうですか	（早一點睡的話，如何？）

用法 對於對方已經沒有任何期待、或是對方不聽自己所說的話時，可以說這句話。

會話練習

花子：今日も夜遅くなるの？＊
（も：也；夜遅くなるの？：會很晚嗎？）

太郎：ああ、高校時代の後輩と飲みに行く＊から。
（と：表示：動作夥伴；飲みに行くから：因為要去喝東西；「から」表示「原因理由」）

花子：もう、勝手にすれば！
（もう：真是的）

太郎：え？ なんで怒ってんの？ 男友達だよ？
（なんで：為什麼；怒ってんの？：生氣了呢？「怒っているの？」的「縮約表現」；男友達だよ？：是男性朋友耶（你為什麼生氣呢？）「よ」表示「提醒」）

使用文型

動詞／い形容詞／な形容詞＋な／名詞＋な

[普通形]＋の？ 關心好奇、期待回答

※ 此為「普通體文型」用法，「丁寧體文型」為「～んですか」。
※「な形容詞」、「名詞」的「普通形-現在肯定形」，需要有「な」再接續。

動	遅くなります（變成很晚）	→ 遅くなるの？＊	（會變成很晚嗎？）
い	忙しい（忙碌的）	→ 忙しいの？	（忙碌嗎？）
な	元気（な）（有精神）	→ 元気なの？	（有精神嗎？）
名	独身（單身）	→ 独身なの？	（是單身嗎？）

動詞

[ます形／動作性名詞]＋に＋行く 去[做]～

※ 此為「普通體文型」用法，「丁寧體文型」為「～に行きます」。

動	飲みます（喝）	→ 飲みに行く＊	（去喝）
動	遊びます（玩）	→ 遊びに行く	（去玩）
名	買い物（購物）	→ 買い物に行く	（去購物）

中譯
花子：今天也是晚上會很晚嗎？
太郎：啊～，因為要和高中時期的學弟去喝酒。
花子：真是的，隨你便！
太郎：咦？你為什麼生氣了呢？是男性朋友耶…。

MP3 131

絕交好了！

もう絶交（ぜっこう）だ！

副詞：已經

助動詞：表示斷定（です⇒普通形-現在肯定形）

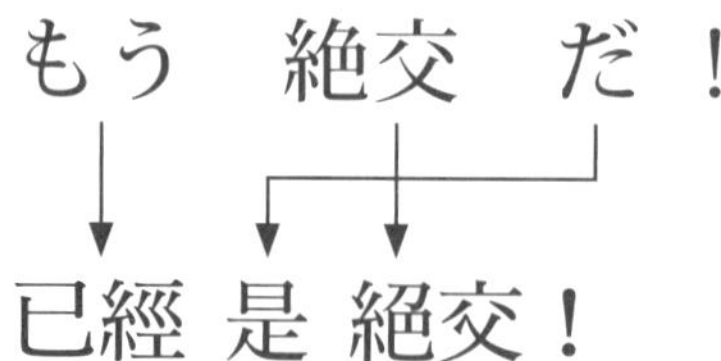

相關表現

「絕交」的相關表現

不要再見面	→ 二度（にど）と会（あ）いたくない！	（再也不想要見面！）
友情到今天為止	→ 今日（きょう）でさようならだ！	（到今天為止，再見！）
不要再聯絡	→ 二度（にど）と連絡（れんらく）して来（こ）ないで。	（再也不要跟我聯絡。）

用法 要和對方完全斷絕朋友關係時，所使用的強力宣言。

會話練習

花子（はなこ）：ああ！　私（わたし）のケーキ食（た）べたでしょ！

吃了蛋糕，對不對！「ケーキを食べたでしょう！」的省略說法

太郎（たろう）：だって お腹（なか）空（す）いてたんだもん*。

可是因為　因為肚子餓了；「お腹が空いていたんだもん」的省略說法

花子：人の物 勝手に 食べないで*よ！ もう絶交だ！

別人的東西 隨便 請不要吃啦；口語時「ないで」後面可省略「ください」；「よ」表示「感嘆」

太郎：はいはい、何回目の絶交ですかね…。

好、好 第幾次 「か」表示「疑問」；「ね」表示「感嘆」

使用文型

動詞／い形容詞／な形容詞＋な／名詞＋な

[普通形]＋んだもん 強調＋因為

※「んだ」表示「強調」；「もん」表示「原因」（＝もの）。
※ 此文型具有「因為～，所以不得不～」的語感。適用於親密關係。
※「な形容詞」、「名詞」的「普通形-現在肯定形」，需要有「な」再接續。

動	空いて[い]ます（空的狀態）	→ お腹[が]空いて[い]たんだもん*	（因為是肚子餓的狀態）
い	寂しい（寂寞的）	→ 寂しかったんだもん	（因為很寂寞）
な	下手（な）（笨拙）	→ 下手なんだもん	（因為很笨拙）
名	子供（小孩子）	→ 子供なんだもん	（因為是小孩子）

動詞

[ない形]＋で＋ください 請不要[做]～

※ 丁寧體會話時為「動詞ない形＋で＋ください」。
※ 普通體、口語會話時，省略「ください」。

食べます（吃）	→ 食べないで[ください]*	（請不要吃）
座ります（坐）	→ 座らないで[ください]	（請不要坐下）
吸います（抽（菸））	→ タバコを吸わないで[ください]	（請不要抽菸）

中譯

花子：啊～！你吃了我的蛋糕，對不對？！
太郎：可是因為我肚子餓了。
花子：不要隨便吃人家的東西啦！絕交好了！
太郎：好、好，是絕交第幾次了啊…。

MP3 132

好！出去打架啊！

感嘆詞：好！

助詞：表示出現點（口語時可省略）

動詞：出去（出ます⇒命令形）

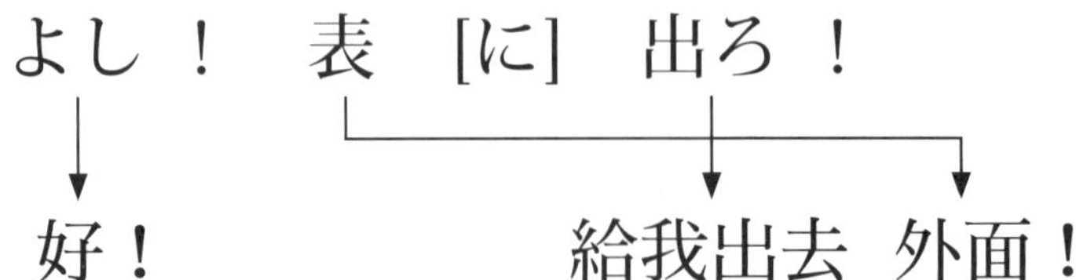

よし！　表　[に]　出ろ！

好！　給我出去　外面！

相關表現

「打架」的相關表現

タイマンで勝負（しょうぶ）だ。　（單挑決勝負。）

売（う）られた喧嘩（けんか）は買（か）うぞ。　（你愛挑釁，我要接招。）

吐（は）いたつば飲（の）むなよ。　（說過的話不要出爾反爾。）

用法 打算叫對方到屋外去打架時，所使用的一句話。這句話帶有挑釁的語感，可能破壞彼此感情，要特別注意謹慎使用。

會話練習

太郎（たろう）：何（なん）だよ。おれの人生（じんせい）なんだから*、親父（おやじ）は関係（かんけい）ないだろ！

- 何だよ。：幹嘛啦；「よ」表示「看淡」
- おれの人生なんだから：因為是我的人生
- 関係ないだろ！：沒有關係，對不對！「関係がないだろう」的省略說法

父親（ちちおや）：なんだと！　ここまで誰（だれ）が面倒（めんどう）みてきた*と思（おも）ってるんだ。

- なんだと！：你說什麼！「と」表示「提示內容」
- ここまで：到此為止
- 面倒みてきた：照顧過來；「面倒をみてきた」的省略說法
- と思ってるんだ。：以為…呢？「と思っているんだ」的省略說法；「と」表示「提示內容」；「んだ」表示「關心好奇、期待回答」

太郎：生んでくれ なんて 頼んだ覚えは ないよ！

叫你生下我 / 之類的 / 拜託過的記憶；「は」表示「對比（區別）」 / 沒有喔；「よ」表示「看淡」

父親：口で言っても わからないようだ な！ よし！ 表出ろ！

即使用嘴巴講，也…；「で」表示「手段、方法」 / 好像不了解 / 表示：感嘆

使用文型

動詞／い形容詞／な形容詞＋な／名詞＋な

[普通形] ＋ んだから　強調＋因為

※「んだ」表示「強調」；「から」表示「原因理由」。
※ 此為「普通體文型」用法，「丁寧體文型」為「んですから」。
※「な形容詞」、「名詞」的「普通形-現在肯定形」，需要有「な」再接續。

動	勝ちます（贏）	→ 勝ったんだから	（因為贏了）
い	寒い（寒冷的）	→ 寒いんだから	（因為很冷）
な	きれい（な）（乾淨）	→ きれいなんだから	（因為很乾淨）
名	人生（人生）	→ おれの人生なんだから*	（因為是我的人生）

動詞

[て形] ＋ きた　動作和時間（[做] ～過來）

※ 此為「普通體文型」用法，「丁寧體文型」為「動詞て形 ＋ きました」。

面倒[を]みます（照顧）	→ 面倒[を]みてきた*	（從以前到現在照顧過來）
頑張ります（努力）	→ 頑張ってきた	（從以前到現在努力過來）
続けます（持續）	→ 続けてきた	（從以前到現在持續過來）

中譯

太郎：幹嘛啦。因為是我自己的人生，跟老爸沒有關係，對不對！
父親：你說什麼！你以為是誰把你照顧到這麼大的？
太郎：我不記得我有拜託你把我生下來啊！
父親：即使用嘴巴講，你好像也不了解啊！好，出去打架啊！

撂狠話 133

MP3 133

會變成怎樣，我可不知道喔。

もう、どうなっても知(し)らないよ。

感嘆詞：真是的、真氣人	副詞（疑問詞）：怎麼樣、如何	動詞：變成（なります⇒て形）	助詞：表示逆接	動詞：知道（知ります⇒ない形）	助詞：表示提醒

もう、 [どう なって も] 知らない よ。

真是的 [即使 變成 怎麼樣 也] 不知道 喔。

使用文型

動詞　い形容詞　な形容詞

[辭書形＋ように／－い＋く／－な＋に／名詞＋に]＋なります　變成

※「副詞」直接接續「なります」。

動	片付けます（收拾）	→ 片付(かたづ)けるようになります	（變成有收拾的習慣）
い	汚い（骯髒的）	→ 汚(きたな)くなります	（變髒）
な	有名（な）（有名）	→ 有名(ゆうめい)になります	（變有名）
名	俳優（演員）	→ 俳優(はいゆう)になります	（變成演員）
副	どう（怎麼樣）	→ どうなります	（變成怎麼樣）

動詞　い形容詞　な形容詞

[て形／－い＋くて／－な＋で／名詞＋で]＋も　即使～，也～

動	なります（變成）	→ どうなっても	（即使變成怎麼樣，也～）
い	うるさい（吵雜的）	→ うるさくても	（即使吵雜，也～）
な	まじめ（な）（認真）	→ まじめでも	（即使認真，也～）
名	不景気（不景氣）	→ 不景気(ふけいき)でも	（即使是不景氣，也～）

用法 對於漠視別人的擔心或忠告的人，可以說這句話。

會話練習

花子：太郎、明日は講義で あなたが発表する番じゃなかったっけ？＊

講義で：課堂上；「で」表示「動作進行地點」
発表する番じゃなかったっけ？：不是輪到發表來著？

太郎：うーん、そうだけど。準備しなくても 何とかなるでしょ。

そうだけど：是那樣；「けど」表示「前言」，是一種緩折的語氣
準備しなくても：即使沒有準備，也…
何とかなるでしょ：應該有辦法吧

花子：もう、どうなっても知らないよ。

太郎：平気平気、僕は本番に 強いタイプなんだ＊。

平気：沒問題
本番に：正式上場；「に」表示「方面」
強いタイプなんだ：是很強的類型；「んだ」表示「強調」

使用文型

動詞／い形容詞／な形容詞＋だ／名詞＋だ

［　普通形　］＋っけ？　是不是～來著？

※「な形容詞」、「名詞」的「普通形-現在肯定形」，需要有「だ」再接續。

動	言います（說）	→ 言ったっけ？	（是不是說了～來著？）
い	高い（貴的）	→ 高かったっけ？	（是不是很貴來著？）
な	有名（な）（有名）	→ 有名だったっけ？	（是不是很有名來著？）
名	番（順序）	→ 発表する番じゃなかったっけ？＊	（是不是輪到發表來著？）

動詞／い形容詞／な形容詞＋な／名詞＋な

［　普通形　］＋んだ　強調

※ 此為「普通體文型」用法，「丁寧體文型」為「～んです」，口語説法為「～の」。
※「な形容詞」、「名詞」的「普通形-現在肯定形」，需要有「な」再接續。

動	出かけます（出門）	→ 出かけるんだ	（要出門）
い	安い（便宜的）	→ 安いんだ	（很便宜）
な	上手（な）（擅長）	→ 上手なんだ	（很擅長）
名	タイプ（類型）	→ 強いタイプなんだ＊	（是很強的類型）

中譯

花子：太郎，明天的課堂上不是輪到你發表來著嗎？
太郎：嗯～，是那樣。即使沒有準備應該也可以過得去吧。
花子：真是的，會變成怎樣，我可不知道喔。
太郎：沒問題、沒問題，我是正式上場時很強的類型。

MP3 134

你前天再來。（＝你不要再來了。）

おととい来（き）やがれ。

動詞：來
（来ます
⇒ます形除去［ます］）

助動詞：表示輕蔑
（やがります⇒命令形）

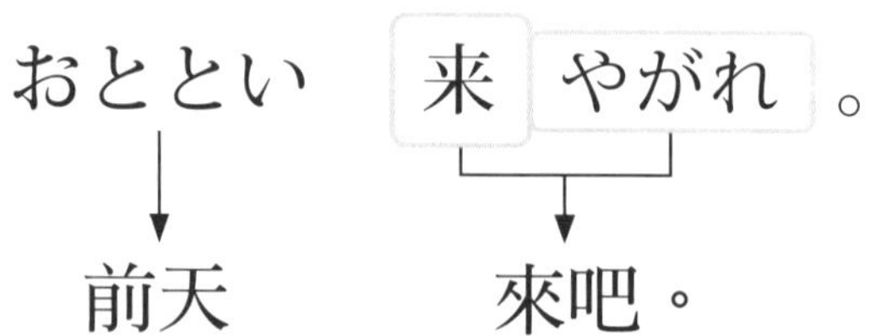

使用文型

動詞
［ます形］＋やがります　輕卑表現（表示輕蔑對方、或對方的動作）

※ 此文型是很粗魯的說法，不建議使用，知道就好。

来ます（來）→ おととい来（き）やがれ。
（你前天再來。）

嘘をつきます（說謊）→ あの野郎（やろう）、嘘（うそ）をつきやがった。
（那個傢伙說謊了。）

します（做）→ 好（す）きにしやがれ。
（隨便你。）

見ます（看）→ あ！俺（おれ）の携帯（けいたい）を勝手（かって）に見（み）やがったな！
（啊！你擅自看了我的手機啊！）

用法 希望對方「不要再來了！」，可以說這句話。這是一種特殊的說法。句中的「やがります」帶有輕蔑的語感，而且又使用「命令形」的形式，屬於可能破壞感情的用法，要特別注意謹慎使用。

會話練習

不良（ふりょう）：そっちがぶつかってきたんだろ*、謝れ（あやま）！
你那邊　撞過來的，對不對？「ぶつかってきたんだろう」的省略說法　你給我道歉

太郎（たろう）：ほんと、す、すみませんでした。
真的　重覆「すみませんでした」的「す」，表示「心裡的動搖」

不良（ふりょう）：気（き）をつけろよ、まったく！（その場（ば）を離（はな）れる）
給我小心點啊；「よ」表示「感嘆」　真是的　現場　離開

太郎（たろう）：……おととい来（き）やがれっ、なんだ あいつは。
促音的「っ」表示「加強語氣」　什麼嘛　那個傢伙；「は」表示「主題」

花子（はなこ）：あら、相手（あいて）がいなくなった途端（とたん）*、威勢（いせい）がいい わね。
哎呀　對方　一不在了，就…　氣勢凌人　「わ」表示「女性語氣」；「ね」表示「感嘆」

使用文型

動詞／い形容詞／な形容詞＋な／名詞＋な

[　　普通形　　]＋んだろ　～對不對？（強調語氣）

※ 此為「～んだろう」的「省略說法」，口語時常使用「省略說法」。
※「～んだろう」為「だろう」的強調語氣。
※「な形容詞」、「名詞」的「普通形-現在肯定形」，需要有「な」再接續。

動	ぶつかってきます（撞過來）	→ ぶつかってきたんだろ[う]	（撞過來對不對？）
い	軽い（輕的）	→ 軽（かる）いんだろ[う]	（很輕對不對？）
な	嫌い（な）（討厭）	→ 嫌（きら）いなんだろ[う]	（很討厭對不對？）
名	嘘（謊言）	→ 嘘（うそ）なんだろ[う]	（是謊言對不對？）

動詞

[た形] ＋ 途端　一 [做] ～，就～

なります（變成）	→ いなくなった途端（とたん）*	（一不在了，就～）
開けます（打開）	→ 開（あ）けた途端（とたん）	（一打開，就～）
飲みます（喝）	→ 飲（の）んだ途端（とたん）	（一喝，就～）

中譯
不良少年：是你那邊撞過來的，對不對，你給我道歉！
太郎：真的，抱、抱歉。
不良少年：給我小心點啊，真是的！（離開現場）
太郎：……你前天再來，什麼嘛，那個傢伙。
花子：哎呀，對方一走就氣勢凌人啊。

撂狠話
135

MP3 135

你乾脆去死算了。

いっぺん死(し)んでみる？

名詞（數量詞）：一次　動詞：死亡（死にます⇒て形）　補助動詞：[做]～看看（みます⇒辭書形）

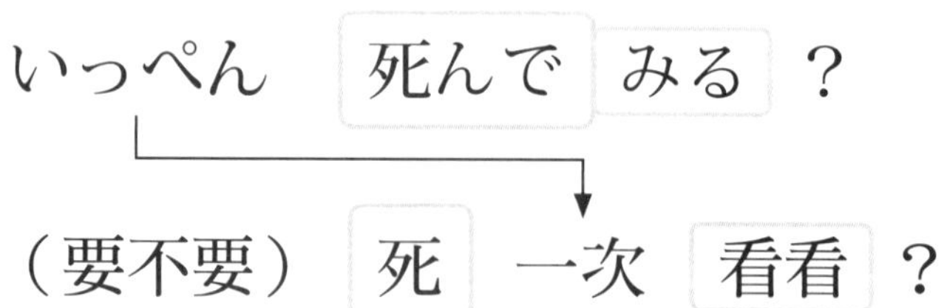

使用文型

動詞
[て形] ＋ みます　[做] ～看看

死にます（死）	→ 死(し)んでみます	（死看看）
書きます（寫）	→ 書(か)いてみます	（寫看看）
言います（說）	→ 言(い)ってみます	（說看看）

用法 對方的言行舉止讓人感到憤怒時，可以說這句話。雖然可以用在開玩笑的場合，但是此為尖銳的、可能破壞感情的話，要特別注意謹慎使用。

會話練習

太郎（たろう）：花子（はなこ）さあ。
表示：留住注意

花子（はなこ）：何（なに）？
幹嘛？

太郎（たろう）：花子（はなこ）の足（あし）って*大根（だいこん）の形（かたち）にそっくり*だよね。
って：表示：主題（＝は）
大根の形：蘿蔔的形狀
にそっくり：和…好像；「に」表示「方面」
よね：「よ」表示「提醒」；「ね」表示「期待同意」

花子（はなこ）：いっぺん死（し）んでみる？

使用文型

[名詞] + って　　表示主題（＝は）

足（腳）	→ 足（あし）って*	（腳…）
秋（秋天）	→ 秋（あき）って	（秋天…）
地震（地震）	→ 地震（じしん）って	（地震…）

「取笑外貌」的相關說法

大根足（だいこんあし）（蘿蔔腿）、ドラム缶（かん）（胖胖的圓筒身材）、

デブ（胖子）、チビ（矮子）、ハゲ（禿頭）、

ブス（醜女）、ブ男（おとこ）（醜男）、不細工（ぶさいく）（醜人）

中譯
太郎：花子啊。
花子：幹嘛？
太郎：花子的腿和蘿蔔的形狀好像耶。
花子：你乾脆去死算了。

撂狠話
136

MP3 136

去死算了…。

死(し)ねばいいのに…。

動詞：死亡（死にます⇒條件形）　い形容詞：好、良好　助詞：表示逆接

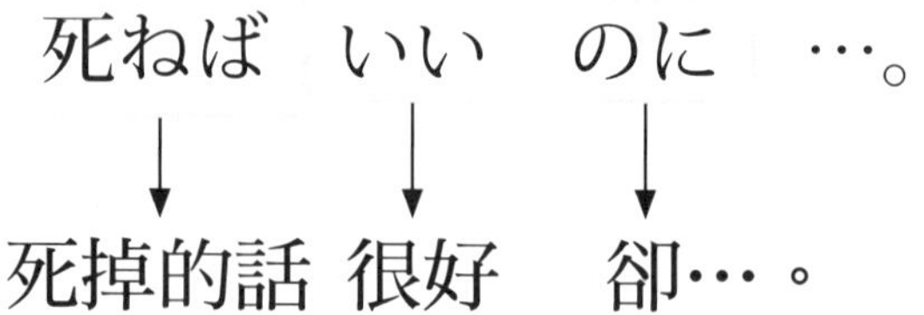

死ねば　いい　のに　…。
↓　↓　↓
死掉的話　很好　卻…。

使用文型

動詞
[條件形（～ば）／ない形的條件形（なければ）]＋いいのに
明明[做]／不[做]～的話就好，卻～

死にます（死亡）	→ 死(し)ねばいいのに	（死掉的話就好，卻～）
別れます（分手）	→ あんな奴(やつ)と別(わか)れればいいのに	（和那種傢伙分手的話就好，卻～）
吸います（抽（菸））	→ たばこなんて吸(す)わなければいいのに	（不要抽煙就好，卻～）

用法 對某人的存在感到非常厭煩時，所使用的一句話。此為尖銳的、可能破壞感情的話，要特別注意謹慎使用。除非是開玩笑，否則不要使用比較好。

會話練習

（ドラマを見(み)ている）
ドラマ：連戲劇　見ている：正在看

花子：ひどいっ。この大和田っていう人（おおわだ／ひと）*、ほんと ずるい！
過分；促音的「っ」表示「加強語氣」　叫做…的人；「って」表示「提示內容」　真的　狡猾

太郎：まあ、ドラマだし*。
總之　因為是連續劇；「し」表示「列舉理由」

花子：死（し）ねばいいのに…。

太郎：そんな 感情移入（かんじょういにゅう）できて、うらやましいよ。
那樣的　因為可以投射感情；「て形」表示「原因」　好羨慕；「よ」表示「感嘆」

使用文型

[名詞A] ＋ っていう ＋ [名詞B]　叫做A的B

大和田（大和田）、人（人）	→ 大和田（おおわだ）っていう人（ひと）*	（叫做「大和田」的人）
近江工業（近江工業）、会社（公司）	→ 近江工業（おうみこうぎょう）っていう会社（かいしゃ）	（叫做「近江工業」的公司）
所沢（所澤）、町（城市）	→ 所沢（ところざわ）っていう町（まち）	（叫做「所澤」的城市）

動詞／い形容詞／な形容詞＋だ／名詞＋だ

[　普通形　] ＋ し　列舉理由

※「な形容詞」、「名詞」的「普通形-現在肯定形」，需要有「だ」再接續。

動	あります（有）	→ 用事（ようじ）があったし	（因為有事情）
い	おいしい（好吃的）	→ おいしいし	（因為好吃）
な	静か（な）（安靜）	→ 静（しず）かだし	（因為安靜）
名	ドラマ（連戲劇）	→ ドラマだし*	（因為是連戲劇）

中譯　（正在看連續劇）
花子：好過分。這個叫做大和田的人，真的好狡猾！
太郎：總之，因為是連續劇。
花子：去死算了…。
太郎：你可以那麼投射感情，我好羨慕啊。

大家學日語系列 11

大家學標準日本語【每日一句】生氣吐槽篇

（附東京標準音 MP3）

初版一刷　2014 年 10 月 31 日

作者　出口仁
封面設計　陳文德
版型設計　洪素貞
插畫　出口仁・許仲綺
責任主編　邱顯惠
協力編輯　方靖淳・蕭佳伃・鄭伊婷・黃冠禎

發行人　江媛珍
社長・總編輯　何聖心
出版者　檸檬樹國際書版有限公司 檸檬樹出版社
E-mail：lemontree@booknews.com.tw
地址：新北市235中和區中安街80號3樓
電話・傳真：02-29271121・02-29272336
會計・客服　方靖淳
法律顧問　第一國際法律事務所 余淑杏律師
北辰著作權事務所 蕭雄淋律師

全球總經銷・印務代理　知遠文化事業有限公司
網路書城　http://www.booknews.com.tw 博訊書網
電話：02-26648800　傳真：02-26648801
地址：新北市222深坑區北深路三段155巷25號5樓

港澳地區經銷　和平圖書有限公司
電話：852-28046687　傳真：850-28046409
地址：香港柴灣嘉業街12號百樂門大廈17樓

定價　台幣399元／港幣133元
劃撥帳號　戶名：19726702・檸檬樹國際書版有限公司
・單次購書金額未達300元，請另付40元郵資
・信用卡・劃撥購書需7-10個工作天

大家學標準日本語（每日一句）. 生氣吐槽篇 / 出口仁著. -- 初版. -- 新北市 : 檸檬樹, 2014.10
面；　公分. -- (大家學日語系列 ; 11)
ISBN 978-986-6703-86-7(平裝附光碟片)
1.日語　2.會話
803.188　　103017463